1894년,
애니 런던데리,
발칙한
자전거 세계일주

1894년, 애니 런던데리, 발칙한 자전거 세계일주

2010년 10월 15일 (초판 1쇄)

지은이 피터 쥬틀린
옮긴이 박선미
펴낸곳 도서 출판 미지북스
        서울 마포구 서교동 332-20 402호(우편 번호 121-836)
        전화 070-7533-1848   전송 02-713-1848
        mizibooks@naver.com
        출판 등록 2008년 2월 13일 제313-2008-000029호
책임 편집 김형규
마케팅 이지열
출력 스크린출력센터
인쇄 제본 영신사

ISBN 978-89-94142-06-7 03800
값 12,000원

1894년,
애니 런던데리,
발칙한
자전거
세계일주

민지북스

ANNIE IS BACK.

Has Traveled Around the World on a Sterling Finished in Ivory and Gold.

HER JOURNEY THE RESULT OF A BET.

A Short History of Her Adventures—Attacked and Robbed in France—
Nearly Killed by a Road Hog in Stockton, Cal.—She has Gained
$1,500 on Her Trip, and Expects to Make $3,500 More
Before Reaching Boston.

ENTHUSIASTIC OVER HER STERLING, WHICH HAS COME THROUGH WITHOUT A SCRATCH.

Miss Annie Londonderry, the first woman to ride around the world on a bicycle, is back.

Her Mount was a Gold and Ivory Sterling.

Starting before she had even mastered the rudiments of cycling, she

So far Miss Londonderry's trip has been a great success. She has

Traveled Thousands of Miles

over the roughest country on her "Sterling" and speaks in the highest terms of praise of her machine.

In one of her letters to the Sterling people, dated from Yokohama, she writes, "I have ridden all through Japan, and my wheel is creating great excitement." In another letter, from Shanghai, she says, "I also wish to express to you the great satisfaction which your 'Sterling' has given to me."

Miss Londonderry is now back in America, and has been stopping some little time in California.

Outside of Stockton a few days ago she met with a bad accident. As she was riding along, the driver of a buggy ran her down and ran over her.

She was Picked Up Unconscious

and carried into Stockton, where she lay in the hospital for two days. She coughed up a good deal of blood, and the doctors said she could never recover, but, talking of the accident, the plucky little woman said the other day, "Here I am, and, what is more, I intend to complete the journey."

While riding through Paris to Marseilles, Miss Londonderry rode nearly day and night, and when in the neighborhood of Lacone she was

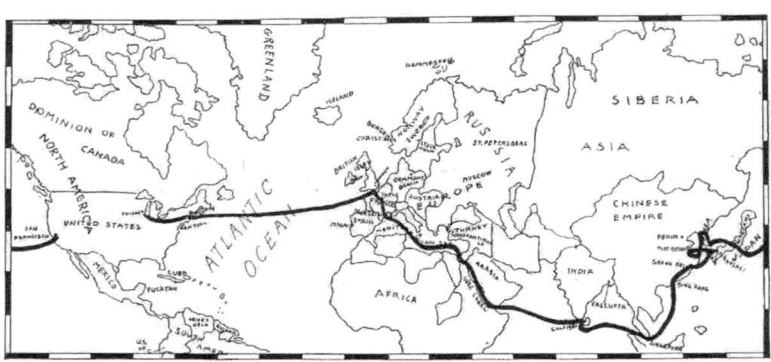

Map of the World, Showing Route Traveled by Annie Londonderry.

has, with a pluck and resolution unusual in one of her sex, surmounted every obstacle, and although she left America

Without a Cent in Her Pocket,

she has brought back over $1,500.

About nine months ago two wealthy club men of Boston were discussing the modern woman, and one of these gentlemen, who was a woman hater, remarked very ironically that he supposed that the woman of the present age was able to do almost anything that was done by the masculine sex. His companion differed with him, and the discussion finally culminated in a bet of $20,000 to $10,000 that there was no woman living who could attempt the feat performed by Paul Jones.

The conditions under which Miss Londonderry started were that she was to

Ride Around the World

in fifteen months; that she should stop at Havre, Marseilles, Colombo, Singapore, Hong Kong, Shanghai, Nagasaki, Kobe, Yokohama, and then return to America.

At each of these places she was to obtain the signature of the United States Consul, as proof that she had been there. She was to earn during her trip $5,000 in any honorable manner, with the exception of journalism, which is her profession.

Held Up by Three Masked Men

who sprung out from a clump of bushes by the wayside. She pluckily drew her pistol and was just about to shoot when one of them grabbed her from behind and took the pistol away. All they secured was three francs and they left her, swearing a variety of French oaths, as they had expected to get all the money which she had made in Paris.

So far, Miss Londonderry has been able to gain $1,500 by selling advertising space on her wheel, etc., and she expects to make the balance of the $5,000 between California and Boston by lecturing on the Chinese Japanese war.

While in Japan Miss Londonderry made the acquaintance of two war correspondents with whom she went to Port Arthur. Her two companions rode ponies while she rode her Sterling. She had hard work, the roads were very bad, but she managed to keep up with the native ponies. She was

In the Thick of the Battle

at Gasan, and went over all the battlegrounds of last year's campaign in Corea.

During this trip the cold was intense, and the food so deficient that Miss Londonderry congratulates herself on getting out alive.

Her trip has proved what a strong and reliable mount the Sterling really is.

프롤로그

옛날에 처녀는 불가에 앉아서
실을 잣기 위해 바퀴를 돌렸지
그녀의 즈심스런 손놀림 사이로
아마포가 부드럽게 미끄러져 내렸다네
오늘 처녀는 물레 가락과 실패, 얼레를
보이지 않는 곳으로 내던져버렸네
이제는 그 바퀴에 올라타고
온 세상을 질주할 것이라네
___ 메이들린 브리지스, 『아웃팅 매거진』, 1893년 9월

1895년 1월 13일 아침, 20대 초반의 젊고 용감한 미국인 애니 런던데리가 도착한다는 소식에 들뜬 수많은 사람들이 마르세유의 거리에 줄지어 서 있었다. 키 작은 검정머리의 라이더가 한 발은 붕대를 감은 채 핸들 바에 걸치고 나머지 한 발로 페달을 밟으며 나타났다. 마침 그녀의 자전거 프레임에 매단 성조기가 미풍에 휘날렸다. 자전거가 지나가자 커다란 환호가 터져 나왔고, 사람들은 손을 흔들

며 소리쳤다. 그녀는 남성용 라이딩복을 입은 채 남성용 자전거를 타고 있었고, 생 루이 마을부터 함께 자전거 여행을 한 마르세유 출신 라이더들이 뒤따랐다. 자전거 여행 파티는 브라스리 노아이유로 이어졌다. 그곳에서는 지역 자전거 클럽 '시클로필 마르세유'가 존경의 뜻으로 점심을 대접했다. 파리에서 수 주 동안 축하 모임에 참석한 뒤, 그녀는 혹독한 추위와 눈보라를 용감히 물리치고 프랑스 남부 해안에 이르렀다.

애니 런던데리는 마르세유에 도착하기 전부터 이미 유명했다. 프랑스 언론은 애니가 1894년 12월 3일에 프랑스 르 아브르의 북쪽 항구에 도착했을 때부터 그녀에 대한 기사를 수없이 내보냈다. 그녀는 대담하게도 자전거로 세계를 일주한 최초의 여성이 되기 위해 7개월 전에 보스턴에서 출발했다. 그리고 널리 알려진 것처럼 이 일은 보스턴의 부유한 두 사업가의 내기 거리였다. 성공을 할 수 있을지 없을지를 두고 보스턴의 두 사업가가 큰돈을 걸었던 것이다.

애니는 마르세유에 있는 동안 사람들의 사랑을 듬뿍 받았다. 그녀는 파리에서 사온 보석들을 한 아동 병원에 기부했다. 프로방스 호텔에 머물며 수많은 팬들의 편지를 받았는데, 모두에게 일일이 답장을 보낼 수 없었기 때문에 지역 신문에 자신을 만나러 올 수 있는 '방문 시간'을 알려야 했다. 그녀는 여행 경비를 마련하기 위해 직접 찍은 자신의 사진을 팔았다. 또한 자전거와 옷에 광고 리본들을 주렁주렁 매달기도 하고, 자전거를 타고 대로를 오가며 로렌

MISS LONDONDERRY.

시-팔랑카 향수와 알프스-베르누아즈 낙농 조합의 판촉 전단지를 나눠주기도 했다. 그래서 마르세유의 번화가인 카네비에르에서 진기한 구경거리가 되었다.

1월 18일 금요일, 마르세유의 수정궁은 그녀를 보기 위해 몰려든 군중으로 가득 찼다. 유명한 라이더가 메종 자에겔이라는 지역 의상실이 제공한 슈트를 입고 나타나자, 군중은 미친 듯이 박수를 쳤다. 런던데리 양이 아이보리와 금색으로 칠해진 스털링자전거를 타고 실내를 한 바퀴 도는 동안 마에스트로 트라베가 지휘하는 교

향악단은 미국 국가인 〈성조기〉와 프랑스 국가인 〈라 마르세예즈〉를 연주했다. 그녀는 프랑스어로 통역된 짧은 연설에서 마르세유 사람들이 "프랑스 민족의 엘리트"라고 말했다. 군중은 환호성을 지르며 그녀에게 꽃을 던졌다. 한 지역 신문에 따르면 그녀는 "마르세유 사람들의 마음을 사로잡았다."

이틀 후 런던데리 양에게 작별 인사를 하기 위해 수천 명의 인파가 모였고, 드럼과 나팔 악단과 지역 라이더 대표가 126미터 길이의 증기선인 프랑스 정기선 시드니호의 뱃전까지 그녀를 에스코트했다. 애니는 넘쳐나는 호의에 크게 감동해 눈물을 흘렸다. 런던데리 양은 스털링자전거와 함께 시드니호에 올랐다. 그 배는 지중해를 거쳐 수에즈 운하로 떠났다.

그런데 마르세유 사람들은 알지 못했지만, 아일랜드식 이름을 가진 이 보스턴 출신의 젊은 라이더의 진짜 이름은 애니 코엔 코프초프스키(사이먼 "맥스" 코프초프스키 부인)였고, 유대인이었으며, 다섯 살, 세 살, 두 살의 세 자녀를 둔 일하는 어머니였다. 게다가 "마드무아젤 런던데리"는 단순히 세계 일주를 하고 있는 자전거 라이더가 아니라, 한 미국 신문이 "발명의 천재"라고 칭한 환상가였다. 그녀는 확실히 자전거로 세계 일주를 하고는 있었다. 비록 증기선과 열차 또한 자유롭게 이용했지만 말이다. 런던데리가 그녀의 진짜 이름이 아니었던 것처럼, 애니 코프초프스키와 연루된 일들이 사실대로인 경우는 거의 없었다. 그녀가 여자이기는 한 건지 의심하는 이들조차 있었다.

마르세유에 도착할 무렵, 애니는 자신을 주연으로 하는 15개월 짜리 여행 연극의 제작을 거의 끝마쳤다. 그녀의 연극은 빅토리아 시대의 여성 규범에 관한 일체의 관념을 뒤집으며, 여성 혼자서 만들어낸 진정한 자전거 카니발이었다. 그녀는 상습적인 이야기꾼, 완벽한 자기 홍보가, 자신에 대한 능수능란한 신화 창작자였기에, 자신의 여행을 자전거 역사에서 가장 획기적인 사건으로 포장하고 스스로를 1890년대의 가장 흥미진진한 인물 중 하나로 만들었다.

대담하고 카리스마 넘치는 애니 코프초프스키라는 인물과 자전거로 세계를 일주한 그녀의 이야기는 한 세기가 넘도록 역사에서 잊혀 있었다. 자전거를 탄 이 미스터리한 젊은 여성은 누구였을까? 그녀는 어떤 사람이었을까? 그녀는 어떻게 후기 빅토리아 시대의 여성들을 옭아매었던 사회적 속박에서 벗어나 그러한 모험을 감행했을까? 끝으로, 어떻게 보스턴 웨스트엔드의 공동 주택에서 살던 이름 없는 유대인이자 일하는 어머니가 대담하고 국제적 명성을 지닌 세계 여행가 "마드무아젤 런던데리"라는 신여성으로 변모했을까? 간단히 말해서, 대체 무슨 일이 벌어진 것일까?

1장

여자가 간다

Map of the World Showing Route Traveled by Annie Londonderry.

누구에게나 건강과 즐거움
멋진 속도와 적당한 산들바람을 선사해주네
교외로 질주하기에 너무 거세지 않은 바람을!
자전거를 타는 사람은 알 수 있지
대지와 하늘의 열린 비밀을
___ 작자 미상, 『스크라이브너스 매거진』, 1895년 6월

1894년 6월 25일 월요일은 보스턴에서 야구하기에 딱 좋은 날이었다. 구름이 다소 끼었지만 날씨는 쾌청했다. 하지만 홈팀인 빈이터즈는 루이스빌에서 콜로넬즈와 경기하기로 되어 있었다. 이 이튼 여름날의 빅뉴스는 프랑스 대통령 사디 카르노가 리옹에서 이탈리아 아나키스트의 손에 암살당한 일이었다. 이 뉴스는 전신 케이블을 타고 프랑스를 가로지른 뒤 전 세계 신문들에 전해졌다.

월폴 가와 콜럼버스 애비뉴가 만나는 곳에 있는 사우스엔드 야구장은 조용했고, 사람들은 야구장 대신에 보스턴 퍼블릭 가든의 석호에 가서 백조 보트를 탔다. 어떤 사람들은 벤치에 앉아서 프랑스에서 온 뉴스를 읽었다. 산책하는 이들은 보스턴 퍼블릭 가든의

우아한 버드나무 아래로 부드럽게 굽은 보행로를 거닐었다. 그들 중 누군가가 비컨 힐에 있는 금빛 돔 지붕의 매사추세츠 주 의회 의사당 쪽을 어슬렁거렸다면, 그 사람은 이상한 구경거리를 마주쳤을 것이다. 오전 7시경, 그곳에서는 500명의 여성 참정권론자를 비롯해, 친구와 가족, 호기심 때문에 나온 사람들 등의 무리가 이제껏 어떤 여성도 시도한 적 없는 자전거 세계 일주 여행을 떠나는 젊은 여성을 배웅하기 위해 계단에 모여 있었다.

애니 코엔 코프초프스키는 친구인 오버-토운 부인, 여성기독인금주연맹WCTU 지부장인 J. O. 터브즈 부인과 함께 4인승 사륜 포장마차에 도착했다. 절친한 친구인 피어 스톤과 수지 위전스키가 그녀를 만나기 위해 거기에 와 있었다. 그린핼지 주지사가 사회를 볼 예정이었지만 직전에 참석할 수 없다는 말을 전해왔고, 당연히도 애니는 크게 실망했다. 그러나 "비록 주 정부가 후원할 경우에 갖게 될 매력적인 측면은 사라졌"지만, 그것은 명백히 축제의 현장이었다.

애니는 어두운 색의 긴 치마, 어깨 부분이 부풀고 소맷부리가 좁은 진청색 맞춤 재킷, 니트 보타이가 달린 줄무늬 흰 블라우스, 어두운 색 장갑, 챙이 낮은 모자 등 전형적인 후기 빅토리아 시대 복장을 하고 있었으며, 모자 아래로 짙은 색 머리카락이 단단히 쪽 지어져 있었다. 『보스턴 포스트』는 "그녀는 키가 작고 가냘픈 체격이었다."고 기록했다. "그녀의 얼굴은 영락없는 폴란드계였다. 갈색

애니의 공식 사진. 처음 시카고에 도착했던 1894년 가을에 찍은 것이 거의 확실하다. 애니는 여행 도중에 여러 가지 방법으로 돈을 벌었는데, 자신의 사진과 서명을 파는 것도 그 중 하나였다.

눈은 크고 반짝였으며, 입은 크지만 예쁘장하고 굳게 다물려 있었다. 낯빛은 올리브색이었고, 짙은 갈색 머리카락은 표정이 풍부한 얼굴 위로 단단하게 말려 있었다."

콜럼비아자전거를 만드는 포프 매뉴팩처링 컴퍼니 소속의 A. D. 펙 대위는 한쪽에서 애니가 타고 갈 콜럼비아자전거를 지키고 서 있었다. 자전거 라이더 조직인 미국자전거인연맹 매사추세츠 지부 간부인 펙은 라이딩 복장을 제대로 갖추고 있었다.

오버-토운 부인은 "여성들도 남성과 똑같은 기회를 가져야 합니다."라고 선언하면서 간단한 연설을 했다. 이어서 WCTU 지부장인 터브즈 부인이 발언했다. "그녀는 어느 곳을 가든지 숭고한 사례가 될 것입니다!" 그리고 터브즈 부인은 애니가 "베두인들과 지구의 여러 민족들에게 …… 복음을 퍼뜨릴" 것이라는 바람을 표했다. 그녀는 그런 뒤에 애니를 군중에게 소개했다. 애니는 자신을 둘러싼 여성들에게 일일이 "자신이 모자를 똑바로 썼는지" 물으며 키스를 했고, 보스턴의 돈 많은 설탕 상인 두 명이 건 내기를 해결하기 위해 여행을 하려 한다고 공표했다.

"저는 15개월 동안 지구를 한 바퀴 돌 예정입니다. 5,000달러를 가지고 돌아와야 하지만 출발할 땐 가방에 옷만 넣고 갑니다. 어떤 사람에게서도 공짜로 무얼 받을 수 없습니다."

그녀는 자신이 무일푼이라는 것을 보여주기 위해서 주머니를 뒤집었다.

터브즈 부인은 동전 하나를 쳐든 후 그녀에게 건넸다. "행운의 1페니!"

그러자 애니는 이렇게 응답했다. "전 받을 수 없습니다. 일해서 벌어야 해요."

터브즈 부인은 "그렇다면 흰 리본을 대변하는 대가로 줄 테니 가져요."라고 말하며, 애니의 오른쪽 접은 옷깃에 WCTU의 상징인 흰 리본을 꽂았다.

다음으로 뉴햄프셔의 '런던데리 리티아 스프링워터 컴퍼니'의 대표가 한 발 앞으로 나와서 애니에게 100달러를 건네고 그녀의 콜럼비아자전거 뒷바퀴 위의 스커트 보호대에 광고 플래카드를 부착했다. 100달러는 자전거에 런던데리 사의 플래카드를 달고 다니는 것뿐만 아니라 애니가 여행을 하는 내내 "런던데리"를 별명으로 사용하는 조건으로 지불하는 돈이었다. 런던데리라는 별명은 여행하는 동안 상업적으로만이 아니라 실용적으로도 도움이 되었다. 유대인이라는 사실을 숨겨주는 이름 덕에 여행은 한결 쉬워질 것이었다. 더 세속적으로는, 그녀는 이미 평판의 중요성을 예리하게 깨닫고 있었고 쇼맨십 성향이 강했다. 그리고 "애니 런던데리"는 "애니 코프초프스키"보다 훨씬 더 기억하기 쉬울 것이었다.

"자전거의 남는 공간에 값을 쳐줄 사람이 더 없나요?" 그녀가 물었다. 하지만 그날은 더 이상 응하는 사람이 없었다. 길을 내려가면 응하는 사람이 많아질 것이었지만 말이다. 『시카고 데일리 인터 오션』은 "그날 그녀를 배웅하기 위해 꽤 많은 사람들이 모였으며, 특히 광고업자가 눈에 띄게 많았다."고 전했다.

애니가 의사당 앞에서 자전거에 오를 준비를 하고 있을 때, 그녀의 남편과 아이들은 눈에 띄지 않았다. 그녀는 군중 속에 있던 오빠 베넷이 "가까이 와서 잘 가라고 말하지도 않는다."며 기자에게 하소연했다. 아마도 베넷은 여동생이 "돌았다."고 생각했거나, 그렇게 멀리까지 가지는 않을 거라고 생각했을지도 모른다. 어쩌면 둘

다녔든지.

펙이 자전거가 비틀거리지 않도록 잡아주자, 그녀는 마침내 안장에 올라탔다. 이제는 애니 런던데리가 된 애니 코엔 코프초프스키는 갈아입을 속옷 한 벌과 진주 손잡이 리볼버만을 지닌 채 "비컨 거리 아래로 연이 날아가듯 멀어져갔다." 그녀는 일 년이 훨씬 넘도록 돌아오지 않을 것이었다.

아이오와 신문은 "이제까지 걸린 내기 가운데 가장 참신한 내기 중 하나"였다고 썼다. 십 년 전에 토머스 스티븐스가 했던 자전거 세계 일주를 여성이 해낼 수 없으리라는 내기에 걸린 돈은 20,000달러 대 10,000달러였다. 내기는 두 명의 부유한 보스턴 남성들 사이의 논쟁을 해결하기 위해 기획되었지만, 그 소식은 1890년대 사회의 모든 곳으로, 즉 가정, 가게, 공적 모임, 작업장, 주 의회, 집회, 신문 등으로 전해졌다. 또한 그 내기는 20세기까지, 어쩌면 오늘날까지 계속되고 있는 성 평등에 관한 논쟁과 연결되어 있다. 여행 도중에 자신의 경비보다 많은 5,000달러라는 만만찮은 금액을 벌어야 한다는 요구는 이 여행을 단지 신체적, 정신적 강인함만을 시험하는 것이 아니라 세계에서 혼자 힘으로 살아가는 능력을 시험하는 것으로 만들었다. 성공한다면, 그녀는 10,000달러라는 엄청난 상금을 얻을 것이었다.

애니는 여행에서 만난 기자들에게 종종 그 내기를 기이하게 설명하곤 했다. 내기 조건에 따르면 자신의 직업, 즉 저널리스트로서 돈을 벌어서는 안 되며 영어 이외의 다른 언어로 말해서도 안 된다고 했다. 비록 그녀가 알고 있는 다른 언어는 이디시어뿐이었지만 말이다. 상상력이 풍부한 어느 신문은 "그녀는 자전거를 타는 동안 16킬로미터마다 자신의 위치와 상태, 그리고 도로의 조건을 알리는 우편엽서를 부쳐야 한다."고 보도했다. 애니는 심지어 엘파소의 한 신문에다가는 기혼자라는 사실을 털어놓기는커녕 여행하는 동안에는 결혼하지 못하도록 되어 있다고 말했다.

애니 코프초프스키는 이제 막 뛰어들려는 모험의 도전자답게 보이지 않았다. 그녀는 가냘픈 체격이, 풋내기 라이더이며, 유대인이고, 결혼한 여자인 데다, 가족을 부양하기 위해 행상인인 남편을 돕고 있는 일하는 어머니였다.

애니의 집은 언제나 정신없이 바빴다. 애니가 1894년 6월 보스턴을 떠날 당시, 그녀와 남편 맥스는 자녀들과 함께 보스턴 웨스트엔드의 스프링 스트리트에 있는 공동 주택에 살았다. 애니의 오빠 베넷과 올케 버셔도 한동네에서 네 살, 두 살짜리 아이들과 살았다. 맥스는 토라를 공부하고 유대교회당에서 예배를 보는 독실한 정통파 유대인이었다. 베넷은 보스턴의 지역 일간지 『보스턴 이브닝 트랜스크립트』의 유망한 관리 직원이었으며, 그 신문사에서 성공하겠다는 마음을 품고 있었다. 애니는 세 아이의 엄마였고 20대 초반밖에 되지 않았지만, 보스턴의 여러 일간지에서 광고 영업자로 일했다. 그녀는 쾌활하고 밝고 애교 있는 젊은 여성이자, 노련한 이야기꾼이며, 가장 인색한 고객에게도 신문의 광고 지면을 팔 수 있을 만큼 매력적인 여성이었다.

애니는 네다섯 살 먹은 꼬마이던 1875년에 아버지 레비(레이브) 코엔과 어머니 베아트리체(바샤) 코엔, 언니 사라, 오빠 베넷과 함께 라트비아에서 미국으로 건너왔다. 코엔 가족은 보스턴의 유대인 공동체에 상대적으로 일찍 도착한 편이었다. 1880년대가 되어서야 차르 러시아의 압제를 피해 도망 나온 많은 사람들이 거대한 유대인 이민자 물결을 이루며 미국으로 밀려오기 시작했기 때문이다. 보스턴은 악독한 반유대주의로 유명했기 때문에 유대인 공동체의 규모가 다른 곳에 비해 상대적으로 작았다. 코엔 가족은 미국 생활을 시작한 많은 유대인들처럼 처음에는 뉴욕에서 살다가 보스턴으로 옮겨왔다. 대개의 유대인들이 계속 뉴욕에 남거나 볼티모어, 사반나, 찰스턴 등 중서부와 남부로 떠난 것과는 대조적인 선택이었다.

1890년대 중반에 보스턴에 사는 유대인은 2만 명이었는데, 그 중 약 6,300명이 웨스트엔드에 살았다. 웨스트엔드는 그 도시에서 가장 많은 유대인이 모여 사는 곳이었지만, 전체 인구 중에서 유대인은 사분의 일을 차지할 뿐이었다. 유럽 곳곳에서 웨스트엔드로 몰려든 이민자들은 블록별로 고립된 작은 민족 거주지를 이루며 살

왔다. 스프링 스트리트는 유대인 공동체의 심장부이면서, 몇 블록 안에 아일랜드인, 포르투갈인, 폴란드인, 독일인, 러시아인, 이탈리아인 그리고 상당수의 아프리카계 미국인이 한데 모여 사는 단지였다. 그곳은 미국에서 가장 민족적으로 뒤섞인 지역 중 하나였고, 엄청나게 요동치는 이민 생활의 현장이었으며, 멀리 떨어진 곳의 흥미로운 이야기들을 들을 수 있는 곳이었다.

어린 애니가 이곳에서 어떤 경험을 했을지는 메리 앤틴이 20세기 초에 쓴『약속의 땅』이라는 회고록을 통해 짐작할 수 있다. 메리 앤틴은 웨스트엔드를 이렇게 묘사했다.

보스턴을 아는 사람이라면 웨스트엔드와 노스엔드가 그 도시의 잘못된 끝임을 알 것이다. 두 곳은 공동 주택 구역, 혹은 더 새로운 용어로는 보스턴의 슬럼을 이룬다. …… 가난한 이민자들은 대개 쑥대머리에 씻다 만 듯 꾀죄죄한 모습을 하고 있고, 고생깨나 하며 희망 없는 외국인으로 살아가고 있다. 그래서 이들은 사회사업가들의 눈에는 연민의 대상이고, 보건위원회에게는 절망이며, 지역구 정치인들에게는 희당이고, 미국 민주주의의 시금석이다.

그는 이 모든 것을 알고 있겠지만, 폴로츠크에서 온 어린 이민자의 눈에 웨스트엔드의 월 스트리트가 어떻게 보일지는 짐작하지 못할 것이다. 섬세한 관찰자는 우리의 새 집이 기다리고 있는 월

스트리트 바깥의 유니언 플레이스에 대해 뭐라 말할까? 아마도 어떤 장소라기보다는 그저 납작한 상자처럼 생긴 골목길일 뿐이라고 말할 것이다. 두 줄로 늘어선 3층짜리 공동 주택들은 상자의 양옆이고, 인색하게 좁고 긴 하늘은 상자의 뚜껑이며, 난장판인 포장도로는 상자의 바닥이고, 좁은 입구는 상자의 출구이다.

이런 공동 주택에서의 삶은 힘들고 비좁았다. 뉴욕의 공동 주택 생활에 대한 게일 콜린스의 묘사는 보스턴의 웨스트엔드에도 똑같이 적용할 수 있었다. 즉 "공동 주택에 사는 누구도 사생활이 없었다. 좁은 통풍구를 통해 서로의 집을 들여다볼 수 있었고, 여성들은 각자의 부엌에서 일하면서 서로 대화를 나누곤 했다. 남편과 아내는 자신들이 말싸움을 하거나 사랑을 나누는 소리를 이웃들이 대충 들을 수 있다는 사실을 알고 있었다."

애니는 비컨 힐 반대편의 워싱턴 스트리트의 직장을 오가든, 생필품을 사러가든, 아니면 단지 북적이는 집안의 밀실 공포증에서 벗어나기 위해서든 간에, 웨스트엔드의 자갈길을 걸을 때면 열 개쯤 되는 언어로 주고받는 대화를 들을 수 있었다. 행상인의 마차가 1층에는 상점이 있고 그 위로는 살림집들이 들어선 4~5층 건물들 앞을 지날 때면, 자갈을 밟는 말편자 소리가 거리로 퉁겨져 올랐다.

웨스트엔드에서 들리는 대화들이 바벨탑을 이루었듯이, 아래층의 가게와 위층의 살림집에서 풍기는 민족 전통 음식들의 냄새도 이것저것이 뒤섞여 있었다. 유대인 식료품 가게 바깥의 통에 담긴 피클의 냄새는 이탈리아인 가정에서 부글부글 끓고 있는 토마토소스 향과, 폴란드인 가정에서 나는 조리된 소시지 냄새, 러시아인의 살림집에서 나는 보르시 냄새와 뒤섞였다.

거리는 걷는 사람들로 가득했다. 긴 소매 블라우스나 조끼, 발목까지 오는 스커트나 원피스를 입고 숄을 걸친 여성들은 상점의 과일을 만지작거리고 가게 창문에 걸린 고기와 가금류 덩어리 중 괜찮은 게 있는지 둘러보며 지나갔다. 니커보커스 바지를 입고 도자를 쓴 채 소리치며 신문을 팔러 다니는 소년들은 번잡한 보도를 따라 내려가며 서로를 뒤쫓고, 가벼운 외투와 중산모자를 쓴 남자들은 사업과 야구 이야기를 나눴다. 그리고 길게 자란 턱수염, 검은 모자, 파요트 ── 귀 주변의 긴 머리털 ── 로 쉽게 식별되는 정통파 유대인들은 유대교회당으로 걸어갔다. 웨스트엔드에서 율법을 따르는 정육점 주인들은 옷과 신발을 파는 소규모 상점들만큼이나 많았다. 민족 전통 요리의 냄새가 밴 곧기에는 가죽과 정육, 말의 땀 냄새가 섞여 있었다. 일 년 내내 입은 두꺼운 옷과 북적이는 주거 지구 안의 몇 안 되는 목욕 시설 때문에 길거리는 사람 냄새로 가득했다. 웨스트엔드는 북적이고 냄새 나는 곳, 그래서 좋기도 하고 나쁘기도 한 곳이었다.

어떤 유대인들은 부유해졌지만, 애니 가족 같은 공동 주택 사람들의 삶은 평범했다. 대부분 작은 공장이나 소매점에서 일하거나, 애니의 남편 맥스처럼 구제 옷과 여타 잡화 행상 일을 하면서 돈을 벌었는데, 수입은 별로 많지 않았다. 그래서 많은 유대인 여성들은 그들이 가장 중요한 의무로 여기는 것 —— 가사를 돌보고 아이들에게 유대교의 사랑을 심어주는 것 —— 과 가족들을 먹이고 입힐 필요 사이에서 분열된 채 경제적인 목적으로 일을 했다. 정확히 이런 이유 때문에 물질적 성공은 유대인 공동체 안에서 동경과 존경의 대상이었다. 특히 여성들은 무엇보다 가정과 가족에 헌신할 것으로 기대되었지만, 부를 위한 고투는 죄가 아니었다.

이런 점에서 애니는 쉬비처(땀 흘려 일하는 이, 열심히 일하는 노동자), 즉 미국을 행운의 땅으로 여긴 유대인 이민자에 속했다. 그녀에게는 확실히 쉬비처의 심성이 있었다. 브랜다이스대학교의 조나선 사나에 따르면, "쉬비처들은 자신이 나아가는 길을 가로막는 그 어떤 것도 용납하지 않았다. 그들은 부끄럼 없이 자신의 믿음과 양육의 의무를 저버렸고, 종종 가족까지 팽개쳤다. …… 그들이 하는 모든 일은 돈 벌어 성공하는 것에만 전적으로 집중되어 있었다."

남자들은, 심지어 유대인일지라도, 여자들보다 부자의 꿈을 실현할 기회가 훨씬 많았다. 이런 상황에서 애니는 쉬비처의 꿈을 좇기 위한 놀랄 만큼 새로운 방법을 생각해냈다. 자전거 모험을 떠나는 것이었다. 유대인 이웃들은 자전거 모험을 위해 가족을 두고 떠난다는 그녀의 결정에 깜짝 놀랐다. 마을 반대편에서도 가족 부양을 위한 일자리를 얻을 수 있는 데다, 남편과 세 아이를 두고 다시는 돌아올 수 없을지도 모를 위험한 여행을 택했기 때문이다. 무엇이 애니의 마음을 홀려 그런 극단적인 선택으로 이끌었을까?

애니는 젊은 여성으로서 이미 자기 몫의 고통을 겪고 있었고, 상당한 부양의 책임까지 지고 있었다. 그녀는 스프링 스트리트의 가족생활이라는 좁은 영역에서 벗어나 최소한 잠시 동안이라도 자신을 더 나은 삶으로 이끌어줄 새로운 정체성을 벼릴 수 있기를 갈망했다.

1887년 1월 17일, 애니가 이제 막 열여섯 혹은 열일곱 살이 되었을 때 그녀의 아버지가 죽었다. 어머니도 아버지가 죽고 나서 단 두 달 만에 세상을 떠났다. 남동생 야곱은 고작 열 살이었고, 여동생 로사는 여덟 혹은 아홉 살이었다. 언니 사라는 이미 결혼해서 메인 주에 살고 있었기에, 애니와 스무 살 먹은 오빠 베넷이 어린 동생들을 책임져야 했다. 야곱은 열일곱 되던 1894년에 폐렴으로 죽었다.

애니는 부모님이 돌아가신 바로 다음 해인 1888년에 결혼했고, 아홉 달 뒤에 (몰리로 알려진) 첫 아이 버사 말키를 낳았다. 1891년에 둘째인 딸 리비를 가졌고, 1892년에는 셋째 아이 사이먼이 태어났다.

애니가 1894년에 남편과 아이들을 남겨두고 떠나면서 조금이라도 망설였다는 증거는 없다. 게다가 그녀는 평생 동안 자전거 여

1894년 6월 25일에 찍은 애니의 공식 사진 가운데 하나. 공식적으로는 이날 그녀의 여행이 시작되었다. 상의 오른쪽 옷깃에는 WCTU의 상징인 흰색 리본이 달려 있고, 뒷바퀴의 스커트 보호대에는 런던데리 사의 광고 플래카드가 부착되어 있다.

행을 위해 가정을 떠난 결정에 대해 후회하는 표현을 한 적도 없었다. 실제로 뒤에 일어난 일들로 미루어보건대 가족과 헤어지면서 어떤 어려움도 겪지 않았던 것 같다. 애니는 종종 "저는 앞치마를 두르고 아이와 함께 집에서 보내는 삶을 원하지 않았습니다."라고 말했다.

자전거 열풍은 1890년대 중반에 최고조에 달했으며, 엘리저베스 캐디 스탠턴과 수전 B. 앤서니가 이끄는 기성 사회 질서에 도전하는 여성들의 영향으로 애니는 자전거를 그녀가 그토록 열망하던 명성과 자유, 물질적 부에 이르는 수단으로 여기게 되었다. 그녀가 제안받은 여행은 자신의 정체성을 바꾸고 스스로 새로운 삶을 창조할 기회를 제공했다. 그러나 유대인 가정주부이자 어머니인 애니 코엔 코프초프스키를 미혼의 세계 여행가 애니 런던데리, 즉 그 시대의 가장 유명한 여성 라이더이자 전 세계의 찬사를 받은 여자로 바꾸어낸 것은 전적으로 그녀 자신의 억제할 수 없는 대담한 성격과 드라마를 만들어내는 타고난 재능이었다. 많은 이민자들에게 새로운 정체성을 벼릴 기회란 미국이 약속한 바, 즉 완전히 새로운 삶을 창조할 기회였다.

애니는 '공식적'으로는 6월 25일 매사추세츠 주 의회 의사당에서 출발했지만, 보스턴에서 이틀을 더 머물렀다. 그녀는 토운 사진관에서 여행 도중에 판매할 정식 사진들을 찍고, 자신의 모험을 설명하는 광고지를 인쇄했다. 그녀는 친구들과 아이들에게 마지막 인사를 하고 6월 27일에 드디어 보스턴을 떠났다.

그녀를 열렬히 사랑하던 맥스에게는 고문을 받는 것처럼 고통스러운 시간이었음에 틀림없다. 아이들은 아마도 다섯 살 먹은 큰아이 몰리를 빼곤 무슨 일이 일어나고 있는지 이해할 수 없었을 것이다. 하지만 애니의 야망은 모든 것에 우선했다. 그녀는 2월에 여행을 결심하고 그 시기를 5월로 잡았다. 다만 5월 12일 스무 살도

안 된 동생 야곱의 죽음이 일정을 늦추게 한 것 같다. 하지만 그녀의 마음은 이미 확고했다. 여행은 유효했다.

뉴욕은 애니의 첫 번째 목적지였고, 그곳에서 다시 시카고로 향했다. 그러나 그녀는 서쪽으로 방향을 잡은 것 때문에 처음부터 자신의 여행에 어두운 그림자가 드리우리라는 것을 아직은 알지 못했다.

뉴욕과 시카고로 갈 때는 1880년에 창립된 전국적인 자전거 단체인 미국자전거인연맹L.A.W.에서 펴낸 포켓사이즈 여행 책자에 나온 루트를 따랐다. 그 책에는 누적 거리, 대표 건조물, 도로 포장 상태, 지형, 방향 등이 정확히 나와 있었다. 그래서 앞으로 지나갈 길이 평탄한 포장도로일지, 지나갈 수 없는 모래 언덕일지, 아니면 물을 건너게 될지 알 수 있었을 것이다. 그 책에는 라이더들에게 할인을 해주는 식당과 호텔도 나와 있었다. 애니는 L.A.W. 루트에서 만날 가능성이 높은 다른 라이더 일행들도 조사했다.

애니는 6월 27일, 펜스(보스턴의 펜웨이 파크가 이 지명에서 유래했다.)라고 알려진 지역과 자메이카 플레인, 포리스트 힐즈, 웨스트 록스버리 인근 지역을 차례로 거치며 보스턴을 빠져나갔다. 여기까지는 모든 도로가 자전거를 순조롭게 탈 수 있도록 자갈이 깔려 있었지만, 남쪽으로 몇 킬로미터 아래에 있는 데덤부터는 거친 자갈길이었다. 하지만 노우드, 월폴, 렌섬을 거치면서는 거친 자갈길에서도 상대적으로 수월하게 자전거를 탈 수 있었다. 애니는 애틀보로를 거쳐 프로비던스로 간 다음, 그곳의 포장도로 위에서 밤을 보냈다.

프로비던스까지의 여행은 9시간이 걸렸는데, 떠나기 직전 며칠간 두세 차례 자전거 타는 법을 배운 것을 제외하고는 한 번도 자전거를 타본 적이 없는 여성에게는 감동적인 하루 성과였다. 앞으로의 날들도 거의 마찬가지였다. 순탄한 아스팔트길에서부터 거친 모래길에 이르기까지 긴 치마를 입고 19킬로그램의 무거운 콜럼비아자전거를 타고 가면서, 애니는 순탄한 길에서는 시간당 평균 13~16킬로미터를 갔고, 거친 길에서는 이보다 느리게 갔다. 물론 오늘날의 사이클링 수준에 비하면 매우 느린 것이었다. 그럼에도 "자전거 타기는 그녀에게 하늘이 내려준 재능인 것처럼" 보였다 (『애틀란타 콘스티튜션』).

애니는 6월 27일 밤을 프로비던스 호텔에서 묵었고, "사탕을 팔고 강연을 해서" 숙박비와 "여분의 50달러"를 벌었다. 그녀는 "내 비용은 인기인으로서 상점의 점원으로 일하거나 사진과 친필 사인을 팔거나 아니면 체육에 대한 강연을 해서 충당할 것입니다."라고 며칠 후 뉴욕에 도착해서 『뉴욕 헤럴드』 기자에게 말했다. "저는 2년 동안 의학을 공부했고, 신체적 미를 가꾸는 데 특별히 관심이 많습니다."

프로비던스의 남쪽 길들은 좋지 않았고, 거친 자갈은 점차 모래로 바뀌었다. 어떤 곳들은 자전거를 탄 채로 지날 수 없어서, 자전거를 끌고 가야 했다. 하지만 로드 섬 남서쪽의 야트막한 언덕들을 타고 해안으로 내려갈 때는 이전까지 한 번도 경험하지 못한 신체적 자유 —— 밧줄이 풀리는 것처럼 중력을 무시하는 —— 를 느꼈을 것이다. 결혼과 일, 모성이라는 부담을 지고 있던 자유로운 사고의 여성에게, 단 한 사람을 위해 만들어진 자전거를 타고 완만한 언덕을 미끄러져 내려가는 것은 무척 신나는 일이었음에 틀림없다.

애니는 스토닝턴에서 코네티컷으로 주 경계선을 넘었다. 그녀는 대리언에서 역사적인 보스턴 우편로에 올라 (코네티컷 주 남서부의) 그리니치로 간 후, 바이럼 리버 브리지를 건너 포트 체스터의 메인스트리트로 갔다. 7월 2일에는 30도가 넘는 기온 속에서 뉴욕시에 도착했다.

자전거로 세계 일주
런던데리 양은 보스턴에 돌아가기 전에
5,000달러를 벌어야 한다

런던데리 양은 …… 어제 아침 일찍 뉴욕에 도착해서 이스트 브로드웨이 208번가의 친구들 집으로 갔다.

런던데리 양은 지난 월요일[6월 25일]에 보스턴을 출발했다. ……
그녀는 이 도시로 오는 동안 매우 정중하고 친절한 대접을 받았다고 한다. 남녀 라이더들은 그녀를 호위해주었고 도중에 만난 도보 여행가들조차 매우 특별한 배려를 해주었다.

런던데리 양은 보스턴에서 광고 영업자였다. 결혼 전 이름은 애니 코엔이었고, 카프초프스키[원문대로]라는 남자와 결혼해서 세 자녀를 낳았다. 그녀가 어제 말한 바에 따르면, 남편은 그녀가 여행하는 것을 매우 기꺼워했고, 그렇지 않았다면 이 여행을 시작하지 않았을 것이었다. 런던데리 양에게 4인용 자전거로 자녀들을 함께 데려갈 수도 있지 않았냐고 묻자, 자신을 건사하는 문제만으로도 충분하다고 답했다. 이 목구비는 슬라브인의 모습이지만, 아름다운 갈색 눈이 그녀의 얼굴을 밝게 해준다.

『뉴욕 월드』, 1894년 7월 3일

대중은 진기한 세계 일주 모험과 그 모험을 한 사람들에게 홀딱 반해 있었기 때문에, 애니는 자신의 패기를 입증하기만 하면 언론과 대중이 엄청난 관심을 보이리라는 것을 잘 알고 있었다. 그녀는 성공하려면 반드시 명성을 얻어야 한다는 것도 깨닫고 있었다.

애니는 『뉴욕 헤럴드』에 이렇게 말했다. "저는 길에서 5~6주를 보내고 나면 더 많은 돈을 벌 수 있을 거라고 생각해요. 제가 지난 석 달 동안 신중하게 계획해온 이 여행에 정말로 열의를 갖고 있다는 걸 세상이 알아줄 테니까요."

일반적으로 IT혁명에 의해 초래된 국제적인 경제 통합 과정을 설명하는 세계화라는 단어는 20세기 후반에 유행하기 시작했다. 하지만 19세기 후반의 수십 년도 세계화의 시대였다. 통신과 운송 기술의 발전은 이제껏 불가능했던, 세계에 대한 호기심을 충족시킬 수단을 마련해주었고, 바로 몇 십 년 전보다 세계를 더 긴밀하게 서로 연결된 공간으로 만들었다. 국제 여행은 더 이상 왕자와 귀족들에게만 허락된 것이 아니라, 중간 계급도 마음먹어볼 만한 일이 되고 있었다. 근대의 거의 모든 미국인과 유럽인이 그러했던 것처럼, 애니는 1800년대 말에 세계가, 비유적으로 말하자면, 점점 작아지고 있음을 이해했다.

철도의 극적인 확산은 예전에 멀리 떨어져 있던 도시들을 연결했다. 대양 정기선은 나라들 사이의 거리를 좁혔다. 1883년 8월에 자바 섬과 수마트라 섬 사이 해협에 있는 크라카토아 화산이 재앙에 가까운 폭발을 일으켰을 때, 전신과 수마트라 전보는 그 뉴스를 수 시간 내에 전 세계로 전파했다. 이것은 전 세계 사람들이 거의 동시에 접하게 된 최초의 진정한 세계 뉴스였다. 비록 20세기 전반까지 완성되진 않았지만, 중앙아메리카를 가로지르는 운하가 말 그대로 배들의 세계를 축소시키리라는 것도 이미 1870년대에 인지되었다. 1893년에 시카고에서 열린 콜럼비아 국제 박람회의 '민족들의 거리' 전시는 어마어마한 수의 국제적인 보조 출연진들이 배역을 맡은 진정한 인간 동물원을 만들어 알제리, 이집트, 터키, 자바, 라플란드에서의 삶을 재현했다. 박람회의 설치물이었던, 사격의 명수 애니 오클리를 주인공으로 하는 버팔로 빌 코디즈 와일드 웨스트 쇼는 1890년대 중반에 유럽을 순회하며 유럽인들에게 미국 서부의 취향과 비전을 심어주었다.

19세기는 1803~1805년 루이스와 클락의 탐험으로 시작해서 대중의 마음을 사로잡은 세계 일주 모험들과 함께 끝났다. 토머스 스티븐스는 자전거로 세계를 일주한 최초의 남자 —— 최초의 사람 —— 가 되었다. 그는 1884년에 캘리프니아에서 출발해서 3년 동안 자전거로 약 21,700킬로미터를 달린 뒤 돌아왔다. 노바 스코티아 출신의 조시아 슬로컴은 배를 타고 혼자서 세계를 일주한 최초의 인물이었다. 그는 1895년에 직접 만든 11미터 길이의 슬루프형 범선을 타고 보스턴을 출발해서 3년 뒤 74,000킬로미터를 항해하고 돌아왔다.

1872년에 쥘 베른은 『80일간의 세계 일주』라는 책에서 당시의 시대정신을 포착했다. 이 소설의 주인공이자 괴짜 부자인 필레아스 포그는 단 80일 만에 지구를 일주할 수 있다는 내기에 재산과 목숨을 걸었다. 17년 후 저널리스트 넬리 블라이는 조지프 퓰리처의 『뉴욕 월드』를 홍보하기 위해 포그의 기록을 깨겠다고 나섰는데, 그는 나중에 예기치 않은 방식으로 애니의 이야기 속에 등장하게 된다. 블라이가 세계를 일주하는 데 걸릴 시간을 가장 근접하게 예측하는 사람을 가리는 『뉴욕 월드』 후원의 시합에는 100만 명 이상이 참가했다. 미국 인구가 고작 6,300만 명이던 때였다. 블라이는 주로 기차와 배를 이용해 72일 6시간 11분 14초 만에 일주를 마쳤고, 1890

년 1월 25일 뉴욕의 영웅 환영식장으로 돌아왔다. 애니가 십대 후반에 넬리 블라이의 모험에 대해 읽었던 것은 거의 확실하다. 넬리의 스펙터클한 세계 일주 경주는 수없이 보도되었기에 오히려 모르기가 쉽지 않은 일이었기 때문이다.

블라이의 여행은 대중을 완전히 사로잡아서, 유명한 게임 회사인 맥라우글린 브라더즈는 원래 이름이 '세계 일주 경기'였던 1890년 판 보드게임의 이름을 '넬리와 함께하는 세계 일주'로 바꾸어 다시 내놓았다. 지리와 여행 모험을 다루는 보드게임들은 1880년대와 1890년대의 미국 소비자들에게 엄청나게 인기 있었다. 블라이와 토머스 스티븐스, 그리고 애니 런던데리는 그러한 시대의 대중 스타였고, 그들의 모험을 담은 출판물들은 안락의자 모험가들을 즐겁게 해주었다.

1890년대에 전성기를 맞이한 자전거 열풍과 사회 평등을 위한 여성 운동 덕분에, 대중들은 이제 여성의 자전거 세계 일주를 받아들일 준비가 되어 있었다. 애니가 할 일은 자신이 진지한 경쟁자임을 증명하는 것이었다.

애니는 1894년 7월 3일 『뉴욕 헤럴드』에 며칠 내로 뉴욕을 떠나서 그로버 클리블랜드 대통령을 접견하기 위해 워싱턴으로 갈 것이고, "이어서 호놀룰루와 중국으로" 갈 것이라고 말했다. 그러나 내기꾼들이 정한 시간 안에 여행을 마쳐야 하는데도 7월 거의 한 달을 느긋하게 뉴욕에서 보냈다. 그녀는 이스트 브로드웨이 208번가에서 친구들과 머무르며 더 실용적인 복장, 즉 "신발 바로 위에서 끝나는 짧은 치마" 속의 블루머〔골프 바지처럼 생겼다.〕를 고안하느라 시간을 보냈다. "바람이 불어도 치마 아래를 잡기 위해 멈추지 않아도 될 거예요. 속도를 내려고 할 때마다 제 푸른색 서지 스커트를 바로잡느라 멈춰서야 했죠. 그래서 저는 다른 것을 입어야겠다고 결심했어요." 애니의 새 의상은 "검푸른 헨리에타 천"으로 만들어진 "편한 블라우스 조끼"였다. "그녀는 밑창이 고무로 된 신발을 신고 코르셋을 입지 않는다. 그리고 의상에 어울리는 자운티 모자를 쓴다. 치마가 거치적거려 자전거 타기가 힘들 땐 핀으로 간단히 치마를 고정시킨다."(『애틀란타 컨스티튜션』)

애니는 자신의 라이딩복을 고치면서 상당한 자신감을 보여주었다. "그녀는 15개월 안에 세계를 일주하면서 자신의 경비를 충당하고 나아가 5,000달러를 가져오지 못할 이유가 전혀 없다."고 생각했다(『뉴욕 헤럴드』). 이러한 모습이야말로 허세로 가득 차고 의심이라고는 전혀 없어 보이는 순수한 애니였다. 『뉴욕 헤럴드』기자가 여행이 두렵지 않은지 묻자, 그녀는 "아니요, 저를 해칠 사람은 없다고 생각해요. 하지만 뉴욕에서 떠날 때 만일을 대비해서 리볼버 권총을 가져갈 거예요."라고 답했다. 도시에 사는 주부이자 어머니로서 애니는 자전거만큼이나 총과 관련된 경험이 없었다. 하지만 만일 스스로를 방어할 수 있을지 혹은 자전거로 세계 일주를 할 수 있을지에 대해 조금이라도 의심했다면, 결코 그렇게 말하지 않았을 것이다.

　7월 말이 되자 여행을 재개할 준비가 끝났다. 7월은 뉴욕에 폭염이 쏟아지는 달이었다. 그녀는 13년을 통틀어 그 도시가 가장 더운 날이었던 7월 28일에 출발했다. "시원한 바람은 없었다. 간혹 불어오는 바람은 습기와 용광로에서 뿜어져 나오는 것 같은 열기를 품고 있었다. 내리쬐는 햇빛은 거의 참을 수 없을 지경이었고, 구릿빛 하늘은 달궈진 보도에서 물결처럼 일어나는 열기로 더욱 두드러졌다."(『뉴욕 데일리 트리뷴』) 한낮의 기온은 35도로 급상승했고, 습도는 86퍼센트로 끔찍했다. 그럼에도 어림잡아 "수백 명의, 다수가 부랑자들"인 군중이 애니를 전송하기 위해 뉴욕 시청 앞에 모여들었다. 애니는 "넬리 블라이 모자, …… 린넨 조끼와 보통 길이의 청색 치마"를 입고 있었다. 오후 12시 35분, "많은 사람들의 우레와 같은 함성이 쏟아졌고," 애니는 다시 길을 떠났다. "그녀는 브로드웨이를 거쳐 59번가로 향했는데, 그곳에서도 많은 군중이 애니를 응원했다. 나이 든 자전거 라이더들은 런던데리 양이 절대 여행을 끝내지 못할 것이라는 의견이다."(『뉴욕 타임스』)

　애니는 59번가와 브로드웨이(콜럼버스 서클)를 지나 여름의 녹음이 짙은 센트럴 파크를 거쳐 갔다. 센트럴 파크는 오아시스 같은 휴식처였다. 그곳은 뉴욕 시민들 ── 최소한 해변에 갈 수 없는 사람들

— 이 숨 막히는 여름 열기를 피하고 바람 한 점이라도 쐴 희망으로 찾는 곳이었다.

그 다음에 애니는 워싱턴 브리지로 할렘 강을 건넜다. 두 개의 우아한 아치로 이어진 워싱턴 브리지는 남쪽으로 맨해튼과 브롱스가 보이고, 북쪽으로는 욘커즈로 이어지며, 웨스트 포인트 맞은편의 허드슨 하일랜즈를 아우르는 넓은 전망을 제공했다. 허드슨 하일랜즈는 여태까지 여행에서 만난 가장 큰 언덕이었기에, 그녀는 무거운 콜럼비아자전거를 타고 의심의 여지없이 만만찮은 도전을 했을 것이다. 그러나 오르막을 오르는 것이 힘겨웠다면, 분명 내리막을 내려오는 길은 대단히 멋졌을 것이다. 가파른 내리막에서 다루기 힘든 자전거를 제어하는 법을 배우는 데 잠시 시간이 걸렸을지도 모르지만 말이다.

콜럼비아자전거는 오늘날의 자전거 브레이크처럼 핸들 바에 있는 레버로 작동하는 "스푼 브레이크"를 갖추고 있었다. 레버는 금속 브레이크슈를 앞바퀴와 접촉시켜 자전거의 속도를 늦추는 플런저와 연결되어 있었다. 그러나 오늘날의 자전거와 달리, 애니의 자전거는 페달을 움직이지 않아도 바퀴가 계속 돌게 하는 자유 회전 메커니즘이 없었다. 페달은 뒷바퀴와 직접 연결되어 있었다. 그래서 속도가 너무 빨라지면 회전하는 페달에 치마가 끼어 추락 사고가 나지 않도록 포크 아랫부분의 코스터 브래킷에 발을 얹어야 했다.

허드슨 하일랜즈를 지나자마자 애니는 (허드슨 강 동쪽에 있는 — 옮긴이) 포킵시를 거쳤고, 사우스 브리지로 허드슨 강을 건넌 뒤에 올버니로 향했다.

8월 중순의 초반이었고 보스턴을 떠난 지 한 달을 훌쩍 넘겼지만, 고작 서쪽으로 240킬로미터 떨어진 곳에 와 있을 뿐이었다. 이 정도는 아무리 1890년대라고 해도 경험 많은 라이더들은 이틀이면 소화할 수 있는 거리였다. 내기의 시계는 계속 똑딱거리고 있었지만 그녀는 거리를 거의 줄이지 못했다.

올버니를 벗어나자 도로 사정이 나빠졌고, 애니는 스키넥터디까지의 16킬로미터가 모래와 진흙으로 된 구릉성 도로라는 것을 깨달았다. 그녀는 첨탑들과 우티카의 전기 조명탑이 시야에 들어올 때까지 샛길과 이리 운하의 배 끄는 길을 따라갔다. 이리 운하의 배 끄는 길은 부드럽고 평탄해서 자전거 타기에 좋았지만, 노새와 말을 부려서 운하의 위아래로 바지선을 끄는 사람들은 라이더에게 그다지 친절하지 않았다. 그들은 자전거가 노새들을 자주 놀라게 하기 때문에 라이더들이 질주하며 지나갈 때마다 욕설을 퍼붓곤 했다. 그러나 혼자서 자전거를 타는 여성은 드물었던지라 화를 내기보다는 경악했을지도 모른다. 애니는 이리 운하를 건너 제네시 스트리트 쪽으로 꺾은 뒤에 우티카의 중심부로 페달을 밟았다. 우티카를 지난 뒤의 길은 시러큐스로 가는 내내 아주 훌륭했다.

8월 하순 중반이 되자, 대니는 시러큐스와 로체스터 사이에 와 있었다. 그녀는 이미 길에서 지내는 일에 싫증이 나고 있었다.

그녀는 호텔이나 숙소를 찾을 수 없을 때 종종 야외에서, 다리 아래서, 또는 헛간에서 — 폭풍우와 부랑자로부터 보호받을 수 있는 곳이면 어디에서나 — 잠을 자곤 했다. 뉴욕 중심가의 도로들이야 좋았지만, 보통의 가정에서 누리는 편리함이 없고 19킬로그램 무게의 자전거를 매일같이 타야 하는 노동은 진저리나는 일이었다. 쉽게 빨 수 없었기 때문에, 옷들은 8월의 더위 속에서 입기에 매우 불쾌한 상태가 되었다. 세탁을 할 수 있는 숙소를 발견했을 때조차, 다시 출발하기 전까지 옷을 완전히 말릴 시간이 없었다.

억수 같은 비에 흠뻑 젖어도 무거워진 옷을 입고 계속 달려야 했다. 그래서 하루가 끝날 때쯤이면 진흙 범벅이 되어 있었다. 건조한 날에는 먼지를 뒤집어 쓴 채 하루를 마쳤다. "하루 세 끼 식사를 하려고" 애썼지만 그럴 수 없을 땐 사과를 먹었다고 한다. 애니는 창조적인 방식으로 자신을 구원하는 일에도 익숙해져야 했다. 괜찮은 화장실은 그녀가 가장 높게 평가하는 사치품 중 하나였다. 대체로 길 위에서의 현실은 보스턴을 떠날 때 상상했던 매력적인 삶과는 상당히 다른 것이었다. 그저 고된 일의 종류만 바꾼 것처럼 보였다.

로체스터로 가는 길은 이리 운하 위로, 철로 아래로, 다시 철로 위로, 그리고 운하 위로, 수많은 교차점들을 거치는 뒤얽힌 길이었다. 로체스터부터는 전신줄을 따라가다가 철로 사이의 석탄재로 된

길 위에 올랐는데, 동쪽 행 기차와 서쪽 행 기차 사이에서 꼼짝없이 갇힌 듯한 고통스런 경험이었다. 버팔로에 이르렀을 무렵, 그녀는 뉴욕을 출발한 뒤로 두 달 동안 약 740킬로미터를 달렸지만, 시카고까지는 아직 절반도 가지 못했다. 그녀는 맡은 일을 과소평가하고 자신을 과대평가한 것은 아닌지 의문이 들기 시작했다.

하지만 버팔로에서 나오는 길에는 이리 호수의 아름다운 풍경을 만났는데, 특히 우드론 비치가 그러했다. 캐터로거스 인디언 보호 구역을 가로지르는 전신로를 따라가는 길은 척박했지만, 프레도니어로 가는 길은 한결 나아졌다. 그 사이 시골의 모습은 너무도 사랑스러웠다. 평탄한 이리 호숫가를 따라 멋진 도로와 샛길들이 나 있는 오하이오 구간에서 자전거를 타는 일은 바랐던 만큼의 즐거움을 가져다주었다. 애쉬터뷸러 인근에서는 커다란 농장들이 길 양쪽으로 펼쳐져 있었고, 아름다운 집과 가로수 길이 있는 풍요로운 마을들을 지나갔다.

9월 초에는 클리블랜드에 도착했지만, 서둘러 시카고로 떠나야 한다는 것을 알고 있었다. 초가을이 되자 8월보다 자전거 타기에 더 좋은 날씨가 이어졌다. 하지만 이제 그녀는 겨울의 혹한이 맹위를 떨치기 전에 이 나라의 3분의 2를 횡단해야 하는 쉽지 않은 상황에 처해 있었다.

지난 6월까지만 해도 그녀는 직장을 다니고 아이들을 키우느라 보스턴의 찰스 강 너머는 꿈꾸어본 적조차 없었다. 그러나 9월에는 시카고라는 대도시 근처에 와 있었다. 틀림없이 애니는 감정이 복잡했을 것이다. 한편으로는 여행의 첫 번째 주요 목적지에 도착하는 데 거의 성공했지만, 다른 한편으로 정신적으로든 육체적으로든 완전히 기진맥진해져 있었기 때문이다.

9월 24일, 애니의 남편이 보스턴의 연방 순회 재판소에서 미국 시민으로서 선서를 한 지 정확히 한 주 후에, 그녀는 시카고에 들어섰다. 선선하고 청명한 날이었다. 기온은 10도대 중반이었고 북서풍이 산들거리며 불었다.

『데일리 인터 오션』에 따르면, "애니 런던데리 양은 우리 도시에서 2주를 보낸 뒤에 여유롭게 남부를 지나는 여행을 할 것이고, 샌프란시스코로 가서 동양으로 가는 배를 탈 것이다." 『데일리 인터 오션』은 애니가 "여행을 계속하기에 최상의 조건"에 있다고 설명했지만, 이는 그녀에게 자전거 타는 것이 얼마나 힘든 일인지를 얕잡아본 것이었다.

자전거로 시카고까지 가는 것은 쉬운 일이 아니었다. 그녀는 체력도 충분히 키우지 않고 자전거를 타본 경험도 없이 여행을 시작했다. 게다가 페달을 밟고 나서야 콜럼비아자전거가 너무 무겁고 장거리 여행에 부적절한 자전거라는 사실을 깨달았다. 또한 애니의 라이딩 복장 — 그녀가 뉴욕에서 고안한 블루머 위의 "짧은" 치마 — 은 보스턴의 커먼 파크나 뉴욕의 센트럴 파크를 도는 데는 적합했을지 모르지만, 도로에서는 최악이었다. 특히 더운 날씨에 자전거를 탈 때는 불필요하게 무겁고 부피가 큰 장애물이었다.

서쪽으로의 여행은 너무 고되어서 애니는 "무거운 자전거를 타고 발을 구르느라" 몸무게가 9킬로그램이나 줄었다.

시카고로 가는 여행은 시험대에 올랐고, 내기에서 질 거라는 전망도 불안하게 드리워졌다. 출발한 지 벌써 석 달이었다. 만일 그녀가 계속 서쪽으로 갈 거라면, 시카고에서 허비할 시간이 없었다. 시카고와 캘리포니아 사이에 놓인 광대한 대초원과 산맥을 가로지르기엔 이미 시기가 너무 늦었기 때문이었다. 만일 남쪽 경로를 택한다면, 『데일리 인터 오션』이 보도했듯이 4,800킬로미터를 더 돌아가는 것이었다. 그리고 만약 경로를 뒤집는다면 그녀가 이제껏 달려온 것이 모두 무위로 돌아갈 것이었다. 내기에서 이기는 것은 이제 바보 같은 짓처럼 보였다. 애니는 이러한 선택지들 중에서 하나를 택하거나, 그간의 노력을 무로 돌리는 제4의 선택을 해야 했다. 그러나 그녀가 포기한다면 남성들과 동등하게 인정받기 위한 운동을 벌이고 있는 많은 여성들의 희망과 열망에 타격을 입힐 것이었다. 그리고 애니의 도전 정신을 감안하면, 아마도 자신의 실패를 위해 건배하며 그녀가 지는 쪽에 내기를 건 보스턴의 우쭐대는 남성들을 떠올리며 발끈했을 것이다. 그녀의 자존심과 결단력이 정신적, 육체적 고갈 상태를 능가할 것인가? 아니면 아주 잠시나마 떠나온 갑갑한 삶으로 예정보다 빨리 돌아갈 수밖에 없을 것인가?

44

2장

자전거와 신여성

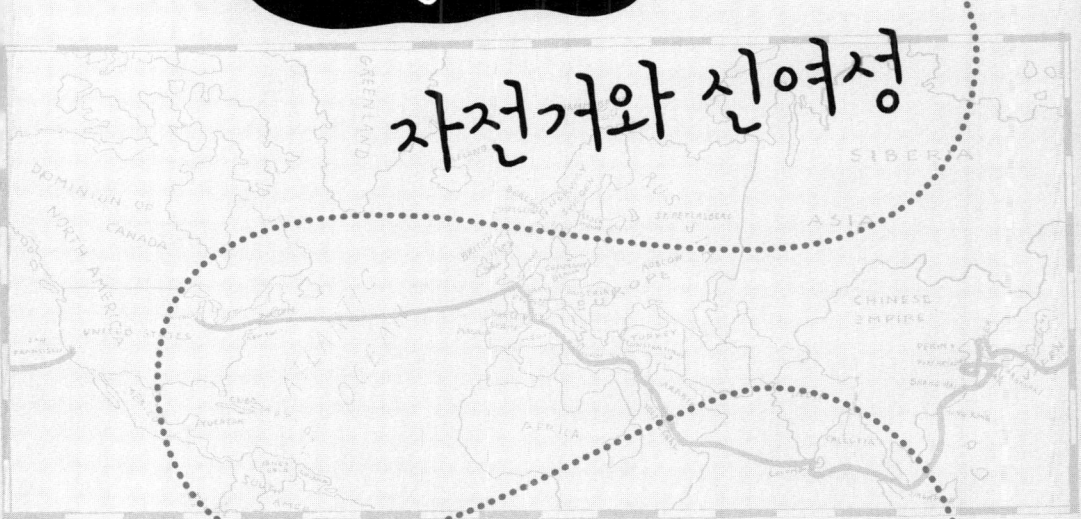

Map of the World, howing Route Traveled by Annie Londonderry.

옛날에 여자들은 말을 탔다
종속적인 사고에 딱 어울리게
그녀의 주인은 앞에 앉고
그녀는 뒤쪽 안장 위에 앉았다
그러나 이제 날아가듯 달리는 자전거를 타고
독립적인 자신의 길로 나아간다
남자와 경주를 한다면
그날 그녀가 이길 가능성은 반반이다
___A. L. 앤더슨

애니가 시카고에서 자신의 선택지들을 곰곰이 따져보는 동안에도, 내기 시계는 계속 똑딱거렸다. 지구를 한 바퀴 도는 데 주어진 15개월 가운데 3개월을 써버렸지만, 출발한 곳에서 고작 1,600킬로미터를 벗어났을 뿐이었다. 그녀가 지는 쪽에 내기를 건 "설탕 왕"이 베팅을 잘 한 것으로 보이기 시작했다. 그러나 이 기발한 일을 생각해 내서 그녀를 시카고로 떠나게 한 사람들은 대체 누구였을까? 애니는 어떻게 그 문제를 해결할 사람으로 선발되었을까? 실제로 내기가 있기는 했을까? 아니면 어떤 다른 계획이 있었던 것일까?

아마도 애니는 E. C. 파이퍼라는 괴짜 하버드대학생에게서 여행의 영감을 얻은 것 같다. 애니가 콜럼비아자전거를 타고 보스턴을 떠나기 넉 달 전인 1894년 2월 중순에, 파이퍼는 폴 존스라는 가명을 쓰면서 표면적으로는 5,000달러가 걸린 내기를 위해 맨몸으로, 심지어는 갈아입을 옷도 없이 걸어서 보스턴을 출발했다. 내기의 조건은 1년 안에 세계를 일주하고, 그 경비를 여행 도중에 벌어서 충당하는 것이었다. 그러나 출발한 지 정확히 2주가 지난 1894년 2월 25일, 파이퍼는 자신의 계획이 "가짜"였음을 시인했다. "그는 세계 일주에는 단 한 푼의 내기도 걸려 있지 않았고, 돈을 벌고 유명해지기 위해 계획을 꾸며냈을 뿐이라고 말했다."(『보스턴 데일리 글로브』)

『보스턴 데일리 글로브』가 존스를 "가짜"라고 보도한 바로 그날, 『뉴욕 타임스』는 "폴 존스의 라이벌이 된 한 여성"을 작은 헤드라인으로 뽑았다. 이름으로 확인할 수는 없지만, 확실히 그 이야기의 주인공은 애니였다. "보스턴의 한 신문사에서 근무하며, 사업가의 아내인 약 27세의 여성이 세계 일주에 나설 것이다. 그녀는 15개월 후에 모든 경비를 제하고도 5,000달러를 가지고 보스턴으로 돌아와야 한다. 어떤 내기로 인한 것인데, …… 계획의 일부는 라이딩 복 차림으로 자전거를 타고 여러 도시들을 들르는 것이다."

애니가 매사추세츠 주 의회 의사당을 떠나던 날, 몇몇 신문들은 그녀를 평판 나쁜 파이퍼에 비유했다. 즉 어떤 헤드라인은 "'폴 존스' 흉내 내기"라고 했고, 또 다른 헤드라인은 "자전거 탄 여자 폴 존스"라고 했다. 이는 애니 역시 모사꾼일 수 있음을 명백하게 암시하는 것이었다.

만약 실제로 내기가 애니의 여행에서 촉매 역할을 했다면, 그 배후에는 누가 있었을까? 만약 어떤 이들의 추측대로 모든 게 홍보 계획의 일환이었다면, 그 뒤에는 누가 있었을까? 혹은 파이퍼와 마찬가지로 애니는 단지 자신의 일에 극적 요소와 흥미를 더하기 위해 가짜 내기를 이용하는 계획을 모두 혼자서 짜낸 것일까?

우선 1894년 6월 26일자 『보스턴 포스트』에 따르면, "카프초프스키[원문대로임] 부인은 자신이 부유한 상인들의 후원을 받고 있다고 말하지만," 그들이 누구인지는 불분명하다. 앨버트 리더 박사를 언급하기도 하고 존 다우라는 이름이 거론되기도 하지만, 내기와 연관된 사람들은 이름으로 전혀 확인되지 않는다. 그저 "보스턴의 부유한 사교계 인사 두 명", "보스턴의 주식 중개인들" 또는 "보스턴의 부유한 설탕업자 두 명"으로만 알려져 있다.

앨버트 리더 박사는 자신의 병원에서 치료 운동을 중심으로 의료 활동을 했는데, 공교롭게도 1890년대에는 자전거를 타는 것이 여성의 건강에 이로운지 해로운지에 대한 활발한 논쟁이 있었고, 많은 의사들이 거기에 가담했다. 대개 남자들이었던 몇몇 의사들은 자전거 운동이 연약한 여성의 생리에 너무 버거운 것이라고 주장했다. 다른 의사들은 긍정적인 측면을 주장했는데, 이들은 자전거 회사로부터 금전적 "후원"을 받았다.

앨버트 리더 박사가 이런 자전거 회사의 홍보 계획에 연루되어 있었는지, 그리고 애니의 여행에 관여한 이유가 무엇이었으며, 어떻게 애니와 알게 되었는지는 불분명하다. 어찌됐든 『보스턴 포스트』는 애니의 여행이 시작되자마자 그녀의 주장을 의심했다. "카프초브스키 부인은 내기를 위해 전혀 노력하지 않고 있는데, 그 사정은 나중이 되면 다 밝혀질 거라고 말하는 사람들이 있다."『보스턴 저널』은 이렇게 보도했다. "〔주 의회 의사당에 있던〕 군중들은 그녀가 보상으로 10,000달러 정도의 금액을 받게 될 것인지 의심했다. 많은 이들은 처음부터 끝까지 홍보 계획일 뿐이라는 의견을 피력했다." 만약 애니의 계략이 실제로 이목을 끄는 광고나 홍보 계획이었다면, 이 여행으로 그녀보다 더 많은 이득을 챙길 사람은 오직 한 명이었다. 바로 앨버트 포프 대령이었다.

포프 대령은 그 시대의 선도적 기업가이자 보스턴의 유명 인사였다. 보스턴과 하트포드의 포프 매뉴팩처링 컴퍼니는 콜럼비아자전거를 생산하는 회사였다. 포프가 연루되었다는 한 가지 명백한 신호가 있다. 포프는 애니의 콜럼비아자전거를 제공했고, 펙 대위가 그를 대신해서 출발하는 날 직접 그 자전거를 주 의회 의사당으로 가져왔다. 그러나 애니의 여행을 콜럼비아자전거 브랜드의 판촉에 이용하는 것 이상으로 포프가 연관되어 있었는지는 알 수 없다.

알론소 D. 펙은 포프의 최장기 종신 직원 중 한 사람이었고, 1894년에는 보스턴 시내의 콜럼비아자전거 본사의 고참 영업자로 일했다. 포프 매뉴팩처링 컴퍼니가 판촉 목적으로 자전거를 기증하는 것은 특별한 일이 아니었지만, 1894년에 기증한 100여 대의 자전거 중에서 어떤 것도 애니에게 준 것만큼 대담한 목적에 쓰인 것은 없었다. 그리고 펙은 포프의 단순한 피고용인이 아니었다. 그는 미국자전거인연맹의 매사추세츠 주 지부장이기도 했다. 미국자전거인연맹은 포프가 1880년에 자전거 라이딩의 활성화와 라이더들의 이해관계를 위한 로비를 목적으로 만든 조직이었고, 특히 "좋은 도로" 운동을 펼쳐 도로 개선의 성과를 얻어냈다. 게다가 포프에게는 도로 개선의 또 다른 동기가 있었는데, 포프 매뉴팩처링 컴퍼니가 곧 자동차를 생산할 예정이었기 때문이다.

결국 포프는 콜럼비아자전거를 타는 애니에게 분명한 이해관계를 갖고 있었다. 1890년대 중반에 미국의 자전거 붐은 절정이어서 소비자들이 너도나도 자전거를 사고 있었다. 미국에서 자전거는 1897년 한 해 동안 200만 대 이상, 즉 30명당 1대 꼴로 팔려나갔다. 좋은 자전거도 100달러 이하에 구입할 수 있었다. 자전거 도로는 주말마다 꽉 막혔고, 신문들은 자전거 관련 기사와 "라이더"들을 위한 특별 칼럼으로 가득 찼다. 수백 개의 제작사들이 이미 필수품이 되어버린 자전거의 판매로 성공적인 이윤을 얻고 있었다. 그리고 모두 합쳐 3,000개의 미국 기업들이 다양한 방식으로 자전거 판매와 연관되어 있었다.

자전거가 어찌나 인기가 좋았던지, 1896년이 되면 매디슨 스퀘어 가든(뉴욕 시에 있는 실내 스포츠 경기장 — 옮긴이)조차 자전거 대박람회를 치르기에 너무 좁은 것으로 드러났다.

19세기 마지막 10년 동안 자전거 라이딩은 "보편적인 열광의 대상이었으며, 사회의 경제·사회적 기초를 뒤흔들고, 도덕관을 덜거덕거리게 만든 지진과도 같은 엄청난 에너지의 폭발이었다. 미국 여성들의 삶을 변화시키는 데서 '자전거'보다 더 분명한 역할을 한 것은 없었다. 1890년대의 여성 운동과 자전거 열풍은 떼래야 뗄 수 없을 만큼 긴밀하게 서로 얽혀 있어서, 1896년에 수전 B. 앤서니는 『뉴욕 월드』의 넬리 블라이에게 자전거가 "세상 그 어떤 것보다 여성을 해방시키는 데 크게 기여했다."고 말했다.

이제껏 한 번도 스포츠에 빠져본 적이 없던 여성들은 엄청나게 크고 상대적으로 개척되지 않은 시장을 형성했다. 그래서 포프 대령은 이 시장을 개척하기로 결심했던 것이다. 만일 어떤 여성이 콜럼비아자전거로 세계 일주에 성공한다면, 그 홍보 가치는 계산할 수 없을 정도로 큰 것이었다.

여성이 자전거를 타는 것이 언제나 쉬운 일은 아니었다. 애니 같은 여성이 자전거를 개인적이고 정치적인 힘을 발휘하는 수단으로 활용하기 위해서는 도로 포장 기술이 발전해야 했다. 페달의 동력을 뒷바퀴로 전달할 수 있게 해주는 체인 기술이 발전하기 전까지, 자전거 설계자들은 페달이 붙어 있는 앞바퀴의 크기를 키움으로써 속도를 높였다. 전형적인 오디너리ordinary자전거는 지름이 1.5미터나 되는 앞바퀴를 가지고 있어서, 페달을 한 바퀴 회전시킬 때마다 더 먼 거리를 이동할 수 있었다. 그래서 타는 것은 말할 것도 없고 자전거에 올라가는 것만으로도 운동에 대한 남다른 열의가 필요했고, 사고도 잦았다. 조종이 어려웠고, 도로에 파인 홈이나 큰지막한 돌멩이 같은 장애물조차 오디너리자전거를 타고 있는 사람을 튕겨 올려 핸들 바 위로 곤두박질치게 만들 수 있었다. 그래서 실제로 안전하게 "거꾸로 떨어지는" 법은 필수적으로 배워야 하는 기술이었다.

여성들에게는 이런 공통된 위험뿐만 아니라, 남들 앞에서 꼭 입어야 하는 길고 무거운 치마를 입고 오디너리자전거에 오르고 타는 문제까지 있었다. 비록 일부 여성들은 일찍이 1870년대부터 오디너리자전거를 탔고, 안장을 더 낮게 만들어 뒤쪽에 놓은 여성용 오디너리자전거가 있긴 했지만, 그래도 오디너리자전거는 당시 대부분의 여성들에게 자신의 현재 수준보다 더 강한 체력과 운동에 대한 더 큰 열의를 요구했다.

1870년대 후반에는 이른바 안전자전거가 첫선을 보였다. 안전자전거는 앞뒤 바퀴의 크기가 같고 페달에서 뒷바퀴로 동력을 전달하는 체인 드라이브가 있었다(몇몇 모델은 체인 없는 "구동축"을 갖고 있었다.). 안전자전거는 노인들과 여성들을 위해 고안되었기에 처음

오디너리자전거. 체인이 등장하기 전에는 페달의 동력이 앞바퀴에 직접 전달되었기 때문에 자전거의 속도를 높이기 위해서는 앞바퀴를 크게 만들어야 했다. 그러나 이러한 오디너리자전거는 타고 내리기가 쉽지 않았고, 사고의 위험도 컸다.

에는 노련한 라이더들의 비웃음을 샀지만, 순식간에 오디너리자전거보다 더 빠르고 더 안정적인 최상의 디자인으로 판명되었고, 오늘날까지도 자전거 디자인의 기본이 되고 있다.

아이러니하게도 안전자전거야말로 여성들을 포함한 보통 ordinary 사람들이 쉽게 탈 수 있는 자전거였다. 오디너리자전거는 순식간에 시대에 뒤떨어진 것이 되었고, 안전자전거가 1890년대 자전거 열풍을 이끌었다. 자전거 잡지인 『베어링』은 1894년 10월에 "안전자전거는 모든 연령대의 여성들에게 너무도 간절하던 욕망을 채워준다."고 썼다. "계급의 구분 없이 누구나 탈 수 있다. 부자든 가난뱅이든 누구나 이처럼 인기 있고 건강에 좋은 운동을 즐길 기회를 갖는다."

라이딩이 대중의 폭발적인 인기를 얻으면서, 1890년대에는 새로운 종류의 여성이 이름을 떨쳤다. "신여성"은 가정에서 나와 일함으로써 인습과 절연하고, 전통적인 아내와 어머니의 역할에서 벗어나려 하며, 정치적으로 참정권 운동 등의 사회적 이슈에 적극적인 여성을 일컫는 말이었다. 신여성은 자신이 남성들과 동등하다고 여겼고, 자전거는 그러한 주장을 도왔다.

자전거가 출현함에 따라, 여성들은 자신이 사는 동네 너머로 시야를 넓히는 물리적 이동성을 얻었을 뿐만 아니라, 새로운 의미의 이동의 자유를 알게 되었다. 그 자유는 이제까지 빅토리아적 감수성과 빅토리아 시대의 거추장스런 패션에 의해 제약받아온 것이었다. 1870년대에 오디너리자전거를 타는 여성들은 속살이 많이 드러나는 아슬아슬한 옷을 입곤 했다. 팔과 다리가 다 드러나고 목둘레가 가슴 선까지 깊게 파인 옷차림이었다. 이러한 옷차림은 추문을 불러일으켰고, 노골적인 성애와 여성의 육체적 진력이 뒤엉킨 광경을 참을 수 없었던 많은 이들의 비난을 받았다. 그러나 이 여성들은 어느 정도는 자전거의 점진적인 대중화로 촉진된 복장 개량 운동의 전위인 셈이었다. 그녀들은 빅토리아 시대의 전통적인 복장보다는 자신들의 목적에 적합한 옷을 원했다. 당시의 구속적인 복장들 —— 코르셋, 페티코트나 후프 위에 입는 길고 무거운 여러 겹 치마, 애니가 여행을 시작할 때 입었던 하이칼라와 긴 소매의 셔츠 —— 은 이동의 자유를 제한했으며, 그 시대 여성들의 위축된 삶을 상징하는 듯했다. 그런 옷은 얌전한 운동에조차 맞지 않는 것이었다. 라이딩은 더 실용적이고 합리적인 옷을 요구했고, 그래서 여러 제한이 있는 치마와 코르셋은 점차 블루머 —— 종종 무릎 부근이 끈으로 묶인 갈라진 치마 —— 로 대체되었다. 블루머는 이미 수십 년 전에 처음 등장해서 그 타당성을 둘러싸고 커다란 사회적 전투가 벌어진 바 있었지만, 자전거 열풍이야말로 자전거를 타고 싶은 모든 여성을 위해 여성복의 변화를 실질적으로 요구했다.

여성사가인 새라 고든에 따르면, "스포츠 복장 덕분에 매우 다양한 여성들이 자기 자신과 자신의 옷이 어떤 관계가 있는지를 두고 토론에 함께하게 되었다. 주류의 여성들이 패션의 명령에 거의 도전하지 않던 시기에, 새로운 스포츠는 여성복에 대해 다시 생각할 기회를 제공했다."

애니는 결국 그 문제에 대해 강력한 입장을 갖게 되었다. "런던 데리 양은 자전거의 출현으로 인해 여성의 의상이 유익하게 개량될 것이라는 의견을 표했다. 그녀는 가까운 미래에 신분이 높든 낮든 모든 여성들이 자전거를 탈 것이라고 믿는다. 아마도 옹졸하고 긴 치마를 입는 마르고 호리호리한 여성들만 제외한다면 말이다."(『오마하 월드 헤럴드』)

그러나 복장 개량은 단순히 실용적 적응의 문제가 아니었다. 그것은 오래도록 유지되어온 정숙함과 여성스러움의 정의를 새로 썼고, 뜨겁게 달아오르는 도덕 논쟁의 주제가 되었다. 라이딩 복장과, 여성들 사이의 자전거 인기는 여성의 운동에 대한 열정과 적절한 행동거지에 대한 대중의 인식을 영구적으로 바꾸어버렸다. 여성이라면 정숙하고 예의 발라야 한다고 생각하던 사람들도 이제는 여성들 또한 활동에 적합한 옷을 입고도 자전거 타는 것에 힘을 쏟을 수 있고, 또 그렇게 하면서도 여성스러울 수 있을 뿐만 아니라 심지어 더 여성스러워질 수 있다는 사실을 받아들였다. 한때는 길게 늘어뜨린 천 아래 파묻혀 있던 여성 라이더들은 이제 낡은 껍데기를 벗고 말 그대로 '신여성'으로서 등장했다.

애니는 앞으로의 여행 과정에서 온갖 복장으로 갈아입으면서 신여성으로 변화해갈 것이었다. 그녀는 긴 치마와 전통적인 블라우스, 재킷 차림으로 출발했다가 시카고에서 블루머로 갈아입었고, 결국 나중에는 여행의 상당 기간 동안 남성용 라이딩복을 입게 되는데, 이는 여성들이 입는 옷에서 드러나는 삶의 커다란 변화를 상징하는 진화의 과정이었다. 그녀의 복장 선택은 어떤 이들에게는 충격이었다. 예를 들어, 애니가 1895년 6월에 애리조나 주 피닉스를 지날 때 어느 나이 든 여성은 "남자 바지"를 입은 여성 라이더를 보고 너무 충격을 받은 나머지 섬뜩해 하며 인근 가게로 달려 들어가서 "19세기 여성의 타락과 뻔뻔함'에 대해 투덜거렸다. 자전거 라이딩과 그에 수반한 복장 개량은 전통적인 성별 규범에 도전했으며, "여성들이 여성스러움에 대해 이의를 제기하고 다시 생각할 여지를 주었다." 그리고 애니만큼 그러한 현상의 적절한 사례는 찾기 힘들다.

　자전거 라이딩이 여성들에게 성적으로 자극적일 수 있다는 것 또한 1890년대 많은 이들의 실제 관심사였다. 안장에 다리를 벌리고 걸터앉는 자세로 자전거를 굴리는 동작을 하게 되면 성적 흥분을 불러일으킬 것으로 여겨졌다. 그래서 여성의 생식기가 닿는 부분이 뚫려 있는 이른바 위생 안장이 등장했다. 높은 스템과 곧게 선 핸들 바 또한, 좀 더 공격적인 자세를 취하는 "드롭" 핸들 바와 대조적으로, 여성이 자전거를 탈 때 취하는 자세의 각도를 낮추어 성적으로 자극받을 위험을 줄여줄 것으로 기대되었다.

　몇몇 비판자들은 자전거가 여성의 건강에 해로울 것이라고 경고했고, 여성들의 기를 꺾어서 자전거를 타지 못하게 하려는 온갖 주장들도 제기되었다. 여성 신체의 연약함과 예민함은 일반적인 주제였다. 『아이오와 스테이트 레지스터』의 어느 기사는 그 시대의 전형적인 생각을 보여준다. 그 기사는 자전거를 타는 동안 습기와 추위에 노출되면 "생리 불순이나 끔찍하게 고통스러운 생리통이 생길 수 있고, 나중에 건강이 나빠질 수도 있다."고 경고했다. 다양한 "치료제" 제조업자들은 라이딩이 신장, 간, 요로를 손상시킬 수 있다며 공포심을 조장했고, 심지어 일부 제조업자들은 바퀴의 떨림으로 인한 작은 부작용이 결국에는 사망에 이르게 할 수도 있다고 시사했다. 워너스 세이프 큐어 사는 이런 주장들을 보통의 신문 기사처럼 보이는 광고로 만들었다. 예를 들어, 워너스 세이프 큐어 사는 『시카고 타임스 헤럴드』와 『켄사스 시티 스타』의 1895년 9월 21일자에서 여성들만이 아니라 남성들도 똑같이 위험하다고 경고하면서 워너스 세이프 큐어의 약이 그 치료제라고 설명했다.

그러나 1890년대 초반 내내 여성의 라이딩 부작용에 대해 거듭되었던 경고 또한 신랄한 비판에 직면했다. 『시카고 데일리 뉴스』의 다음과 같은 기사는 이를 잘 보여준다. "여성들이 무언가를 배우려 하거나, 쓸모 있는 일을 하려 하거나, 심지어는 재미난 일을 하려 할 때조차, 여성은 자신의 건강을 지키는 것이 의무라는 근엄한 경고를 들어야 한다. 반면에 많은 주들에서 여성들은 하루 10시간 동안 공장에서 일할 수도 있고, 오전 8시부터 오후 6시까지 통풍이 안 되는 가게에서 계산대에 서 있을 수도 있고, 시간당 5센트를 받기 위해 재봉틀 위로 몸을 숙이고 있을 수도 있지만, 누구도 이러한 조건에 항의할 만큼 자상하지 않다. 그러나 실내에서 앉아서만 지낸다고 비난받는 바로 그 여성들이 자신들에게 몹시 필요한 신선한 공기를 마시고 운동을 할 수 있는 값싸고 즐거운 방법을 찾아내자, 그녀들의 신체적 행복에 대한 거센 비난이 쏟아진다." 명백하게, 자전거 라이딩이 여성의 취미 생활로서 등장하자마자 여성의 권리에 대한 도전이 제기되었다.

엘리자베스 캐디 스탠턴과 수전 B. 앤서니 같은 여성 운동 지도자들에게, 여성의 라이딩 복장을 둘러싼 싸움은 성 평등과 심지어는 투표권을 위한 더 큰 투쟁에서 핵심적인 부분이었다. "제발 말해봐요, 왜 여성은 남성만큼 자신에게 맞는 옷을 입을 권리가 없는 거죠?" 앤서니는 1895년에 한 기자에게 물었다. "여성이 복장 문제에 대해 취하는 태도는 여성도 남성과 똑같이 자신의 움직임을 알아서 관리할 권리가 있음을 깨달았다는 작지 않은 암시를 줍니다." 스탠턴은 종종 "최초의 신여성"으로 언급되기도 한다. 그녀는 또한 여성이 입고 싶은 대로 옷을 입을 권리를, 다시 말해서 라이딩의 맥락에서 주장하는 권리를 강력히 옹호했다. 스탠턴은 1895년에 어느 저널리스트에게 이렇게 말했다. "[라이딩할 때] 남성들은 휘날리는 코트 끝자락이 볼품없고 헐렁한 바지가 거추장스럽다는 것을 깨닫자 의상을 자신에게 맞게 변형했고, 우린 간섭하지 않았어요. 남성들은 자락이란 자락은 다 짧게 줄이고 피부에 딱 달라붙는 의상을 입고 나왔어요. 우리는 그들의 라이딩 복장에 대해 신경쓰지 않았는데, 왜 그 사람들은 우리가 입고 싶은 것에 대해 참견을 하나요? 우리는 '우리를 그냥 내버려두라.'고 말한 성서 속 악마들보다 더 많은 것을 요구하지 않아요."

라이딩 복장에 관한 문제 제기에 대해 "우리를 그냥 내버려두라."는 스탠턴의 경고가 있었음에도, 남성 지배적인 의료 전문가들은 간섭하고 나섰다. 1895년 9월 디트로이트에서 개최된 '미시시피 밸리 의료인 대회'의 참석자들은 라이딩을 남성과 여성을 위한 건강 운동으로 추천했지만, 블루머에 대해서는 "괴상망측한 것"이라고 조롱했고, "지켜보는 사람들의 눈에는 [그 옷이] 혐오스러우며 그 옷을 입은 사람을 천하게 보이게 한다고 만장일치로 선언했다." 그러나 의학적 근거는 하나도 제시되지 않았다. 1895년 뉴욕 주 노리치에서는 한 무리의 젊은 남성들이 블루머를 입은 여성과는 교제하지 않을 것이며, "내가 사는 지역에서 그런 복장이 인기 없어지도록 모든 영예로운 수단을" 사용하겠다는 서약서에 서명했다. 결코 실현되지는 못했지만, 그들의 목표는 자신들의 운동을 "전국 블루머 반대단"으로 조직하는 것이었다. 그들의 노고는 용감했지만 놀림거리가 되고 말았는데, "블루머를 입는 사람들은 대개 자기 자신의 생각을 갖고 있고 얘기하는 법을 알고 있는 젊은 여성들이었기" 때문이다(『시카고 선데이 타임즈-헤럴드』). 그리고 이런 묘사는 애니에게 정확히 들어맞는 것이었다.

여성들의 라이딩 복장은 만평가들의 먹잇감이 되기도 했다. 애니가 오마하를 방문하는 동안 1895년 8월 25일자 『오마하 월드 헤럴드』에는 이집트 상형 문자로 된 캐리커처 만평이 실렸다. 이 만평은 파자마처럼 생긴 헐렁한 바지를 입은 한 여성이 자전거를 타고 지나가는 모습을 "람세스 클럽"의 여러 이집트 남성들이 멍하게 지켜보는 광경을 그렸다. 애니가 샌프란시스코를 방문하는 동안 나온 또 다른 만평은 헐렁한 블루머가 거센 바람을 맞아 공기로 빵빵해져 있고 다리와 엉덩이 부분이 자전거 위에 붕 떠 있는 한 여성을 그렸다. 만평의 아래에는 "그녀의 블루머는 너무 헐렁했다loose."고 씌어 있었는데, 이는 그 여성이 성적으로도 문란할loose 것을 암시했다.

애니는 자전거를 타고 달리면서 자전거라는 스포츠와 그 복장에 대한 이 모든 선입관과 오해에 직면했고, 그래서 남성들과 여성들이 변화하는 성 역할에 대한 희망과 두려움을 투사할 수 있는 인물이 되었다.

자전거에 의한 사회 변화는 여성의 패션에만 한정되지 않았다. 자전거를 타는 여성은 교통수단과 관련하여 더 이상 남성에게 의존하지 않아도 되었다. 즉 여성은 자신의 의지에 따라 자유롭게 오갈수 있게 되었다. 여성들은 탈것의 속도에 의해 가능해진 새로운 종류의 신체적 능력을 체험했다. 자전거는 새롭게, 그리고 강력하게 여성을 남성과 동등하게 해주었다. 간단히 말해서, "여성들은 점차 자전거를 자유를 가져다주는 기계로 여기게 되었다."

"종종 여성스럽지 않은 오락이라는 비난이 있었지만, 그러한 비난은 이 새롭고 건강에 좋은 오락이 결혼하려는 여성들에게 즐거움과 활력을 준다는 사실이 널리 인정됨에 따라 자취를 감추게 되었다. …… 이런 결론에 이르게 되면 방관자들조차 그 흐름의 저항할 수 없는 힘에 이끌리기 마련이다. 그녀는 자전거를 빌리거나 구입해서 머뭇거리며 따라나선다. 한 번 바뀐 관점은 영원히 계속된다. 전문가가 될 만큼 연습하지 않았는데도, 그녀는 언제든 개종할 준비가 되어 있는 광신자가 된다. 거부하라, 그게 아니라면 타라!"

(1895년 6월, 『스크라이브너스 매거진』 사이클링 담당 마거릿 메링턴) 여성들은 타는 쪽을 택했다. 1891년에서 1896년 사이에 미국, 영국, 프랑스, 독일에서 여성 라이더의 수는 100배에서 400배 사이로 늘어나서 무려 130만~320만 명에 이르렀다.

애니가 자전거를 타고 고속도로에 나선 유일한 여성은 아니었다. 엘리자베스 로빈스 페널 같은 몇몇 여성들이 이미 자전거로 장거리 여행을 했다. 페널은 여성의 권리에 대한 관심이 큰 작가였으며, 1884년에 남편 조지프 페널과 함께 런던에서 캔터베리까지 2인승 자전거로 신혼여행을 했다. 그리고 그해 말에는 2인승 삼륜자전거를 타고 사람들의 엄청난 호기심을 불러일으키면서 피렌체에서 로마까지 갔다. 또 2년 후인 1886년에는 안전자전거를 타고 동유럽을 여행했다.

매사추세츠 주 우스터의 패니 불러 워크먼 또한 내과의사인 남편 윌리엄 헌터 워크먼과 함께 장거리 자전거 여행을 했다. 워크먼 부부는 1889년부터 10년간 자전거로 유럽, 아프리카, 아시아를 돌아다녔다. 그러나 애니와 달리 패니 워크먼은 자수성가한 부자였으며, 엘리자베스 페널과 마찬가지로 항상 남편과 함께 여행했다. 워크먼 부인은 언제나 풍성한 소매가 달린 하이넥 블라우스와 "볼륨감 있는 스커트" 같은 빅토리아 시대의 복장을 제대로 갖춰 입고 자전거를 탔으며, 스커트 안에도 코르셋과 여러 속옷들을 완벽하게 순서에 맞춰 입었다. 애니가 보스턴을 떠날 준비를 하고 있던 1894

년 봄에 워크먼 부부는 알제리의 황량한 지역을 가로지르며 2,400 킬로미터를 달리고 있었다. 애니가 캘리포니아 해안을 따라 내려가고 있던 이듬해 봄에는 에스파냐를 관통하는 4,300킬로미터의 자전거 여행을 하고 있었다.

1896년에 이르러 보스턴의 여성들은 자신들의 자전거 클럽을 최소한 4개 이상 결성했다. 대다수의 기존 자전거 클럽이 여성을 회원으로 받아들이지 않았기 때문이었다. 자전거 라이딩은 이제 대중적인 현상이 되었고, 몇몇 부유한 여성이나 이른바 신여성의 전유물이 아니었다. "가지각색의 여성들이 자전거 열성 신도 명단에 이름을 올렸다. 소심한 여성은 두려움을 내던졌고, 예절에 엄격한 여성은 망설임을 넘어섰으며, 보수적인 여성이 자전거의 장점에 대한 적극적 옹호자가 되었다. 무엇이든 어중간한 법이 없고 이미 대중적인 유행을 따를 준비가 되어 있는 여성들의 세계는 완전히 자전거에 미쳐버린 것처럼 보인다."(『보스턴 데일리 글로브』) 실제로 배우 새라 번하트와 릴리언 러셀 같은 유명한 여성들이 자전거 클럽에 가입하자 여성들의 라이딩에 대한 열정은 한층 더 가속도가 붙었다.

비록 애니가 자전거를 타는 최초의 여성 가운데 하나였거나 어떤 의미에서든 최초의 여성 장거리 라이더 가운데 하나였던 것은 아니지만, 1894년 6월까지는 어떤 여성도 혼자서 자전거로 세계 일주를 하는 것은 고사하고 미국 횡단을 시도한 적도 없었다. 이런 점에서 애니는 그 시대의 산물이자 전위였다. 그녀는 패니 워크먼이나 엘리자베스 페널과 달리 남편과 함께 다니지 않았다. 그리고 안락한 삶을 살고 있던 페널 부부나 워크먼 부부와는 완전히 다른 목적으로 자전거를 탔다. 즉 그녀는 돈을 위해, 명성을 위해, 자유를 위해 자전거를 탔다. 그리고 만일 애니와 신여성이 무언가와 관계가 있었다면, 그건 바로 개인의 자유였다.

애니의 계획이 이미 거창하게 급변하긴 했지만 — 그녀는 자전거로 세계를 한 바퀴 돈 최초의 여성이 되고자 했다. — 그녀의 여행을 여성에 관한 내기로 위치 지은 것은 기막힌 발상이었다. 무엇보다도 자전거 여행은 시간과 싸우는 극적인 경주가 되었다. 런던데리 양은 제한 시간을 지킬 수 있을 것인가? 내기에서 이겨서 10,000달러의 상금을 탈 수 있을 것인가? 보스턴으로 돌아와서 어느 남성 우월주의자가 틀렸음을 입증하고, 그리하여 그 남성이 큰돈을 잃게끔 만들 것인가? 게다가 애니는 그 내기를 신여성의 역량을 시험하는 것으로 만듦으로써, 성 평등에 대해 어떠한 관점을 갖고 있든 간에 남성과 여성 모두가 내기의 결과에 간접적으로 판돈을 걸도록 만들었다. 그날의 신문들은 이 신여성과 그녀가 할 일에 대해 엄청난 관심을 보였고, 애니는 자신의 여행을 신여성에 대한 일종의 시험으로 위치지음으로써 미디어의 관심을 크게 고조시켰다.

애니가 주목받기 위한 방편으로 내기를 이용한 유일한 사람은 아니었다. 실제로 여행자가 일정한 액수의 돈을 벌어서 일정한 시간 안에 돌아와야 하는 세계 일주 내기는 1890년대 중반에 매우 흔한 일이었다. "일정한 기간 안에 세계를 일주하고, 종종 그 과정에서 꽤 많은 돈을 벌어야 하는 큰 내기를 하고 있다고 주장하면서, 빈둥거리며 세계를 돌아다니는 사람들이 거의 매주 나타나고 있다. 이런 식의 무임승차는 …… 점점 매우 진부하고 지루한 것이 되어가고 있다."(『로스앤젤레스 타임스』 1895년 5월 29일)

하지만 비슷한 시도를 한 대부분의 사람들은 애니와 같은 명성을 얻지 못했다. 신문의 편집인들과 독자들이 애니가 내기를 위해 여행하고 있다고 진심으로 믿었든 그렇지 않았든 간에, 그녀는 여행하는 곳 어디에서든 그들의 관심을 사로잡았다. 그녀는 매우 훌륭한 기사거리를 제공했고, 1890년대의 대중들과 공명할 대중적인 줄거리를 만들어내고 있었기 때문이다.

애니의 설명대로, 그 내기는 그녀로 하여금 여성 평등에 관한 광범위한 공적 논쟁의 한복판에 서게 했다. 비록 그녀가 적극적인 페미니스트로서 활동한 전력은 전혀 없었지만 말이다. 그녀는 매우 뻔뻔하고 노련하게 그 시대의 여성 운동을 개인적 야망을 위한 발판으로 이용했다. 그러나 오늘날의 관점에서 보면, 애니는 자유와 독립에 대한 개인적 욕구를 실현하고 사회적 인습에 얽매이지 않는 진정으로 급진적인 경로를 계획함으로써 여성의 잠재력을 충분히 발휘하려는 결정을 내렸다는 점에서 분명한 페미니스트였다.

그러나 애니는 스스로를 신여성의 상징으로 설정하면서 다소 무거운 짐을 져야 했다. 즉 수많은 여성들의 희망과 염원이 그녀의 핸들 바에 걸려 있었다. 이러한 정치적 동기가 부담스러웠을 수도 있다. 하지만 일차적인 동기가 순수하게 개인적인 것이었기 때문에, 그러한 추가 부담이 그녀의 활기를 떨어뜨리지는 않았을 것이다. 오히려 그러한 정치적 동기야말로 사람들로 하여금 그녀를 주목하고, 그녀를 돕고, 경우에 따라서는 그녀의 성공을 위해 주머니를 털도록 했다. 또한 그녀가 라이딩을 포기하고 싶을 때가 온다면, 혼자서 달리고 있지 않다는 사실이야말로 계속 나아가야 할 충분한 동기를 제공해줄 것이었다.

3장

치마를 벗고 블루머를 입다

먼지 구름이 소용돌이치는 길에서 벗어나
황홀한 기분으로 넋어나
최신의 공기 타이어 위에 걸터앉아서
고드름처럼 냉정한 자전거 여성이 간다
비웃는 자들의 조롱에 귀 기울이지 않고
장애물들이 속바지를 더럽힐지라도
결코 외롭지 않고 고드름처럼 냉정한, 두발자전거 처
녀, 세발자전거 처녀
___런던 주디, 『버팔로 일러스트레이티드 익스프레
스』, 1894년 7월 29일

1894년 9월 말에 시카고에 도착했을 때, 애니는 공개적으로 패배를 선언했다. 콜럼비아자전거는 장애물일 뿐이었고, 치마는 거추장스러웠으며, 뉴욕에서부터 계속된 라이딩으로 완전히 지쳐 있었다. 눈발이 날리기 전에 대평원과 로키 산맥, 캐스케이드 산맥을 횡단할 방법은 없었다. 남쪽으로 더 멀리 돌아가는 경로 또한 위압적이기는 마찬가지였다.

　애니는 7월 초에 『뉴욕 헤럴드』에 말한 것과 달리, 사전 계획을 거의 하지 않았던 것 같다. 서쪽으로 여행하겠다는 결정은 치명적 실수로 보이기 시작했다. 최소한 시카고로 오는 느긋하지만 고된 3개월의 여행이 그녀를 녹초로 만들었다. "몇 주 전에 자전거로 세계 일주 여행을 시작한 런던데리 양은 여행을 완수하지 않기로 결정했다."고 『뉴욕타임스』 10월 11일자는 보도했다. "그녀는 지금 시카고에 있으며, 새로운 계획을 세웠다. 그녀의 성별(여성 — 옮긴이)을 위해 시카고와 뉴욕 사이를 달리는 자전거 라이딩 기록을 세우는 것이다. 그녀는 다음 주 일요일에 출발해서 클리블랜드, 버팔로, 올버니를 차례로 지날 것이다."

몇 주 후에, 애니는 시카고에 도착했을 때의 느낌을 이렇게 설명했다. "보스턴에서 출발할 때 …… 나는 치마를 입고 19킬로그램짜리 자전거를 탔다. 그 결과 시카고에 도착했을 때는 완전히 사기가 꺾였고, 샌프란시스코까지 자전거를 타거나 걸어서 가는 것을 포기하려 했다."

시카고에서 뉴욕까지 달리는 기록을 수립하겠다는 새로운 목표는 체면을 세우기 위한 술책에 지나지 않았다. 그녀만큼 야심만만한 여성에게, 이 새로운 계획은 자전거로 지구를 일주한 최초의 여성이 되기 위해 6월에 보스턴을 출발할 때 기대했던 영광 —— 돈은 말할 것도 없고 —— 에 비하면 하찮은 일이었다.

애니는 아마도 콜럼비아자전거에서 내린 뒤 그 도시의 기이한 에너지를 빨아들이며 거리를 걸은 듯하다. 어찌됐든 그녀는 젊고 매력적이며 자유로웠고, 그 대도시에서 익명의 존재였다. 그녀는 동쪽으로 돌아가기 전에 잠시 휴식이 필요했다. 시카고는 소음과 매연이 심하고 종종 인근 도살장의 달콤하고 역겨운 냄새로 뒤덮였다. 그 도시에서 사람들의 움직임은 현기증을 일으킬 정도였다. 밝은 노란색 전차가 마차, 말, 자전거와 도로를 두고 경쟁했고 때로는 자동차와도 경쟁했다. 주민이 거의 150만 명에 이르고 나날이 그 수가 늘고 있는 시카고는 이미 큰 도시였고 날마다 더 커지고 있었다. 아이오와와 캔자스에서 온 구직자들, 뉴욕과 볼티모어에서 온 기업가들, 필라델피아와 보스턴에서 온 변호사들, 텍사스와 오클라호마에서 온 목장주들 등, 모든 곳에서 사람들이 몰려들었다. 판지로 된 여행 가방을 든 남부의 아프리카계 미국인들과 농장 출신의 젊은 여성들이 사방팔방에서 온 기차들에서 내렸다. 새로 도착한 사람들은 잠시 그곳에서 연기로 흐려진 햇빛을 물끄러미 쳐다보았다. 그들 중 대부분은 이제 어디로 가야할지 아무런 생각도 없었다.

　　실패를 인정하고 새로운 계획을 발표하긴 했지만, 애니는 쉽게 포기할 여성이 아니었다. 그녀는 얼마 되지 않아 다시 생각을 바꾸었다. 그녀는 윈디 시에 머무는 동안 캐롤 애비뉴에 공장과 사무실을 두고 있는 스털링 사이클 웍스의 사람들을 만났다. 스털링 사이클 웍스는 매우 품질이 우수한 자전거를 만든다는 평판을 얻고 있었다. 그 회사의 모토는 "시계처럼 만든 자전거"였다. 애니가 어떻게 스틸링 사이클 웍스 사와 관계를 맺게 되었는지는 여전히 미스터리지만 어쨌든 거래는 성사되었다. 『버팔로 쿠리어』에 따르면, "스틸링 사이클 컴퍼니는 〔런던데리 양이〕 타고 있던 얼음 마차를 9킬로그램의 가벼운 남성용 다이아몬드형 프레임 자전거와 교환해 주겠다고 제안했고, 또 그녀가 여행 중에 스틸링 사이클 웍스의 광고 깃발을 달고 다녀야 한다는 계약을 맺었다." 스틸링 사이클 웍스의 타이어 공급 업체인 모건 앤드 라이트 타이어 컴퍼니도 "'좋은 타이어'라고 적힌 작은 깃발을 달고 다니는 조건의 계약을 맺었다. 오늘 〔런던데리 양은〕 모두 3,500달러의 광고 계약을 체결했다." 시카고에 도착했을 때는 암울하게 보이던 여행이 바야흐로 부활하려 했다.

스틸링 사이클 웍스가 애니에게 제공한 자전거는 특별한 페인트칠이 된 남성용 전문가 모델 'E 라이트 로드스터'로, 외장이 금색이고 프레임에는 "더 스틸링"이라는 글자가 씌어 있는 아이보리색 자전거였다. 스틸링자전거는 나무로 된 림과 흰색 공기 타이어를 갖춘 우아한 외양의 자전거였고, 달리는 모습 또한 아름다웠다. 애니가 스틸링자전거를 얻은 뒤에 나온 뉴스들은 시종일관 자전거 무게가 9킬로그램 혹은 9.5킬로그램이라고 얘기했다. 만일 그렇다면, 어느 신문에서 보도한 것처럼 그 자전거는 주문 생산된 것이었다. 나무 림의 1894년 형 스틸링 라이트 로드스터의 표준 출고품은 무

처음에 애니는 치마를 갖춰 입고 장거리 라이딩에 적합하지 않은 20킬로그램 무게의 (여성용) 콜럼비아자전거를 타고 여행을 시작했다. 1894년 9월 시카고에 도착했을 때, 스털링 사이클 웍스 사는 그녀에게 9킬로그램짜리 남성용 자전거를 제공했다. 주행계가 앞바퀴에 부착되어 있으며, 파리 주재 미국 외교관으로부터 선물 받은 성조기가 프레임을 감싸고 있다. 이 사진은 1895년 초봄에 샌프란시스코에서 찍은 것이다.

게가 12킬로그램이었기 때문이다. 스털링자전거도 콜럼비아자전거처럼 기어가 단 하나뿐이었고, 페달을 밟지 않아도 관성으로 달리는 메커니즘이 없었다. 그러나 스털링자전거에는 콜럼비아자전거에 있던 한 가지가 없었다. 그것은 브레이크였다. 그래도 시카고까지 타고 온 19킬로그램짜리 자전거에 비하면 가벼운 로드스터 자전거는 엄청난 진보였고, 세계 일주가 마침내 가능할 것 같은 한 가닥의 희망을 주었다.

결국 새 자전거와 스틸링 사이클 웍스, 모건 앤드 라이트라는 새로운 공동 스폰서를 얻은 애니는 계속 나아가기로 결심했다. 그녀의 세계 일주 여행은 재개되었고, 이제부터는 포프 매뉴팩처링이 아니라 스틸링 사이클 웍스가 홍보의 이익을 얻을 것이었다.

애니 런던데리에게 남성용 스틸링자전거를 타는 일은 당시 점차 인기가 높아지고 있던 블루머를 입어야 한다는 것을 의미했다. 긴 치마를 입고 남성용 자전거를 타는 것은 불가능하지는 않더라도 매우 비실용적이었기 때문이다. 즉 핸들 바의 스템을 시트 포스트와 연결시키는 탑 튜브 때문에 치마가 라이더 앞에 겹겹이 포개져서 자전거 타기가 매우 불편해지는 것이다. 여행 초기부터 블루머를 입었다면 이루 말할 수 없이 편했을 텐데도, 블루머를 입지 않았던 이유는 무엇일까? 애니는 이렇게 설명했다. "몇몇 여성 라이더들이 입는 블루머를 입고 싶은 마음이 전혀 없었어요. 저는 세계를 일주할 만큼은 뻔뻔스럽지만, 블루머를 입을 만큼 뻔뻔하지는 않았거든요."

비록 일부 여성들이 수십 년 전부터 블루머를 입어왔지만, 그것은 여전히 너무 외설적이어서 도시나 마을에서 블루머를 입고 자전거를 타는 최초의 여성은 뉴스거리가 되었다. 그러나 애니처럼 독립적이고 대담한 여성조차 처음에는 너무 조심스러워서 블루머를 입지 못했다는 사실이 놀랍다. 그녀가 속옷이 보이지 않게 하려고 치마 안에 블루머를 입은 적이 있긴 했지만, 블루머를 겉옷으로 입는 것에 대한 거부감을 극복한 것은 남성용 자전거를 얻고서 어쩔 수 없이 자전거 복장을 바꿔야 했을 때였다.

새 스털링자전거에다가 새로운 라이딩 복장까지 갖추니 자전거 타는 것은 완전히 새롭고 훨씬 더 즐거운 경험이 되었다. 두 가지 변화는 그녀가 여행을 계속하도록 결심하는 데 기여했다. 그렇지만 여전히 지리적 난관과 늦어지는 계절에 직면해 있었고, 그래서 어쩔 수 없이 극단적인 결정을 하게 되었다. 그녀는 뉴욕으로 되돌아가서 동쪽 방향으로 세계를 일주하기로 했다. 공개적으로 약속했던 것과 달리 15개월 내에 여행을 끝마칠 가능성은 희박해진 것처럼 보였지만, 그녀는 시도해보기로 결심했다. 애니는 11월 24일에 뉴욕에서 프랑스 정기선 라 투렌호를 타고 르 아브르를 향해 떠날 것이었다. 예정 경로는 "보르도에서 남쪽으로 내려가 이탈리아와 그리스를 거쳐서 콘스탄티노플로 가고, 그곳에서 증기선을 타고 뭄바이로 간 다음, 자전거를 타고 인도를 횡단해 콜카타(캘커타)까지 가고, 증기선으로 일본으로 간 뒤에, 자전거로 일본을 횡단하고, 샌프란시스코로 가는 증기선을 타는" 것으로 잡혀 있었다.

10월 14일 오전 10시에 애니는 시카고 시청 앞의 콜럼버스 분수대에서 아이보리과 금색으로 칠해진 스털링자전거에 올라탔다.

배웅은 확실히 만족스러웠다. 시카고의 "레이디 사이클리스트" 클럽 회원들이 출발할 때부터 일리노이즈 주 풀먼까지 함께 달렸고, "미시건 대로로 내려가는 길 내내 클럽에 속하지 않은 라이더들이 함께해주었다. 대로의 끝에는 수백 명의 인파가 줄지어 서 있었다." (『시카고 인터 오션』)

함께해준 라이더 무리가 용기를 북돋아주었겠지만, 보스턴에서 시카고까지의 길고 고된 여정이 무위로 돌아갔을 뿐 아니라 단 11개월 안에 세계 일주를 해야 한다는 사실은 분명히 애니의 기세를 꺾었을 것이다. 내기에서 이겨 성공을 주장하기 위해서는 이제 1895년 9월 25일까지 지구를 한 바퀴 돌아서 시카고로 돌아와야 했다.

뉴욕 쪽으로 돌아가는 길은 왔던 길보다 더 춥긴 하지만 더 수월할 것 같았다. 그녀는 더 빠르고 더 편안한 자전거를 타고 있었다. 블루머 덕분에 움직임이 크게 자유로워졌고, 길에 익숙해져서 뉴욕 쪽으로 올 때 도와준 많은 지인들에게 들를 수 있었다. 최근 몸무게가 줄어든 것조차 유리하게 작용했다. 즉 새 자전거와 새 옷과 새 몸 덕분에, 애니와 장비를 합친 무게는 보스턴을 떠날 때보다 최소한 18킬로그램은 덜 나갔다. 이는 엄청난 차이였다. 또한 그녀는 6월에 여행을 시작했을 때보다 더 강인하고 훨씬 더 경험 많은 라이더가 되어 있었다. 기계적인 문제나 장기간의 혹독한 날씨, 중대한 사고가 없다면, 애니는 프랑스로 가는 배가 떠나기 전에 뉴욕에 도착해서 세계 일주 여행을 계속할 수 있을 것이었다.

애니는 시카고를 떠나기 위해 페달을 밟을 때부터 스스로 고안해낸 홍보 활동으로 신문들의 많은 관심을 모으기 시작했다. 1894년에는 시외 전화 서비스라는 것이 사실상 존재하지 않았기 때문에, 애니는 사람들이 그녀의 도착을 기다리도록 하기 위해 신문사들과 자전거 클럽들 앞으로 정기적으로 전보나 전신을 보냈다. 그 시대의 신문들과 그 독자들은 하나같이 선정적이고 심지어는 기이한 이야기에 대해 만족할 줄 모르는 욕구를 가지고 있었고, 따라서 애니는 그들이 원하는 것을 주게 되어 너무 행복할 따름이었다. 실제로 그녀의 "천재적인 창조성", 쇼먼십의 재능, 연극인으로서의 재주가 진정으로 발휘되기 시작한 것은 바로 뉴욕으로 돌아가는 여정에서였다. 남성용 자전거를 타고, 블루머를 입고, 옷과 프레임에 펄럭이는 광고 깃발을 달고 있는 그녀의 모습은 사실상의 '원우먼쇼'였다.

애니는 시카고를 출발한 이튿날인 10월 15일에 인디애나 주 사우스벤드에 도착했다. 그리고 그곳에서 그녀와 마찬가지로 스털링자전거를 탄 제시 패드먼이라는 여성이 동쪽으로 가는 여정에 합류했다. 어느 신문에 따르면 패드먼 부인은 애니를 "동경하는 친구"였고 애니의 명성이 날로 커지고 있던 것을 감안하면 패드먼 부인이 애니를 찾아냈을 것 같지만, 그들이 어떻게 만나게 되었는지는 분명하지 않다. 둘은 오하이오 주 톨레도 부근에 도착할 때까지 며칠 동안 함께 라이딩을 하기로 했다.

당시에도 지금처럼, 중서부의 10월은 전형적으로 자전거 타기에 이상적인 날씨를 선물했다. 분명히 애니와 패드먼 부인은 오렌지 빛으로 물든 나무들과 황금빛 가을 햇살을 가로지르며 너무 덥지도 않고 아직은 너무 춥지도 않은 날씨를 만났을 것이다.

두 여성은 10월 17일에 사우스벤드를 출발해서 엘크하트를 거쳐 이튿날 리고니어에 도착했다. 리고니어에서는 스털링자전거의 현지 대리인인 에드워드 시스터헌 씨와 저녁 식사를 한 뒤, 두 명의 현지 라이더들과 함께 31분간의 짧은 라이딩을 했다. 그리고 같은 날 저녁에 켄달빌로 가서 그 마을의 약사이자 스털링자전거 판매상인 폴 클린켄버그의 집에서 묵었다.

애니는 켄달빌에서 자신의 로맨틱한 삶에 대해 질문을 받았다. "이곳의 한 기자가 혹시 잘생긴 라이더와 사랑에 빠져 모험을 그만둘 위험은 없겠냐고 묻자, 런던데리 양은 자전거로 세계를 일주한 최초의 여성이 되고자 하는 의지가 너무 강하기 때문에 어떤 결혼 제안도 기꺼이 받아들일 수 없다고 명랑하게 답했다."(『켄달빌 위클리 뉴스』)

마지막으로는 아니었지만, 이곳에서 처음으로 애니는 자신이 결혼했다는 사실을 숨겼다. 거짓말을 하지는 않았지만 기회가 있었음에도 자신이 미혼일 거라는 질문의 가정을 바로잡지 않았다. 애니는 확실히 결혼 여부와 결혼 계획을 묻는 질문에 불쾌해했지만,

앞으로도 종종 그런 질문을 받게 될 것이었다. 만약 그녀가 자신의 결혼에 대해 말했다면 아이들에 대한 질문이 뒤따를 게 분명했다. 남편을 남겨두고 떠나는 것만으로도 충분히 급진적이었다. 그리고 남편과 세 명의 어린 자녀들을 두고 온 것은, 매우 명백히 1890년대 미국에서 사회적으로나 도덕적으로 받아들일 수 없는 일이었다. 가장 열렬한 여성 참정권론자조차 눈썹을 추켜올렸을 것이다.

실제로 대부분의 기자들은 애니가 결혼했으리라고는 생각조차 하지 않았던 듯하다. 자존심이 있는 어떤 남편이라도, 더구나 애가 지 셋이나 있다면, 자신의 아내가 이런 여행을 하는 것을 허락하지 않았을 것이었다. 애니는 켄달빌에서처럼 질문을 슬쩍 피함으로써 자신이 왜, 그리고 어떻게 남편과 아이들을 남겨두고 왔는지를 설명해야 하는 상황을 모면했다.

10월 19일 금요일 오후에, 애니와 패드먼 부인은 오하이오 주 경계 부근인 인디애나 주 버틀러를 지나갔다. "젊은 숙녀들이 그런 식으로 차려입은 것을 보고 다소 충격을 받은 듯했다."고 『버틀러 레코드』는 대경실색한 관찰자들의 이구동성을 갖다 붙이며 그녀들의 블루머에 대한 의견을 전했다.

톨레도에서도 애니는 호기심의 대상이었다. 원래는 도로 사정이 좋지 않아서 톨레도를 피해갈 생각이었지만, 우연히 코스를 벗어나 그 마을을 지나가게 되었다.

분명히 일행이 없는 혼자이고, "하늘색 블루머 차림"인 애니는 "파란색과 흰색의 줄무늬를 그리며 날쌔게 제퍼슨 가를 내려가" 제퍼슨 하우스 호텔 앞에서 멈췄다. 그녀는 방을 얻기 위해 호텔로 들어가면서 자신의 흰색 스털링자전거를 "그것이 마치 아기 코끼리인양 골똘히 살펴보는 호기심 가득한 군중들 한가운데에" 세워두었다. 곧이어 사람들은 호텔로 따라 들어가서 숙박부에 적힌 그녀의 서명을 들여다보았다. 더 탐구심이 강한 사람들은 데스크 직원에게 그녀에 대해 꼬치꼬치 캐물었다. 애니는 얼마 후 수수한 회색 드레스 차림으로 식당에 나타났고, 객실에서 그녀와 합류한 현지의 라이더들 앞에서 "평화롭게 저녁식사를 할 수 있도록 양해되었다."

애니의 라이딩 복장은 톨레도에서도 주목을 받았다. 『톨레도 커머셜』에 따르면, 애니는 "바람의 저항을 받지 않도록 자신의 바지를 보통의 치마바지보다 더 달라붙게 하려고 서툰 솜씨로 계속 의상을 고쳐왔다고 한다."

애니의 라이딩 복장은 느리기는 하지만 명백하게 남성용 복장과 유사하게 진화하고 있었다. 기자는 "당신의 새 의상으로 상당한 관심을 받고 있지 않나요?"라고 물었다. 애니는 이렇게 답했다. "그럼요, 이 작은 시골 마을에서는 내가 서커스에서 탈출한 동물이라도 되는 것처럼 수백 명씩 무리지어 몰려와서 쳐다봤어요." 물론, 그것이 바로 그녀가 노린 핵심이었다.

인터뷰 대상이 되는 것은 애니에게 또 하나의 돈벌이였다. 23

일에는 오하이오 주 노워크에서 어느 기자와 수다를 떨 만큼 충분히 오래 머물렀는데, 그 기자는 이렇게 썼다. "그녀는 머무르는 곳이면 어디에서든지 끼니 거리를 살 단큼의 돈을 벌기 위해서 실크 손수건을 팔았다. 그녀는 돈이 아주 궁하게 되면 품위를 해치지 않는 선에서 어떤 일이든 할 것이라고 말한다. 종종 신문을 팔 수도 ……."

애니는 "영리하고 용감무쌍한 자그마한 여성 라이더"이고, "상당한 기개와 결단력을 지닌 명랑하고 쾌활한 자그마한 사람"이며, 그녀의 여행은 "이제껏 여성이 수행한 가장 모험적이고 놀랄 만한 여행 중 하나"였다(『버팔로 쿠리어』). "황량한 지역을 횡단하는 엄청나게 큰 위험을 무릅쓰고 있는 것은 아니냐"는 질문을 받자 애니는 이렇게 답했다. "글쎄요, 10,000달러는 큰 금액이에요. 커다란 위험을 무릅쓰고 있고, 그래서 내가 태어난 땅을 다시는 보지 못할 수도 있다는 것을 알아요. 하지만 죽음의 음산한 그림자는 누구에게든 언제나 가까이 있는 법이고, 안전하게 돌아오지 못할 가능성은 이 실험을 그만둘 만큼 그렇게 크지는 않아요." 물론 이런 점에서 어니가 아는 가장 황량한 땅은 뉴욕 시였겠지만, 그것은 논점을 벗어난 것이었다. 그녀는 한 편의 드라마와 한 편의 소극을 동시에 창작하는 중이었고, 자신이 타인에게 어떤 인상을 주고 싶은지 잘 알고 있었다. 그녀는 대화를 나눌 때는 종종 꽤 충동적이었지만, 자신의 원우먼쇼 무대 감독을 할 때는 매우 사려 깊었다. 기자의 질문은 극적인 대답을 요구했고, 애니는 그러한 대답을 해주었다.

　　다양한 세부 사항을 치밀하게 연결하는 이런 기술은 그녀의 많은 인터뷰에 스며들었다. 그녀는 『버팔로 익스프레스』에다가 엘리리아에서 클리블랜드까지의 주행에 대해 자랑한 것에 더해서(그녀에 따르면, 주행 시간은 기록에 단 14초 못 미쳤다.), 폭풍우 속에서 9시간 동안 180킬로미터를 달렸다고 주장했다. 비록 어디서 그런 위업을 달성했는지는 밝히지 않았지만 말이다. 그녀는 이미 자신의 여행에 관한 재미난 일화들을 점점 더 많이 모으고 있었고, 그중 일부는 진짜인지 의심스럽지만, 기회가 될 때마다 그 일화들을 다른 이들과 공유했다.

　　애니는 약 2주 전에 인디애나 주 엘크하트에서 잠시 머무르는 동안 블루머 차림 때문에 체포의 위협을 받았으며, 마을 쪽으로 가기 위해 경찰서장의 허가를 받아야 했다고 『버팔로 익스프레스』에 말했다. "경찰서장은 나를 머리끝에서 발끝까지 꼼꼼히 훑어본 뒤에야 (별문제 없을 것이라 ― 옮긴이) 확신하는 듯한 표정으로 허가를 내주었다." "나는 약 30분 만에 마을 남자들에게 브라우니 핀을 팔아서 3달러를 벌었는데, 여성들은 거의 무반응이었다."

　　애니가 버팔로에 이르렀을 때 세계 일주의 경로에 대한 계획을 세운 상태였는지는 의심스럽지만, 자전거를 타고 지중해의 해안을 따라 터키까지 간 후에, 페르시아를 가로지르고, 그 다음에는 인도로 갈 것이라고 말했다. 그녀가 제시한 여행 일정표는 계속 바뀌고 있었지만, 세계를 일주할 결심을 했다는 것과 그 과정에서 필요한 돈을 벌어들이는 방법을 잘 알고 있었던 것은 분명하다.

세계 일주
자전거를 탄 광고 대리인, 블루머를 입고 남성용 자전거를 탄다

자전거로 세계를 일주하는 계약과 관련해 상당한 명성을 얻고 있는 안나 런던데리 양은 최소한 24,000킬로미터를 자전거로 달려왔다. 그녀는 어제 오후에 버팔로에 도착해서 램블러스[자전거 클럽]로 갔고, 그곳에서 자신을 기다리고 있는 서신들에 답장을 보냈다. 런던데리 양은 『버팔로 익스프레스』의 기자에게 보스턴을 떠나온 이후 겪은 …… 경험들을 이야기했다. "어머, 정말 계속 살이 찌고 있어서 지금 몸무게가 57킬로그램이에요."

런던데리 양은 …… 23세밖에 안 되고 …… 자전거 타는 모습이 매우 매력적이다. …… 그 젊은 여성은 일종의 자전거를 탄 광고 대리인이다. 그녀는 다양한 상품을 광고하는 리본들을 매달고 있으며, 왼쪽 가슴을 장식할 회사의 광고물에 대해 400달러를 받을 예정이다. 블루머의 오른쪽 다리에는 100달러짜리 광고물을 달고 있고, 이제 막 왼쪽 팔에 대한 계약을 체결했다. 그녀가 말하길, 자신의 등은 아직 비어 있으며 등에 대해서는 300달러를 받고 싶다고 한다. 그녀는 한 푼도 구걸할 필요가 없으며 작은 기념품 브라우니 핀과 다른 여행 기념품들을 팔아서 식비를 대기에 충분한 돈을 벌고 있다.

그녀는 단 한 번을 빼고는 결코 길에서 잘 필요가 없었는데, 그때는 완전히 빈털터리가 되어 애쉬타블라 근처의 앰보이라는 작은 마을의 공동묘지에서 잤다. 런던데리 양은 하버드대학교에서 3년을 공부했고 의학을 전공했는데, 여행에서 돌아오면 학업을 재개할 것이다. 그녀는 독일계이고 독일어와 스웨덴어를 할 줄 안다. …… 지금까지 오는 길 내내 최상의 환대를 받아서, 블루머 주머니 속에 넣어둔 진주 손잡이 권총을 사용할 기회는 한 번도 없었다고 한다.

『버팔로 익스프레스』, 1894년 11월 1일

애니가 실제로 길에서 잔 게 며칠이나 되는지는 알 수 없지만, 한 가지만은 확실하다. 하버드대학교에 입학해서 의학을 공부했다는 주장은 지어낸 이야기이다. 그리고 많은 경우에 기자들이, 특히 남성 기자들이 잘 속는지를 시험하면서 즐거워했다. 그녀는 여행 내내 하버드대학교에 다녔다는 주장을 반복하며, 커져가는 자신의 전설에 한 가지를 더 보탤 것이었다. 그리고 여행을 점점 더 오래 할수록 꾸며낸 이야기는 점점 더 길어질 것이었다.

버팔로에서 애니는 블루머가 비록 치마보다는 더 낫지만, 그것조차도 충분히 편하지 않다고 생각하게 되었다. 그녀는 버팔로의 소년복 매장에서 바지 한 벌을 5달러에 샀고, 다리 부분을 몇 인치

잘라내고 밑단을 니커보커스 바지처럼 고무줄로 조여 맸다. 또한 자신의 트위드 코트와 조끼에 어울리도록 검정색 스타킹과 각반, 파란색 요트 모자를 착용했다. 『버팔로 일러스트레이티드 익스프레스』는 "괴상하고 지나치게 여성답지 않은 의상"이라고 평했다. 실제로 이제 그녀는 남성처럼 입고 있었다. 『버팔로 익스프레스』에 실을 사진을 찍기 위해 사진사 앞에서 포즈를 취하면서, 그녀는 타고난 수줍음 때문에 자신의 전체적인 모습이 어떤지 기자에게 자꾸 물어보았다. '내가 무시무시하게 보이나요?', '이 옷차림이 정숙하지 않나요?'" 의심의 여지없이 그녀는 두 번째 질문에 아니오라는 대답을 바랐을 것이다.

버팔로를 떠난 애니는 로체스터까지 120킬로미터를 강행군했다. 『로체스터 포스트-익스프레스』라는 지역 신문은 애니를 이동하는 광고 게시판 같은 사람이라고 설명했다. "그 젊은 여성은 흙투성이가 된 채로 나타났다. 휘날리는 리본들을 많이 달고 있었는데, 가까이서 살펴보니 기업과 의약품과 의류, 그리고 다양한 종류의 특허품에 관한 광고들이었다. 코트는 광고로 뒤덮여 있었고 블루머도 비슷하게 장식되어 있었다." 애니를 붙든 스타인 경관은 "안정을 되찾은 뒤에" 그녀에게 기이한 행색에 대한 설명을 요구했는데, 애니는 이렇게 대답했다. "제 사인은 한 장에 25센트예요. 원하신다면 기꺼이 드릴게요."

로체스터에 도착한 애니는 "다이아몬드형 프레임 자전거"를 갖고 있으며, "스스로 인정하다시피 블루머를 좋아하는 사람들이 보기에도 관례에서 크게 벗어난 자전거 복장"을 한 "의심스러운 인물"로 여겨졌다.

"저는 세계 일주를 하고 있고, 마음먹은 목표가 있어서 인습의 방해에 괘념할 여유가 없습니다."라고 그녀는 말했다. "저는 이 복장에 익숙해졌고, 더 이상 사람들의 시선을 신경 쓰지 않습니다."

상금을 받으면 무엇을 할 것이냐고 묻자, 애니는 재치 있게 응수했다. "글쎄요, 어느 좋은 남자와 결혼해서 편안한 삶을 살겠지요."

11월 2일 금요일 저녁, 애니는 센추리 사이클링 클럽과 레이크뷰 휠맨스 클럽이라는 두 클럽의 환영회에 참석하고, 그녀의 방문을 간절히 기다리고 있는 시러큐스로 떠날 준비를 했다. 시러큐스의 여러 신문들은 이미 10월 30일부터 그녀의 도착 예정 기사를 내보내고 있었다.

11월 4일 일요일 아침, 애니는 H. W. 럴리프슨, H. 배쉬먼, C. J. 애플이라는 세 명의 로체스터 라이더들과 함께 동쪽으로 145킬로미터 떨어진 시러큐스로 출발하여 그날 밤에 도착할 예정이었다. 뉴욕 주 북부치고는 날씨가 계절에 어울리지 않게 따뜻했다. 부드러운 바람이 불고 기온은 18도 정도까지 올랐다. 그러나 애니 일행에게는 불행하게도 일요일의 날씨는 오래가지 않았다. 기온은 떨어져서 영하 1도에서 영상 4도 사이를 오갔고, 거센 서풍이 불었다. 도로 사정도 이상적인 상황이 아니었다. 애니 일행은 "로체스터에서부터 열악한 도로 여건과 힘겨운 싸움을 벌였고", 시러큐스에서 서쪽으로 약 24킬로미터 떨어진 뉴욕 주 조던에서 밤을 보내야 했다. 결국 일행은 11월 5일 월요일 오전 9시 30분에 시러큐스에 도착했고, 애니는 글로브 호텔에 투숙했다.

사람들이 느끼는 애니의 매력은 분명히 커지고 있었고, 동시에 그물처럼 얽힌 그녀의 이야기들도 그러했다. 이야기는 종종 주마다, 심지어는 도시마다 바뀌곤 했다. "런던데리 양은 두려움을 모르는 여성이며, 정해진 시간 안에 세계 일주를 완수할 수 있을 만한 용기와 근력을 가지고 있다."(『시러큐스 스탠다드』) 『시러큐스 포스트』는 애니의 여행을 "이제까지 여성이 수행한 가장 위험하고 놀랄 만한 여행 가운데 하나"라고 칭했고, 보스턴에서 시카고까지의 여행을 "끔찍한 악몽"이라고 한 그녀의 말을 인용했다. "그녀는 돈 한 푼 없이 출발해서 꾸준히 달려왔고, 심지어는 종종 같은 여성들한테서도 인색한 대접을 받았다." 그러나 애니는 며칠 전 버팔로에서는 정반대로 말했다. "그 자그마한 여성은 자신의 사인을 파는 것을 빼곤 돈을 벌 방법이 전혀 없었는데, 그 사인들은 아직까지 시장 가치를 얻지 못하고 있었다."

애니는 며칠 동안 르우벤 우즈의 자전거 매장에서 점원으로 있으면서 주로 고객들을 끌어들이는 일을 했다. 시러큐스의 센추리스 사이클링 클럽은 그녀를 주빈으로 하는 환영회를 열어주었고, 그녀가 우티카로 다시 여행을 시작할 때 회원 중 일부가 따라가기로 했다. 그녀는 11월 10일 아침에 동쪽으로 85킬로미터 떨어진 우티카로 떠났다.

1893년에 H. H. "무일푼" 윌리는 경주용 타이어를 갖춘 스털링자전거로 시카고에서 뉴욕까지의 최단 기록을 세웠다. 10일 4시간 39분. 그가 "무일푼"이라는 별명을 얻은 것은 돈 없이 여행을 했기 때문이다. 윌리의 여행이 "무일푼" 계획으로 알려져 있었기에, 『우티카 선데이 저널』은 애니가 우티카에 도착하자 "'무일푼' 여성"이 도착했다고 알렸다.

"어제 오후 3시 45분, 이 도시는 여성의 계발과 여성의 모험이 도달한 최신의 단계를 마주했다. 남성용 라이딩복을 입은 매력적이고 멋진 젊은 숙녀가 결코 호의적이지 않은 날씨 속에서도 용감하게 9킬로그램 무게의 스털링자전거 페달을 밟으며 찾아왔다. 애니 런던데리 양은 자전거 세계 일주 여행을 하고 있는 사랑스런 젊은 여성의 이름이다. …… 그녀는 자신이 그 일을 해낼 수 있다고 믿고 있으며, 근대 여성의 투지와 진취성을 가지고 그 일을 해내든지 아니면 죽기로 결심했다."

애니는 우티카에 도착할 때도 로체스터와 시러큐스에 도착할 때처럼 궂은 날씨 때문에 지쳐 있었다. "오늘은 드위트〔시러큐스의 동쪽 바로 옆〕에서부터 77킬로미터밖에 못 달렸습니다."라고 그녀는 말했다. 하지만 여러 차례 "160킬로미터를 달린 적도 있다."고 주장하며 "그렇지만 길이 너무 나빠서 지쳐버렸어요."라고 말을 이었다. "고속도로가 통행 불능 상태였기 때문에 철로를 따라 달려야 했어요. 그건 힘든 일이었습니다. 저는 예전에는 한 번도 자전거를 타본 적이 없었거든요!"

애니는 어느 기자와 얘기하다가 새 라이딩복이 들어 있는 꾸러미를 열어보았다. "새 복장이 어떻게 보이나요? 멋있지 않나요? 오늘 버팔로에 있는 제 광고주 한 명에게서 받았어요. 앞으로는 이 옷을 입을 거예요. 자전거를 타지 않을 땐 —— 보스턴에서 출발한 뒤로 그래왔던 것처럼 —— 가끔 스커트를 입을 것이지만요." 그녀는 자신이 특별한 옷을 고른 이유는 그 옷이 라이딩에 가장 알맞기 때문이라고 설명했다. 게다가 그 옷들은 "그녀를 인기인으로 만들어주기까지 했다."

"저는 그동안 거쳐온 모든 곳에서 후한 대접을 받았습니다. 자전거 클럽들과 언론에게 굉장히 후한 대접을 받았지요. 특히 신문들의 도움이 아주 컸어요. 다만 버팔로와 로체스터 사이에서는 좀 힘들었죠. 부랑자 한 명이 트랙 위에 철로 침목을 올려둔 뒤 〔저를〕물푸레나무들이 있는 곳으로 내던져버렸거든요." 그녀는 버팔로와 로체스터 사이를 남자 셋과 함께 지났기 때문에, 이 이야기는 진실이 아닐 것이다. 그러나 그녀는 12월에 프랑스로 간 뒤에도 이 이야기를 몇 가지 변형된 내용으로 되풀이했다.

애니의 과장은 자신의 이야기에서 멈추지 않았다. 우티카에서는 당시 세계 일주 중이던 피츠버그 출신의 프랭크 렌츠라는 라이더의 실종에 대한 질문을 받았는데, 실은 한 번도 들어본 적이 없는 이름이었다. 그러나 애니는 렌츠의 동행이 아시아의 어딘가에 아픈 그를 남겨두고 떠났다는 소문을 들었지만, 그 말이 사실인지는 모르겠다고 대답했다. 그리고 조금도 당황하지 않으면서, 대담하게도 렌츠는 잘 있다고 말했다. 절대로 알 길이 없었는데도 말이다. "그는 사업 구상을 하기 위해서 그곳에 숨어 있는 것"이라고 했다. 그러나 아직 공공연하게 알려지지는 않았지만, 렌츠는 이미 숨진 뒤였다. 오늘날의 터키와 아르메니아 국경 근처에서 강도들에 의해 살해된 것이었다.

애니는 우티카에 머무르는 동안 우티카 사이클링 클럽에서 넥타이핀을 팔고, 자신의 여행에 대한 강연을 했다. 『선데이 저널』은 독자들에게 우티카를 떠나는 애니를 배웅하라고 촉구했다. "누구든 런던데리 양을 진심으로 전송하기 위해 참석해야 한다. 애니가 떠나는 장면은 볼 만한 가치가 충분히 있을 것이다." 그러나 만일 11월 11일에 자전거 클럽 회원들이 도시를 떠나는 애니를 에스코트하는 장면을 구경하기 위해 우티카 시 경계에 몰려든 군중이 있었다면, 그들은 몹시 실망했을 것이다. 그녀는 저녁 8시 51분에 올버니행 기차를 탔기 때문이다. 애니가 자신의 여행 수단에 대해 언행이 일치하지 않은 것은 이때가 마지막이 아니었다. 그녀는 자신의 이야기에 대해서만큼이나 교통수단에 대해서도 종종 대범했기 때문이다. 이제 그녀는 자신이 만들어내고 필요에 따라 여러 차례 수정해온 내기 조건이 아니라, 그저 자신의 조건에 맞추어 살아가고 있었다. 또한 자신이 한 행위들을 감추려는 노력을 그다지 하지 않았고, 그 대신에 그날그날의 이동에 대한 의심의 눈길을 피하기 위해 무한한 자신감과 다채로운 이야기들을 활용했다.

애니가 올버니에서 뉴욕까지 어떻게 왔는지는 추측에 맡길 따름이다. 올버니에서의 기록과 올버니와 뉴욕 사이의 기록이 전혀 없기 때문에, 다시 기차를 탔을 수도 있다. 그러나 르 아브르로 떠나는 라 투렌호의 출발 날짜인 11월 24일까지, 자전거로 여행할 시간은 충분했다. 마침내 애니는 11월 중순의 어느 날 뉴욕으로 돌아왔다. 7월의 뜨거운 열기 속에서 브로드웨이로 페달을 밟으며 내려가던 무렵에는 이렇게 빨리 되돌아오리라고 예상하지 못했을 것이다. 여행을 시작한 지 다섯 달이 지나고 내기의 시계는 고작 열 달이 남았을 때, 애니는 바다를 건너 프랑스로 갈 준비를 마쳤다. 프랑스에서 애니 런던데리라는 구경거리는 훨씬 더 볼 만해질 것이었다.

4장 프랑스의 열렬한 환영

봄날의 새싹들이 대지 위에 만발할 때,

여름의 꽃잎들이 사방에 흩어질 때,

가을의 바람 속에서나,

겨울의 차가운 눈발 속에서도,

그녀는 자전거를 탄다. 이처럼 자유롭고 근사하게.

___ 애리얼,『자전거 세상』, 1894년 2월 16일

11월 24일 뉴욕 시에서, 애니는 자신의 스털링자전거를 끌고 그 시대의 가장 빠르고 뛰어난 원양 정기선 중 하나인 라 투렌호에 올랐다. 그 배는 프랑스 북쪽 해안의 르 아브르로 떠날 예정이었다. 길이가 163미터이고 무게가 9,000톤이 넘는 라 투렌호는 당시까지 건조된 배 중에서 여섯 번째로 컸으며, 1,090명의 승객을 태우고 19노트의 속도로 대서양을 횡단할 수 있었다. 또한 "거친 바다를 남달리 잘 헤쳐 나가는 흔들리지 않는 배"라는 평판을 얻고 있었다. 뛰어난 프랑스 요리사가 일하는 세계적인 수준의 주방을 갖추고 있어서 흔히 "프랑스의 일부"로 불리곤 했다.

　　라 투렌호는 맨해튼의 남단과 자유의 여신상을 지났다. 애니가

마지막으로 뉴욕 항을 지난 것은 어린 시절 동유럽에서 미국으로 오던 때였다. 아직 자유의 여신상이 세워지기 이전이었다. 항구를 떠난 프랑스 정기선은 베라사노 해협을 지나서 대서양으로 들어섰다. 대기는 포근했고 실바람 같은 서풍이 불어왔으며, 샌디 훅 해변의 연무가 서서히 걷히고 있었다.

애니는 주목받는 것을 몹시 좋아했고, 배를 타고 가는 동안에도 승객들을 매혹시킴으로써 자기 홍보 능력을 발휘했다. 그녀는 자신의 모험 이야기를 들려주면서 만나는 모든 사람들 —— 그중에서도 르 아브르 주재 미국 영사인 C. W. 챈슬러 박사, 포조 수아사의 루스폴리 공 부부, 셸리에리 남작 부부, 시카코에서 온 사교계 명사인 포터 파머 부부 —— 을 기쁘게 했다. 또한 새로운 친구들을 즐겁게 해주기 위해 아이보리과 금색으로 칠해진 스털링자전거를 타고 갑판 위를 몇 바퀴 돌거나 배의 무도회장을 돌았을지도 모른다. 그녀는 일단 승객들에게 자신을 알린 뒤에, "강연으로 150프랑을 벌었다."

라 투렌호는 1894년 12월 3일, 애니의 딸 몰리가 여섯 번째 생일을 맞이한 날에 르 아브르에 닿았다. 애니의 도착 소식은 전혀 보도되지 않았고 축하하는 팡파르도 없었다. 그저 한 지역 신문에 실린 하선자 명단에 "A. 코프초프스키"로 기록되었을 뿐이다. 그녀는 곧바로 다소 불운을 겪었다. 자전거를 프랑스 세관원에 압수당했고, 돈도 도둑맞았다. "저는 곤경에 처해 있었습니다. 〔내기의 조건에 따라〕 프랑스어로 말할 수 없었고, 영어로는 내 상황을 이해시키기가 어려웠습니다."라고 애니는 훗날 『뉴욕 월드』에 썼다. 실제로는 프랑스어를 전혀 할 줄 몰랐는데도 말이다. 운 좋게도, 새로운 지인인 챈슬러 박사가 그녀를 도와주었고, "방문 목적과 약간의 돈을 벌 기회를 부탁하는 내용을 커다란 플래카드에 프랑스어로 인쇄해" 주었다고 한다. 그녀는 자전거를 돌려받게 세관원을 설득하지 못하자 자전거를 파리까지 배로 싣고 갈 수 있도록 협상을 했다. 그리고 기차를 타고 파리로 가서 자신의 자전거가 도착할 때까지 스털링 사이클 웍스의 파리 지역 판매상인 빅토르 슬로앙 부부와 함께 지냈다.

애니가 1894년 12월 4일에 도착한 파리는 카미유 피사로, 루이 파스퇴르, 앙리 드 툴루즈-로트렉이 살고 있으며, 그때나 지금이나 아마도 세계에서 가장 유명한 나이트클럽일 물랭루즈가 있는 곳이었다. 툴루즈-로트렉은 거의 매일 밤 물랭루즈에 찾아가서, 보헤미안들이 담배 피우고 술 마시고 흥청망청하며 댄서들을 구경하는 모습을 그렸다. 세련되고 국제적이며 예술적인 도시인 파리는 약 200만 명이 사는 근대 세계의 수도였고, 세워진 지 6년밖에 안 된 에펠탑이 그 스카이라인을 빛냈다. 살롱은 카페와 더불어 도시의 지적, 문화적, 예술적 엘리트들이 저녁마다 모여 대화를 나누는 지역 사회 회합의 단골 장소였다. 그곳에서 화가와 작가와 시인들은 밤낮없이 커피를 마시고 담배를 피우며 이야기를 나누었다.

라 굴뤼, 〈물랭 루즈〉, 1891년.

자전거 또한 1894년의 파리지앵의 삶에서 두드러진 물건이었다. 실제로 수십 년 전 자전거 발전의 초기 단계는 프랑스와 미국에서 대체로 비슷하게 진행되었고, 프랑스인들은 자전거를 벨로시페드(문자 그대로 "빠른 걸음")라고 불렀다. 1895년에 파리의 작가 알렉상드르는 이렇게 썼다. "머지않아 당신은 시골 길과 공원들이 벨로시페드를 타는 사람들로 가득 차고, 지체 높은 숙녀들이 부끄럼도 없이 남자 옷이나 놀랄 만큼 남자 옷과 비슷한 차림으로 다리를 벌린 채 자신들의 기구에 뛰어오르는 모습을 보게 될 것이다." 파리의 여성들 사이에서 자전거는 매우 인기가 좋아서, 대여섯 명의 재단사들이 사교계 여성들의 자전거 의상만을 전문적

툴루즈-로트렉
〈물랭 루즈에서〉
1892년.

으로 제작하기도 했다. 자전거 "열병은 절정에 이르렀고" 자전거의
인기는 계급의 경계를 넘어섰다. 알렉상드르는 계속 써나갔다. "나
는 자전거 마니아라는 표현을 사용해왔다. 그러나 사실에 비추어볼
때 그것은 부족한 표현이 아닐까? 사회의 어떠한 계층도, 경박한
여자들만이 아니라 노동자들까지도, 그 열정에서 자유롭지 않다."

　　요컨대, 프랑스는 아이보리과 금색으로 칠해진 남성용 스틸링
자전거를 타고온 애니를 여성 자전거 영웅으로 맞을 준비가 되어
있었다. 애니가 파리에 도착했다는 뉴스는 한 달 뒤에야 보스턴에
서 보도되었다. 1895년 1월 5일자 『보스턴 데일리 글로브』는 "런던
데리 양은 …… 지금 파리에 있다."고 보도했다. "프랑스 신문들은

'그녀는 매우 흥미로운 대상이다.' 라고 말한다. 당연하게도 그녀의 남성 경쟁자들이 말하는 것처럼, 돈도 없고 옷도 없다면 그저 '불쌍한 거지' 일 뿐이기 때문이다!"

애니의 가족은 『보스턴 데일리 글로브』가 보도하기 전에 그녀가 프랑스에 도착한 것을 알고 있었을 것이다. 집에 보낸 편지나 전보 중 어느 것도 지금은 남아 있지 않지만, 그녀는 분명히 종종 집에 편지를 보냈을 것이다. 비록 가족에게 자신이 잘 있다는 사실을 확인시키기 위한 것이었을 뿐이더라도 말이다. 남편과 아이들을 두고 떠난 것은 몹시 뻔뻔스러운 일일 수 있지만, 그녀가 그들을 완전히 버린 것은 아니었으며 여행을 마치면 그들에게 되돌아갈 생각이었다.

애니는 파리에 도착하자마자 곧바로 언론의 커다란 관심과 주목의 대상이 되었다. "그녀의 몸은 근육과 신경으로만 이뤄진 듯하고, 자그마한 몸집에도 불구하고 놀라운 에너지를 가진 것 같은 인상을 준다."고 어느 프랑스 신문은 전했다. 프랑스에 있는 동안 그녀를 기쁘게 해준 묘사는 이 정도가 전부였다. 왜냐하면 프랑스 사람들이 엄청난 열광과 따스함으로 그녀를 보듬어 안아주었음에도, 저널리스트들은 그녀의 등장을 중요하게 생각하지 않았기 때문이다.

미국 신문들은 애니를 종종 매우 매력적인 여성으로 묘사했지만, 프랑스 신문들은 매우 다르게 보았다. 그녀는 라이딩 덕분에 근육질이 되었고, 남성용 라이딩복을 입었기 때문에 프랑스의 여성 관념에 부합하지 않았다. 리옹의 어느 칼럼니스트는 프랑스의 "연약하고 향기로운" 젊은 처녀들에 대해 언급한 뒤에 이렇게 썼다.

사실대로 말하자면, 런던데리 양은 그녀들과 같은 인종이 아니고 심지어는 …… 같은 성별이 아니다. 그녀는 특히 미국과 영국에서 사회가 진화하고 점점 살기 어려워지면서 생겨난 중성적 인간, 즉 남편이나 자녀가 없는 독신 여성의 범주에 속한다.

그런 여성들은 …… 중성화된 일벌을 닮았는데, 그 일벌들의 뛰어난 능력은 불임의 결과이다. 사랑과 모성의 억압은 그들 안에 있는 여성성을 매우 근원적으로 바꿔버려서, 진정으로 남성도 여성도 아닌 제3의 성이 된다.

런던데리 양은 바로 이러한 제3의 성에 속한다. 그녀의 남성적인 외모, 근육질의 체형, 운동선수 같은 다리, 권투를 격하게 해도 될 만큼 힘세 보이는 손, 그리고 그녀에게서 발산되는 모든 남성적인 것들을 보는 것만으로도, 르구브 씨의 다음과 같은 전설적인 시구를 적용하기 어려우리라는 것을 충분히 알 수 있다. "네 어머니께 하듯 이 여성의 발 앞에 엎드려라!"

이는 애니의 여성성에 대한 매우 악의에 찬 공격이었다. 그럼에도 많은 프랑스 기자들은 자신들의 눈에 남성적 특성으로 보이는 것들을 언급했다. "소년 같은 매력을 지닌 애니 런던데리 양이 사실은 젊은 남성인데 자신의 무모한 진취성을 주목받기 위해서 여자 이름을 쓴 것이라고 세상 사람은 믿고 싶을 것이다." "남자처럼 생기고, 반짝이는 눈을 가졌으며, 햇볕에 까맣게 그을리고, 피골이 상접한 에너지 넘치는 얼굴."(『르 피가로』) "여성의 신체적 매력이 전혀 없다. 평균 키에 호리호리한 몸매의 런던데리 양은 여자라기보다는 어린 소년으로 보이고 여성의 요염한 습관이 하나도 없다."(파리의 어느 신문) 어느 기자는 "확실히 예쁘지는 않고, 헤라클레스의 체격을 갖고 있다."고 묘사했다.

프랑스 언론들이 애니의 기상과 배짱에 대해 칭찬을 아끼지 않으며 애니와 애니의 여행에 대해 긍정적인 글을 쓰기는 했다. 그러나 많은 기자들은 누구에게도 의지하지 않은 채 여행을 하고 그런 식으로 옷을 입는 여성에게 자신들이 그렇게 높이 평가하는 여성의 속성이 있다고는 믿을 수 없었다. 그녀의 사랑 능력조차 의문시했다. 애니는 리옹에서 보스턴에 애인을 두고 왔느냐는 질문을 받았다. 그녀는 처음에는 당황하는 듯 보였지만 이내 한바탕 웃어버렸는데, 기자는 그 웃음의 의미를 연애에 관심이 없다는 뜻으로 해석했다.

애니는 프랑스에 있는 동안 또 한 번 분위기나 상황에 맞게 자신의 이야기를 바꾸었다. 언론이 그녀의 성별에 대해 혼돈스럽게 그린 것처럼, 애니는 자신의 배경에 대해 혼돈스러운 그림을 그렸다. 그녀가 지어낸 이야기의 레퍼토리는 끝이 없었다. 다양한 인터뷰에서, 매우 어릴 때 고아가 된 것으로(그렇지 않다.), 법학도로(사실이 아니다.), 법학 박사로(사실이 아니다.), 시체 해부로 돈을 버는 의학도로(사실이 아니다.), 여성 사업가로(맞지만, 그녀는 광고 영업자였다.), 회계원으로(아닌 듯하다.), 여러 신문의 기자로(분명치 않다.), 상당한 재산을 물려받은 부유한 상속녀로(거짓이다.), 그녀가 여행을 떠나오기 직전에 팔아넘긴 신문의 창립자로(사실이 아니다.) 자신의 이력을 설명했다. 심지어는 자신이 속기 제도를 창안했다고 주장했고, 미국 하원 의원의 사촌이자 상원 의원의 조카라고 자랑했다. 이처럼 다양하고, 때에 따라서는 기이한 주장을 펼친 동기가 무엇인지는 알 수 없다. 그녀는 대개 남성들로 이루어진 기자들을 속이고 그들의 믿음의 한계를 시험하는 데서 즐거움을 얻은 것 같다. 순전히 자기 마음대로 과장하며 펼치는 몇몇 주장들은 그녀가 진실을 이야기하는 것을 거의 병적으로 싫어했음을 암시한다. 그렇다고 망상적인 것은 결코 아니었지만 말이다. 그녀는 자신이 무엇을 하고 있는지 정확하게 알고 있었으며, 기자들에게 자신이 진짜 누구인지를 알아내도록 하는 게임을 즐기고 있었던 듯하다.

세계 여행

한 달 반쯤 전에 우리는 젊은 영국 저널리스트 두 명의 방문을 받았다. …… 그들은 무일푼으로 자기 나라를 떠나와 여행 기간 동안 생활비를 벌면서 세계를 돌 작정이었다. 그 시도에 독창성이 없지 않았다는 것을 인정해야 한다.

지금 여기에 똑같은 위업을 달성하려는 젊은 미국 여성이 있다. 추악한 성별의 경쟁자들보다 더 현실적이고 더 1900년대적인 이 여성은 자전거로 그 위업을 달성하길 원했다. 그녀는 고향인 보스턴을 떠나서 …… 용감하게 페달을 밟으며 앞으로 나아갔고 행운을 끌어들이며 미지의 일들을 시도했다.

출발할 때 달랑 1페니뿐이었고 많은 시련들이 기다리고 있었지만, 그녀의 기세는 꺾이지 않았다. 그녀가 겪은 모험? 그 모험들을 다 설명하려면 책 한 권이 필요할 것이다. 뉴욕에서는 철로 옆에서 흑인의 공격을 받았다. 그녀는 흑인을 총으로 쏘아서 거의 죽게 만든 뒤에 철로로 떨어졌는데 그 순간 기차가 엄청난 속도로 달려오고 있었다. 끔찍한 죽음을 피하고 자전거를 구할 수 있었던 것은 정말이지 기적이었다.

정체불명의 파리 신문, 1894년 12월

여기에 다시, 자신의 삶보다 더 큰 초상화를, 즉 가까스로 죽음을 피하며 세계 일주 여행을 하는 용감한 여성 영웅을 창조해낸 뛰어난 소설가 애니가 있었다. "흑인"이 공격하자 그에게 총을 쐈고 그 후 기차에 치일 뻔했다는 이야기는 거의 명백히 거짓이며 그녀의 전설을 만들기 위해 만들어진 한 편의 펄프 픽션이었다. 애니는 프랑스의 여러 신문들에게 그 이야기를 여러 차례 되풀이했다. 그러나 로체스터와 시러큐스 사이에서 그 일을 겪었다고 했는데, 로체스터부터 세 명의 라이더와 함께 자전거를 탔다는 사실을 감안하면 이는 과장이었다. 그리고 그 이야기는 버팔로, 로체스터, 시러큐스, 우티카 등지의 신문에 실린 20여 개의 그녀의 여행 관련 기사들에서도 전혀 언급되지 않았다.

애니가 유럽의 저널리스트들에게 했던 이야기들의 진위는 의심스럽지만, 아마도 그 이야기들 덕분에 프랑스에서 돈을 벌 수 있는 비옥한 토양을 발견한 것 같다. 그녀의 설명에 따르면, 자신은 "〔파리에서〕 광고 매체로 엄청난 대유행"이었다. 파리에서 개최된 대규모 자전거 박람회인 '살롱 뒤 시클'에서, 벨로드롬 디베르 사의 영업 책임자를 비롯한 여러 자전거 판매자들은 판촉을 위해 그녀를 고용했다. 애니는 그곳에서 트리코트나 쉐브뢰이와 같은 프랑스 최고의 남성 라이더들과 5일 동안 실내 자전거 경기를 할 예정이었다. 그러나 그 경기는 취소되었다. 전하는 바에 따르면, 5일 연속으로 실내 트랙을 이용하면 많은 레이서들의 훈련에 방해가 될 것이라는 게 이유였다.

애니는 파리에서 강연도 했다. 비록 영어로 했지만 말이다. "백 명 중 한 명도 알아듣지 못했어요. 몇 분마다 한 번씩 "프랑스 만세!"를 외쳤는데, 그때마다 그 사람들은 어찌나 흥에 겨워하던지! 정말 감동적이었죠! 저는 그들이 무엇을 좋아하는지 알아냈고, 그들에게 그것을 선사해주었습니다." 이것은 애니가 여행 내내 써먹은 수법이었다. 그녀는 군중이든 단 한 명의 기자든 자기편으로 끌어들이는 방법을 잘 알았고, 그런 쇼맨십은 여행에 큰 도움을 주었다.

훗날 애니는 파리에 2주 동안 머물렀다고 썼지만, 실제 머문 기간은 3주 반에 가까웠다. 미국 영사는 그녀에게 실크로 된 미국 국기를 선물했는데, 그 국기는 몇 주 후에 그녀가 마르세유에 극적으로 입성하도록 든든하게 뒷받침해주었다. "영사님은 어느 곳을 가든 성조기를 눈에 띄게 걸어두라고, 그러면 국기가 언제나 저를 보호해줄 거라고 말씀하셨어요."

애니는 12월 30일 오전 8시 30분에 돔스니 애비뉴의 포르트-도레 카페를 나서서 코키유에르 거리를 따라 파리를 빠져나왔다. 이제 애니의 동행에는 파리에 있는 동안 신세 졌던 스털링자전거 판매상인 빅토르 슬로앙과 그의 형제 제임스 슬로앙이 끼어 있었다.

애니는 남쪽 길을 찾는 데 도움을 받으려고 프랑스어로 다음과 같은 메시지가 적힌 작은 천 조각을 자신의 라이딩복 재킷에 기워 넣었다. "보스턴(미국)에서 온 애니 런던데리 양이 정교하게 제작된 '스털링' 자전거를 타고 단 1페니만으로 세계를 도는 여행을 하고 있습니다. 부디 그녀에게 마르세유로 가는 길을 알려주세요." 그러나 이것은 불필요했을 것이다. 프랑스 곳곳의 자전거 클럽에서 온 호위대의 맨 앞에 슬로앙 형제가 서 있었고, 호위대 사람들은 파리에서 마르세유까지 가는 동안 거의 1~2킬로미터마다 교대하며 애니와 함께했기 때문이다.

파리를 벗어나자마자 비로 진창이 된 길이 리으생까지 32킬로미터나 계속되었다. 애니 일행은 오전 11시 45분에 리으생에 도착한 뒤 옷을 말리기 위해 45분 동안 휴식 시간을 가졌다. 그 후 "반쯤 얼어붙은 라이더들은 비틀거리며 계속 전진했다." 그들은 이른 오후에 믈룅에 도착했고, 오후 2시 30분경에 새로 결합한 믈룅 출신 라이더 두 명과 함께 다시 앞으로 나아갔다. 그들은 센 강 근처 퐁텐블로의 유명한 참나무와 소나무 숲을 가로질렀다. 『라베유 드 퐁텐블로』라는 지역 신문은 하얀 스털링자전거를 타고 마을을 지나간 여성이 "애니 런던데리라는 가명으로 알려져 있다."고 특별히 언급했는데, 이 신문은 그녀의 진짜 이름이 런던데리가 아니라고 보도한 몇 안 되는 프랑스 신문 중 하나였다. 애니는 파리를 떠나기 직전에 가진 인터뷰에서 이렇게 말했다. "알다시피 런던데리는 제 가명일 뿐입니다. 진짜 이름은 훨씬 더 예쁘고 더 잘 알려진 것이지만, 지금은 알려줄 수 없습니다. 만일 제가 성공한다면 당신은 그 이름을 알게 될 것입니다." 물론 코프초프스키는 런던데리보다 더 예쁘지도 더 잘 알려지지도 않은 이름이었다. 하지만 그러한 진술은 애니다웠고, 호기심을 자극하며 골탕 먹이기 위한 것이었다. 애니는 오후 5시 30분경 "진흙이 튀고 뼈까지 젖은 상태로" 느무르에 도착했고, 슬로앙 형제와 작별했다. 그녀는 레퀴 드 프랑스 호텔에서 묵었는데, 호텔 주인이 갈아입을 따뜻한 옷을 내주었다. 그녀에게는 의심의 여지없이 커다란 위안이 되었을 것이다. 애니는 그날 빗속에서 추위에 떨며 80킬로미터나 자전거를 탔던 것이다.

그녀는 다음 날 오전 9시 30분에 다시 길에 올랐다. 지역민을 대표하는 상당한 많은 사람들이 배웅해주었고, 현지 자전거 매장의 직원 두 명이 지독한 추위와 쏟아지는 눈을 헤치며 몇 킬로미터 남쪽의 수프까지 함께 자전거를 탔다. 나쁜 날씨는 그들의 전진을 느리게 했다. 애니는 그해의 마지막 날에 몽타르기 부근을 지나고 있었는데, 니무르에서 고작 30킬로미터 정도 떨어진 곳이었고 파리에서는 남쪽으로 약 100킬로미터 떨어진 곳이었다.

새해에도 날씨는 별로 바뀌지 않았다. 새해 첫날에 애니는 국도를 따라 코슨-쿠르-쉬르-루아르로 향했고, "매우 좋은 상태에서, 그러나 진흙범벅인 채로" 그곳에 도착했다. 그녀는 그곳에서 따뜻한 환대를 받았는데, 단연 "최고"는 초콜릿 한 상자였다.

그녀는 이튿날 다시 천천히 나아갔다. 샤리테-쉬르-루아르의 작은 마을에서 위니옹 벨로시페디크 드 프랑스(U.V.F., 프랑스자전거연맹)의 지역 대표인 므시외 니카르의 권유에 따라 리옹까지 약 270킬로미터를 기차로 갔다.

애니는 리옹에 도착한 뒤 뤼니베르 호텔에서 머물렀다. 그곳에서 한 기자에게 융숭한 대접을 하며 뉴욕 주에서 "흑인"의 공격을 받은 일에 대해 들려주었는데, 이야기 내용이 이전의 것들과 조금 달라졌다. 이번 판본에서는 그녀가 총을 쏘지 않았지만, 그럼에도 영웅으로 그려졌다. "애니 런던데리 양은 비상한 에너지를 발휘하며 매우 적극적으로 대처하여 흑인에게서 벗어났다. 그녀는 열차가 증기를 내뿜으며 달려오자 벌떡 일어나 자신의 몸과 자전거를 가까스로 철로 옆으로 내던졌다."

애니는 세 명의 리옹 출신 라이더들과 함께 1월 6일에 리옹을 떠났다. 날씨는 다시 지독해졌다. 눈이 쏟아지고 기온은 영하로 뚝 떨어졌다. 사고로 다리에 가벼운 부상을 입었고, 그래서 한 시간을 지체했다. 일행은 빈에 도착한 뒤 지역 자전거 클럽의 대표에게서 점심을 얻어먹었다. 그들은 계속해서 남쪽으로 내려가서 생 랑베르라는 마을에서 밤을 보냈다.

그곳에서 새로운 라이더 그룹과 함께 발랑스로 출발했다. 발랑스로 가는 길은 척박했고 날씨는 여전히 추웠으며 리옹에서 겪은 사고 때문에 발목에는 상처가 나 있었다. 그녀는 완전히 지친 상태에서 오전 8시에 발랑스에 도착했다. 비록 그녀의 동료 중 한 명은 지역 신문에 "그녀의 용맹스러운 열정에 아연실색"했다고 말했지만 말이다.

『주르날 드 발랑스』는 "그녀의 끈기는 놀랍다."고 전했다. 이 신문은 코슨-쿠르-쉬르-루아르에서 리옹까지 기차를 타고 간 것을 알지 못했는지 이어서 이렇게 적었다. "그녀는 하루에 두 시간 이상 자지 못하면서 파리에서 리옹까지 단 나흘 만에 주파했다. 한마디 덧붙이자면, 한 발로 간신히 페달을 밟아야 했기 때문에 동행한 라이더들이 계속 힘든 시간을 보냈다."

애니는 『주르날 드 발랑스』에 실린 글을 읽은 뒤에도 파리에서 리옹까지의 여행에 대한 잘못된 인식을 서둘러 바로잡지 않았다. 사람들의 그러한 추측이 자신에 대한 호의를 불러일으킨다는 것을 직감적으로 이해한 듯하다. 다른 뛰어난 공상가들처럼, 그녀는 사람들이 보고 싶거나 보았다고 믿는 것들을 보도록 조장했다. 특히 프랑스인들은 여성 자전거 영웅을 보고 싶어 했다.

애니는 그녀가 독신이라는 추측(그 시대에 자전거로 세계를 도는 여성에 대해 가질 수 있는 논리적 추측)을 깨뜨리지 않았던 것처럼, 리옹까지 자전거를 타고 왔으리라고 추측하는 사람들 앞에서 기차를 타고 왔다고 절대 나서서 말하지 않았을 것이다. 위니옹 벨로시 페디크 드 프랑스의 므시외 니카르를 포함한 많은 사람들이 진실을 알고 있었음에도 말이다. 만일 『주르날 드 발랑스』가 그녀에게 직접 물었다면, 아마도 창조적인 설명을 덧붙이긴 했겠지만 진실을 말했을 것이다. 여행의 끝 무렵에는 내기의 조건에 일정한 기차 여행 거리가 포함되어 있었다거나, 자전거를 타는 것이 불가능한 상황에서는 기차 여행을 해도 좋다는 사전 허가를 전보로 받았다고 말함으로써 기차를 이용한 것에 대해 해명하곤 했다. 내기에 대한 이야기는 거의 전적으로 애니가 꾸며낸 것이었기 때문에, 보스턴의 어떤 사람도 내기 조건에 대한 그녀의 창조적인 변형에 반박할 수 없었다.

애니는 발랑스에 있는 테트 도르 호텔의 숙박부에 등록했다. 왕진 의사인 마냐농은 다리의 상처를 아킬레스건 염증으로 진단했다. 애니는 상처와 지독하게 추운 날씨 때문에 출발을 연기했다. 현지의 자전거 매장에 진열된 그녀의 스틸링자전거는 호기심 많은 사람들의 동경을 샀다. "그 자전거는 남성용이다. 우리는 이런 사례를 통해 새로운 세계의 창조자들이 얼마나 완벽한 상태에 도달했는지를 알 수 있다."(『주르날 드 발랑스』) 애니는 여느 여행지에서처럼 그곳 호텔에 머무는 동안 많은 쪽지를 받았다. "당신의 용감한 여행을 매우 흠모하는 어느 숙녀 분께서 내일 열두 시에서 열두 시 반 사이에 방문할 것입니다. 기다려주시길 간곡히 부탁드립니다." 아직까지 그녀의 명성은 확고했다.

애니는 염증이 낫자마자 호텔에서 연회를 열어 지역의 저널리스트들을 만났다. "전반적으로 런던데리 양은 프랑스 남성들을 좋아하지만 프랑스 여성들에 대해서는 많은 말을 하지 않았다. 그녀는 파리에서 여성들이 담배를 피우는 것을 보고 큰 충격을 받았다. 파리에 머무는 동안 다른 여성 라이더들과 경주를 해보라는 제안을 받았지만, 그녀는 겨룰 만한 가치가 없는 이들이라며 거절했다. 그녀는 파리 최고 실력의 남성 라이더들과는 잘 겨루었지만, 여성 라이더와는 겨루려고 애쓰는 것 같지 않았다.”(『주르날 드 발랑스』)

하지만 파리의 최고 실력자는 말할 것도 없고 남성 라이더들과 겨뤘다는 보도조차 파리의 어느 신문에도 실리지 않았기 때문에, 『주르날 드 발랑스』의 기자는 유난히 남의 말을 잘 믿는 사람이었던 것 같다. 그 이야기는 분명히 그녀의 입에서 나왔을 것이기 때문이다. 사실, 앞서 이야기한 대로 파리에서 남성 레이서 두 명과 5일 동안 치르기로 했던 경주는 프랑스 레이서들의 훈련 일정을 방해하지 않기 위해 취소된 바 있었다.

프랑스 남성과 여성에 대한 애니의 발언은 그녀의 충동적인 대화의 전형이었다. 실제이든 느낌이든 프랑스 여성들에게서 받은 모욕에 대해 결코 언급하지 않았지만, 프랑스 여성들이 아니라 프랑스 남성들을 좋아한다는 암시를 함으로써 자신의 남성적 외양과 불분명한 성별에 대해 기자들이 만들어낸 인식을 깨뜨리고, 자신의 자전거 실력을 과시하기 위해 조심스럽게 노력하고 있었는지도 모른다. (수줍음은 그녀의 레퍼토리가 아니었다.) 프랑스 여성들이 담배 피우는 것을 보고 “충격 받은” 일과 관련해서는, 남성용 라이딩복을 입고 스스로를 세상의 볼거리로 만든 그녀가 고작 흡연을 여성성에 대한 심한 모욕으로 여겼다고 상상하기는 어렵다.

1월 10일 오전 9시에 애니가 폴 세이녜레라는 신사를 포함한 라이더 8명과 함께 발랑스를 떠나려 하자, 사람들이 테트 도르 호텔 앞으로 모여들었다. 애니는 상처 때문에 세이녜레와 2인승 자전거를 함께 탔고 애니의 스털링자전거는 다른 사람이 탔다. 세이녜레는 몽테리마르라는 마을까지 그녀를 호위할 작정이었지만, 애니의 마술에 걸려 예정된 거리보다 두 배나 오라녜 도로를 따라 내려가고 있다는 사실을 깨달았다. 그녀는 엄청난 카리스마와 매력, 설득력과 자신감을 두루 지닌 여성이었고, 자전거 여행과 그 이후의 삶에서 언제나 사람들을 사르잡는 묘한 능력을 보여주곤 했다. 세이녜레만이 그녀의 생기 넘치고 매혹적인 개성에 넘어간 것은 아니었다.

일행이 오라녜로 가는 도중에 파야스라는 마을을 지날 무렵, 애니와 세이녜레를 제외한 나머지 사람들은 추운 날씨와 눈 덮인 길에 진저리가 나서 "역으로 핸들 바를 돌렸다." 애니와 세이녜레는 남쪽으로 약간 떨어진 로리올에서 그들 중 세 명을 다시 만났고, 두 명은 몽테리마르까지 함께했다. 길은 나아졌지만 "바람이, 특히 솔스의 내리막길에서 눈 더미를 만들었다."고 세이녜레는 기록했다.

아킬레스건은 계속해서 애니를 괴롭혔고, 그래서 한 발로만 페달을 밟아야 했지만 몽테리마르 근처의 커다란 언덕들을 꽤 잘 넘었다. 실제로 그녀와 세이녜레는 시속 약 20킬로미터의 빠른 속도를 유지했다. 애니의 열정과 즐거움, 삶의 기쁨은 부상에도 불구하고 줄어들지 않았다. "그녀는 난생 처음 보는 에너지를 가지고 있었고, 줄곧 웃고 끊임없이 노래를 불렀다."고 세이녜레는 썼다. "그녀는 경사를 오르자마자 언덕 위에서 페달 받침대를 손으로 밀면서 웃는다. 그녀는 언제나 명랑해서 우리는 경로를 볼 틈도 없이 몽테리마르에 도착했다."

몽테리마르의 포스트 호텔에서 점심을 먹은 뒤, 이제 강인한 네 명으로 구성된 일행은 오라녜로 향했다. 열악한 상황 속에서도 애니의 활달한 성격은 일행의 정신을 붕 뜨게 했다. 그들은 벨-에르에서 3킬로미터 떨어진 곳에서 가파른 경사를 만나자 어쩔 수 없이 자전거에서 내려 꼭대기까지 올라간 뒤 동제르라는 마을로 빠르게 내려왔다. 내리막에서 라이더 중 한 명이 자전거를 제어하지 못해 눈 더미에 처박혔다. 세이녜레는 "우리는 그의 다리가 공중에서 필사적으로 버둥거리는 익살스러운 상황에서 눈에 파묻힌 자전거가 머리만 내밀고 있는 것을 보았다."고 썼다. 가까이서 벌어진 사고조차 애니의 기를 꺾지 못했다. "런던데리 양이 웃음을 터뜨리자 우리는 다시 원래 경로로 돌아왔다."

동제르의 남쪽에 있는 피에르라트라는 마을을 지나자 오라녜까지의 길은 순탄해졌고 눈도 사라졌다. 애니는 그날 저녁에 마지막 식사를 함께하면서 농담 삼아 자신과 함께 뭄바이, 콜카타, 요코하마를 거쳐 미국으로 가자고 간청했지만, 결국 1896년에 그들을 만나러 발랑스에 다시 오겠다는, 결코 지켜지지 않을 약속만 했다. 발랑스의 라이더들은 저녁 식사를 마친 뒤 애니가 스털링자전거를 타고 여행을 계속하며 앞으로 만날 새로운 호위대를 즐겁게 해주도록 남겨둔 채 기차를 타고 북쪽으로 돌아갔다.

애니는 1월 10일 밤을 아비뇽의 정북쪽에 위치한 오라녜에서 보냈다. 다음날 아침에는 아비뇽 자전거 클럽의 회원 두 명이 그곳에서 합류했다. 회원 대부분이 자전거 라이더인 세르클 뮈지칼이 그녀를 즐겁게 해주기 위해 공연을 했고, 아비뇽까지의 짧은 여행을 축제로 만들어주었다.

애니가 오전 11시 직전에 새로운 두 명의 동행과 함께 아비뇽에 도착했을 때, 그 도시는 그녀의 짧은 방문을 맞기 위한 준비가 잘 되어 있었다. 지역 신문들은 이미 이틀 전에 "런던데리 양이 자전거 세계 여행길에 아비뇽을 지나갈 것이다!"라고 떠들어댔고, 애니의 방문을 조직한 사람들은 "못 보고 지나치는 일이 없도록 사람들의 열의를 다시금 배가시키고 있었다." 아비뇽 신문인 『레쇼 뒤 주르』는 "만세! 만세! 용감한 라이더를 위하여"라고 선언했는데, 이 신문은 그 미국인 라이더가 남쪽으로 길을 떠날 때 힘을 북돋아준 많은 언론 가운데 하나였다. 그녀는 아직까지 프랑스에서 진정한 영웅이었다.

애니는 아비뇽에서 마담 부아에가 개최한 연회에 참석했고,

"기력을 회복시키는 음료들이 구비된" 잘 데워진 방을 받았다. 애니는 아비뇽에 도착한 지 4시간 뒤에 오랴녜에서 합류한 아비뇽 출신 라이더인 므시외 죠와 함께 다시 길을 나섰다. 그리고 그날 늦은 시간에 아비뇽에서 남동쪽으로 약 50킬로미터 떨어진 살롱 드 프로방스에 이르렀다.

프랑스에서의 최종 목적지인 마르세유는 이제 단 몇 시간 거리에 있었다. 그러나 이 마지막 구간은 가장 위험했던 것으로 드러났다. 최소한 애니의 설명에 따르자면 말이다.

"어느 날 밤에 저는 라콘(라숑, 마르세유에서 약 50킬로미터 북쪽이고 살롱 드 프로방스에서 약 16킬로미터 남동쪽에 있는 곳)에서 노상강도를 만났습니다. 제가 생각하기에 그들은 저를 기다리고 있었던 것 같습니다. 제가 파리에서 돈을 벌었다는 사실을 알고 있었기 때문입니다. 나무숲 뒤에서 튀어나온 일당은 세 명이었고 모두 복면을 썼습니다. 그들 중 한 명이 제 자전거 바퀴를 붙잡더니 저를 집어던졌습니다. 저는 꺼내기 쉬운 주머니에 권총을 넣어두었기 때문에, 일어나자마자 가장 가까이 서 있는 남자의 머리에 권총을 겨눴습니다. 그러나 그 남자는 몸을 피했고 다른 남자가 뒤쪽에서 저를 붙잡고 권총을 빼앗았습니다. 그들은 제 주머니를 샅샅이 뒤졌지만 단 3프랑밖에 찾아내지 못했습니다. 그러자 아주 관대하게도 제게 그 돈을 돌려주었지요. 바닥에 떨어질 때 어깨가 심하게 비틀리고 발목도 삐었지만 여행을 계속할 수는 있었습니다. 라콘 클럽의 여러 라이더들이 자전거를 타고 마중 나왔는데, 제가 다친 이유를 듣고 나자 프랑스에 머무는 동안 다시는 혼자서 여행하지 않도록 하겠다고 말했습니다."(『뉴욕 월드』)

전날 밤의 부상에도 불구하고, 1월 13일 아침에 애니는 마르세유에 성공리에 도착했다. 애니는 이렇게 말했다. "마르세유는 저를 맞이하기 위해 대대적인 준비를 했지만, 그 도시에 도착했을 때 저의 모습은 초라했습니다. 발목이 너무 심하게 부어올라서 그쪽 다리를 쓸 수가 없었고, 어쩔 수 없이 부상당한 발에 붕대를 감아서 핸들 바에 걸치고 다른 발로만 페달을 밟으며 도시로 들어갔습니다. 저는 길게 늘어선 라이더들의 호위를 받으며 호텔까지 갔습니다. 거리에는 자전거로 세계를 돌고 있는 미국 여성을 너무나 보고 싶어 하는 사람들이 줄지어 서 있었습니다. 제 핸들 바에는 성조기가 매달려 있었고, 그래서 정말 기운이 났습니다."

마르세유 근처에서 노상강도를 만난 일은 재빨리 애니의 많은 이야기들 가운데 주요한 테마가 되었고, 그녀가 가는 곳마다 기자들은 그 이야기를 들어야 했다. 그러나 정작 범죄 현장에서 가까운 마르세유의 어떤 신문도 이 사건을 언급하지 않았다. 물론 애니가 마르세유에 들어갈 때 왜 한 발만 사용하고 다른 한 발은 붕대를 감은 채 핸들 바에 걸고 있었는지에 대한 다른 설명도 있었다. 발랑스에서 진단받은 아킬레스건 염증이 그것이었다. 그러나 아킬레스건 염증은 그다지 인기가 없었다. 극적으로 강도에게서 벗어나 살아난

이야기가 훨씬 좋은 광고문이었던 것이다. 그 이야기는 이미 부풀고 있던 그녀의 전설을 극대화해주었고, 마르세유만큼 그 전설을 키운 곳은 없었다.

　　스타가 되어버린 애니는 그 도시의 수정궁을 방문하는 길에 스털링자전거를 타고 군중 사이를 지나가며 영광스러운 박수갈채를 받았다. 그녀는 마르세유 사람들에게 그들이야말로 "프랑스 민족의 엘리트"라고 말함으로써 더 많은 사랑을 받았다. 그들은 북쪽에 사는 사람들이 자신들보다 덜 호의적이고 더 저속하다는 말을 듣는 것을 무척 좋아했기 때문이었다. 애니는 여행 도중에 겪은 일화들로 지역 신문들을 즐겁게 해주었고, 이제 경험 많은 연예인처럼 청중을 흥분시키면서 아부를 쏟아냈다. 어느 지역 신문에 따르면, "그녀가 마르세유로 출발할 때, 미적지근한 환영뿐이었던 파리지앵들이 이렇게 경고했다. '당신은 남쪽 지방에서 썰렁한 환영을 받을 거요! 잔인한 속임수를 대비하시오.' 런던데리 양은 파리지앵들이 서툰 예언가들이었다고 단언하면서 어린아이같이 즐거워했다. 그녀는 우리 도시처럼 마음에서 우러나는 따스함과 존경이 담긴 친절함을 보여준 곳은 이제껏 경험해보지 못했다고 한다."

　　애니는 이렇게 말했다. "아마도 파리는 내가 그곳에 있을 때 아침부터 기운이 사나웠던 것 같다. 마르세유 사람들은 감동적인 진심을 보여주었다."

애니에게 마르세유는 훌륭했다. 영웅으로 대접받았을 뿐 아니라, 지역 상인들은 그녀가 돈을 벌어서 여행을 계속할 수 있게 해주려고 안달이었다. 마르세유의 향수 제조업체인 므시외 로렌시-팔랑카는 처음에 돈을 직접 주려 했으나, 그녀는 내기의 선물 금지 조건을 인용하며 "제가 당신을 위해 일을 해서 돈을 받는다면 그 무엇도 그걸 막지 못할 겁니다."라고 대답했다. 그녀의 말은 진짜였다. 그녀는 이튿날 마르세유의 거리들을 스틸링자전거로 돌아다니며 로렌시-팔랑카 사의 전단지를 배포했다.

애니는 자신과 한마디라도 나누고 싶어 하는 마르세유 사람들의 편지를 너무 많이 받아서, 호텔 방문 시간을 지역 신문에 공지해야 했다. 그녀가 증기선 시드니호를 타고 동쪽 곶으로 출발한 1월 20일에는 수천 명의 인파가 작별 인사를 하러 부두로 몰려들었다. 『르 프티 프로방샬』은 "엄청난 수의 개미 떼 같은" 군중들이었다고 보도했다. "수프르 부두는 침공당한 것이나 마찬가지였다. 특별히 허가받은 수백 명이 부두에 나와서, …… 대담한 런던데리 양에게 작별 인사를 했다." 그동안 보여준 모든 외적인 자신감과 때때로의 감정적 초연함과 달리, 쏟아지는 애정에 깊이 감동받았는지 그녀의 두 눈에 "눈물이 가득했다." 프랑스는 그녀를 보듬어 안았고 그녀는 그 호의에 보답했다.

시드니호가 항구를 떠날 때 그녀의 뒤쪽에는 성조기와 삼색기가 펄럭거렸다. 선장은 배가 가급적 부두 가까이로 지나가게 해서 사람들이 여성 영웅을 오래도록 지켜볼 수 있게 해주었다. 군중이 환호하자 애니는 마지막 인사로 손을 흔들었다. 프랑스는 다시는 그녀를 보지 못할 것이었다.

5장
아시아에서의 놀라운 모험

Map of the World Showing Route Traveled by Annie Londonderry.

그녀는 여성의 권리를 핸들 바에 얹고
속박하는 양식과 습관들을 트랙 위에 흩뿌리면서
날개 돋친 승리의 여신처럼
저 단순한 기구를 탄다
___ 페어팩스 다우니

애니가 1895년 1월 마르세유를 출발한 뒤부터 미국에 돌아올 때까지의 기간은 괴로운 모험과 잦은 위험, 끝없는 드라마로 채워졌다.

애니는 스털링자전거를 타고 알렉산드리아, 포트사이드, 예루살렘, 아다나를 지나갔다. 뭄바이에서 콜카타까지 자전거를 타고 "힌두스탄 반도"를 가로질렀는데, 벌레들의 공격으로 고통스러운 여행이었다. 인도에서는 벵골 호랑이를 사냥했으며, 가끔은 독일 왕족과 함께 사냥에 나섰다. "아시아인"들은 그녀를 날다람쥐로 착각해서 여러 차례 거의 죽일 뻔했고, 몇몇은 그녀를 악령 혹은 실지어 화성인이라고 믿었다. 그녀는 인도에서 중국 해안까지 육로로 자전거 여행을 했고, 종종 괴롭힘을 당하지 않기 위해 자신의 옷 위에 현지 의상을 포개 입었다. 1895년 청일 전쟁 중에는 저널리스트

두 명, 선교사 한 명과 함께 체포되어 최전방으로 이송되었다. 얼어붙은 강에서 얇은 얼음 아래로 빠지기도 하고, 어깨에 탄약을 메고 가야 하기도 했다. 이 일로 그녀의 여행은 한 달의 차질을 빚었다. 시체가 여기저기 널려 있는 들판을 자전거로 달리다가 일본의 감옥에 처박혔는데, 그곳에서는 일본 병사가 중국인 수감자를 죽이는 장면을 목격했다. 그녀는 석탄을 태워 열을 내는 "한국식 화로 잠자리"에서 꽁꽁 언 밤들을 견딘 뒤에, 한반도를 가로질러 시베리아까지 자전거로 나아갔다. 시베리아에서는 "러시아 체제가 정치범들을 어떻게 다루는지 관찰했다."

놀라운 모험들이었으며, 자전거로 대단할 만큼 먼 거리를 여행한 것이었다. 특히 1월 20일에 마르세유에서 출발해서 고작 7주 뒤인 1895년 3월 9일에 요코하마를 떠난 여성이 겪은 일들치고는 정말 놀랍고 비상한 것이었다. 내기에서 승리하려면 1월 말에 마르세유를 떠나 단 여덟 달 안에 시카고로 돌아가야 했다. 이를 위해서는 아시아를 가로지르는 빠른 길을 찾아야 했고, 여행 수단으로 그러한 비상한 자유를 선택했다는 사실을 감추어야 했다.

세계 일주 과정에서 애니는 자전거로 수천 킬로미터를 여행했고, 그래서 비록 때때로 기차에 오르긴 했지만 자전거로 아메리카 대륙을 횡단한 첫 번째 여성이었다는 주장이 있을 수 있다. 하지만 아시아 구간에 대한 그녀의 설명은 전적으로 또 다른 이야기이다. 애니가 쉬지 않고 자전거를 탔다고 해도 7주 만에 인도를 가로질러 육로로 중국 해안까지 가는 것은 불가능한 일이었다.

애니는 실재와 허구의 경계에 살곤 했다. 허구가 필요할 때마다 그녀는 자신의 이야기 가운데 일부를 허구로 만들었다. 그녀의 진정한 목표는 자전거로 지구를 한 바퀴 도는 것이 아니라, 그런 시도를 통해서 혹은 최소한 그런 시도를 하는 것처럼 보임으로써 부자가 되고 유명해지는 것이었다. 따라서 세계를 일주했다는 주장을 더욱 설득력 있게 만들기 위해서는, 마르세유에서 요코하마 사이의 구간에 대해 바다에서 시간을 보냈다는 것보다 명백히 더 흥미진진한 설명을 해야 했다. 미국으로 돌아온 뒤에 행한 강연과 『뉴욕 월드』에 쓴 글에서, 그녀는 미국 사람들을 사로잡을 만큼 놀랍고 말 그대로 믿기지 않는 산적 이야기와 전쟁 이야기, 필사적인 용기에 대한 이야기를 했다. 그 이야기들 속에 진실이 거의 혹은 전혀 들어 있지 않을지라도, 그녀가 모순된 내용을 집어넣었는지 안 넣었는지는 아무도 관심을 갖지 않았다.

시드니호는 1월 20일에 마르세유를 떠나 수에즈 운하 쪽으로 동진했다. 첫 번째 기항한 곳은 1월 25일, 이집트 북쪽 해안의 알렉산드리아였다. 이튿날에는 수에즈 운하를 통과하는 선박들의 석탄 공급소인 포트사이드에 정박했다. 애니는 『뉴욕 월드』에 예루살렘을 방문했다고 썼는데, 그곳은 그녀가 나중에 여행에 관한 강의를 하면서 사용한 성스러운 도시의 환등 슬라이드 십여 장을 모아놓은 곳인 듯하다. 그녀가 예루살렘에 가기 위해서는, 오늘날의 텔아비브 부근에 있는 자파라는 고대 항구까지 보트를 타고 간 다음, 협궤 철도를 통해 3시간 동안 65킬로미터를 더 가야 했다. 불가능해 보이기는 하지만, 만일 애니가 알렉산드리아에서 시드니호를 내려서 예루살렘을 방문한 뒤에 이튿날 포트사이드에서 다시 합류했다면 가능한 일이기는 하다.

애니는 유대인의 정체성이 강했기 때문에, 잠시라도 예루살렘을 방문할 기회가 있었다면 그렇게 했을 것이다. 그러나 그녀의 예루살렘 슬라이드만으로는 그곳을 찾아갔다고 확신하기가 어려운데, 그녀의 슬라이드는 상업적인 사진으로 만든 것이어서 어느 곳에서나 살 수 있었기 때문이다.

시드니호는 포트사이드에서 연료를 채운 뒤에 프랑스 화물을 목적지까지 운반하기 위해 동쪽으로 계속 항해했다. 수에즈 운하를 지나고 아다나를 거쳐서 2월 7일 오후 1시에 실론(현재의 스리랑카)의 콜롬보에 도착했다. 짐작컨대 애니가 시드니호에 탑승한 약 80명의 승객 중에 유일한 여성 라이더는 아니었던 것 같지만, 1890년대의 실론에서 자전거를 타는 여성은 흔히 볼 수 있는 모습이 아니었다. "오늘 오후 포트〔식민지 콜롬보의 중심지는 그 도시의 요새 부근이었다.〕의 원주민들은 개량된 옷 —— 몸에 꽉 끼는 옷, 니커보커스 바지와 재킷 —— 을 입은 여성 라이더 세 명의 낯선 모습에 깜짝 놀랐다. 이 여성들은 오후에 들어온 프랑스 증기선 시드니호를 타고 왔다. 군중은 그녀들을 따라다니며 그녀들이 들어가는 상점을 에워쌌다. 그녀들은 그러한 군중을 즐겁게 바라보며 듯했다. 그리고 얼마 후 다시 배를 타고 떠나갔다."(『셜론 이그재미너』) 애니는 그 지역의 자전거 클럽 회원들과 함께 콜롬보 주위를 "50킬로미터 정도 질주"할 여유가 있었다고 한다.

시드니호는 바로 다음 날 콜롬보를 떠나 싱가포르로 향했다. 『싱가포르 해협 타임스』는 2월 14일에 애니가 그곳에 잠시 들렀다고 보도했다. 기사의 전반적인 논조는 프랑스 언론에 비하면 훨씬 회의적이었지만 그녀는 곧 그러한 태도에 익숙해져야 했다. 미국에 돌아온 뒤에는 더욱 나빠질 것이었기 때문이다. 몇몇 저널리스트들이 놀랄 만큼 짧은 기간 안에 자전거로 아시아를 가로지른 사건과 그 주인공에 대해 의심을 품는 것은 단지 시간의 문제일 뿐이었다.

자전거를 타는 여성
5만 명의 마르세유 열광자들

······ 이제 우리는 실로 대단한 내기와, 놀랄 만한 위업을 이룬 땅에서 온 또 하나의 괴짜를 만날 기회가 생겼다. 이번에는 여성이다. 다음 세기의 여성들이 입을 법한 선진적인 의상을 입은 여성이다. 어제 저녁,

[호텔] 발코니에 서 있던 그녀는 흥미로운 관심의 대상이었다. 불쾌하지 않은 얼굴에다가, 잠시 추론해보면 단번에 셜록 홈즈가 떠오르는 등을 가진 키 작은 여성은 재봉틀 아니면 자전거에 중독되어 있었다. 그녀가 입고 있는 옷은 의심을 날려버린다. 입기에 편하고 목둘레가 깊게 파인 옅은 파란색 블라우스, 어두운 색 서지로 만든 니커보커스 바지, 잘 빠진 다리에 신은 검은색 스타킹과 흰색 신발은 근대적인 라이더의 표지였다. 얼굴은 볕에 그을렸고, 얼굴선에서는 보통의 여행객이 아님을 알 수 있는 잠재된 의지가 엿보였다. 이 말이 저돌적인 독립성이 엿보인다는 뜻은 아니다.

이 여성 라이더는 런던데리 양이라고 소개되었고, 그녀가 말을 할 때는 먼 곳에서도 성조기의 나라 출신임을 알 수 있다. …… 그녀는 파리까지 자전거를 타고 갔고 그곳에서 "아주 즐거운 한때"를 보낸 듯하다. 그녀는 라 벨 프랑스La belle France('아름다운 프랑스'라는 뜻으로, 프랑스인들이 자기 나라를 자랑스럽게 부르는 표현이다. — 옮긴이)에 와 있었다. 그녀의 사진은 장당 200프랑에 팔렸다. 광고업자들은 광고 전단을 배포하는 대가로 그녀에게 일당 100프랑을 주면 수지맞는 장사라는 것을 알았다. 스미스 비누와 존스 약품은 바퀴 살 하나에 25센트를 내고 광고를 부착했다. 그녀는 우유를 시음한 뒤 품질 우수 증명서를 발급해 20프랑을 챙기고, 어느 기업의 부츠를 신고 견고성을 시험했다. 온갖 특허장을 붙이고 나서 상당한 보너스를 받았다. …… 마르세유에서 요코하마까지 단축 여행을 하는 동안 그녀에게 기품 있는 작별 인사를 건넨 사람 수는 틀림없이 5만 명이 족히 넘을 것이다. 하지만 우리는 그녀가 자신의 여행에 대해 과장하는 것은 아닐까 하고 생각한다. 몇몇 여성들은 그렇게 과장을 한다.

싱가포르에는 한 프랑스 화물[시드니호에 대한 언급]의 편법으로 싸게 도착했다. …… 내기 참가자들이 온통하게도, 그녀는 계약 조건에 따라 합법적으로 번 5,000달러를 가지고 …… 보스턴에 돌아갈 것이다. 그 후 런던데리 양은 명예롭게 은퇴하고 책을 집필할 것이다. 당연하게도 런던데리 양은 많은 경험을 했고, 사람들이 기다리는 책을 위해 그 경험들을 잘 간직해두었다. 그녀는 권총 한 자루와 약품 상자를 가지고 다닌다. 그 권총은 아메리카라는 자유의 땅에서 두 번 사용했다. 약품들은 빈크 우유와 フ-진 소다수를 분석하는 데 쓸 예정이다. 그녀의 여행은 전반적으로 즐겁고 유익한 나들이였다. [런던데리 양이] 우리에게 말하기를, "저는 최고로 멋지게 대접받았습니다. 사람들의 공감과 친절을 알게 되는 일은 신기하ㅈ요?" 이것은 진실이다!

『싱가포르 해협 타임스』, 1895년 2월 14일

또 다른 싱가포르 신문인 『프리 프레스』의 태도는 약간 더 너그러웠지만, 그저 약간일 뿐이었다. "어젯밤에 있었던 신여성의 출현은 놀라움, 호기심, 즐거움을 가져다주었다. …… 우리 사회가 미래 여성의 의상과 그러한 여성을 살짝 엿볼 수 있었던 것은 〔시드니호의〕 일시 정박 덕분이었다."

싱가포르를 출발한 시드니호는 사이공에 닿았다. 애니는 스스로 자신의 언론 홍보 대리인이 되어 사이공의 주요 신문인 『프로그레스 드 사이공』에 자신의 2월 16일 도착이 임박했음을 알리는 전보를 보냈다.

　　그녀는 싱가포르의 환영회보다 사이공의 환영회를 더 마음에 들어 했고, 프랑스어 신문 『르 쿠리에 드 사이공』의 편집인인 가스통 아멜로와 므시외 물렌이라는 두 명의 팬을 발견했다. 물렌은 10센티미터 정도 길이의 작은 종이에다 그녀를 주제로 시를 쓰고 그 왼편에는 지구 꼭대기에서 자전거를 타고 있는 여성의 모습을 그렸다. 종이는 성조기와 삼색기가 그려진 받침대 위에 놓였으며, 받침대에는 "르 쿠리에 드 사이공"이라는 글자가 적혀 있었다.

　　"1895년 2월 17일, 사이공"이라는 날짜가 적힌 시는 애니의 대담함, 용기, 끈기에 바쳐진 것이었다. 그 시는 14행이었는데, 각 행의 첫 철자를 세로로 읽으면 MISS LONDONDERRY에서 R자 하나만 빠진 단어가 되었다. 번역하니 철자 바꾸기 놀이의 맛은 사라지지만, 시는 다음과 같은 내용이다.

　　신사 숙녀 여러분, 라이더 만세!
　　커가는 명성의 우상
　　프랑스가 두려움 없는 여행객을 믿는다면
　　우리는 그녀에게 가장 따뜻한 갈채를 보내야 한다
　　오늘날의 유행은 길에서 페달을 밟는 것이다
　　그러나 런던데리 양은 즐거운 강연으로

132

우리를 그녀의 예술적인 여행으로 초대한다

우리는 열광적인 찬양을 거둬야 하는가

우리는 이 여성의 대담함을 부인하고

그녀의 아름다운 용기와 당당함을 부인해야 하는가

모든 것이 거무칙칙하고 영혼을 침잠시키는 세기에

내가 당신에게 물으면, 당신이 말하는 것을 들을 수 있다

마땅한 재능만큼 그리고

눈부신 미소라는 보물만큼 아름다운 것은 없다.

『르 쿠리에 드 사이공』은 애니가 여행을 계속할 수 있도록 기부금을 모집하는 주체가 되어주었다. 그 신문의 2월 18일자는 시인 므시외 물렌이 "『르 쿠리에 드 사이공』의 친구들"이 기부한 돈에 23.5달러를 보탰으며, 지난 밤 극장에서 85달러가 더 모였다고 보도했다. 《쉬제의 여행》라는 연극 공연은 애니가 스털링자전거를 타고 카메오로 등장하는 장면을 넣었다. "여성 라이더인 런던데리 양은 9막에서 등장할 예정이었으며 모든 관객들은 그녀를 보고자 학수고대하고 있었다."라고 연극 비평가 해리 캐퍼는 썼다. "불행하게도 무대 바닥 곳곳에 박혀 있는 못 때문에 그녀는 자전거를 타고 등장할 수 없었다. 그녀는 삼색기를 손에 든 채 자전거를 끌고 나왔고, 자신이 영어로 행한 간략한 발언에 관객들이 커다란 관심을 기울이는 것을 보는 데 만족해야 했다."

애니는 전혀 부끄러워하거나 주저하지 않으면서 관객들에게 직접 기부를 부탁했는데, 캐퍼는 이러한 행동이 분위기에 맞기는커녕 매우 뻔뻔하다고 생각했다. "그녀에게 에너지와 재치가 부족하다고 말할 수는 없지만, 누군가의 세계 여행을 위해 이런 식으로 기부를 하는 일은 처음이다."

애니와 시드니호는 2월 18일 혹은 19일에 사이공을 떠나면서 『르 쿠리에 드 사이공』의 낙관적인 송별 인사를 받았다. "그녀와 만나는 행운을 가진 모든 사람들은 이 매력적인 여성이 코미디언이 아니라 모험가이고, 어떤 사람들이 주장하는 것처럼 별나지도 않으며, 목표한 바를 이루려는 의지를 지닌 용감하고 대담하고 뛰어난 여성이라는 사실을 알 수 있었다. 또한 그 무엇도 그녀가 자신의 이상을 성취하는 일을 방해할 수 없다는 사실도 알 수 있었다. …… 런던데리 양은 미국인들이야말로 세상에서 가장 끈기 있고 고집 세다는 것을, 그리고 머지않아 여성들이 이제껏 극소수의 남성들만이 가지고 있던 용기와 에너지를 갖게 될 것임을 전 세계에 증명하는 중이다." 애니는 대체로 프랑스와 그 식민지들에서는 인정을 받고 대영제국의 여러 곳에서는 회의적인 반응을 얻었는데, 이처럼 다양한 도시에서 다양한 반응을 불러일으킨 것은 놀라운 일이다. 싱가포르에서처럼 뻐기는 사기꾼으로 비춰지든, 사이공에서처럼 주관이 뚜렷한 젊은 여성으로 보이든, 애니는 여행하는 곳 어디에서든 영향을 주고받았다. 그녀에 대한 모든 설명들은 그녀의 진짜 모습을 한 면씩 보여주었다. P. T. 바넘과 넬리 블라이의 속임수를 조합한 인물, 성 평등의 상징인 대담한 신여성, 그러나 결정적으로 교활한 속임수를 지닌 인물.

애니가 유럽에서 출발해 아시아를 가로지르고 있을 때, 고국의 저널리스트들의 어조는 싱가포르에서처럼 분명히 아부가 덜했다. 처음에는 뻔뻔한 자기 홍보와 여행의 상업화에 초점을 맞춘 부정적인 보도가 있었다. 그리고 그녀의 여행 일정에 대한 관심은 점차 그녀의 진심에 대한 의심으로 이어졌고, 일부 보도는 그녀에게 사기꾼이라는 딱지를 붙이기까지 했다.

"애니 런던데리 양은 매력적으로 보이는 데 전혀 성공하지 못하고 있다. 한 여성이 세계 일주 여행 동안 온통 전단지와 광고들을 기워 붙인 엉뚱한 의상을 입은 전시물이라는 놀림을 받을 만큼 스스로의 품위를 훼손하는 것을 보면서, 세상 사람들은 제대로 된 여행의 수준이 분명 떨어지고 있다고 여긴다."(『피츠버그 크로니클-텔레그래프』)『사이클링 라이프』도 심술궂은 설명을 보탰다. 이 잡지는 다음과 같은 짧은 뉴스 브리핑으로 애니의 여행 과정 보도를 대신했다. "애니 런던데리는 말은 청산유수이지만 저속하다. 그녀의 목표는 단지 유명해지는 것이다."

그러나 애니는 부정적인 언론 보도에 거의 신경 쓰지 않았다.

그녀의 관점에서는 어떤 기사든 그녀에 대해 많이 쓰면 쓸수록 좋은 것이었다. 아시아로 가기 전 어느 날에 그녀는 자신에 대해 비판적인 칼럼을 두고 이렇게 반응했다. "한 일간지의 자전거 칼럼니스트가 저를 헐뜯는 것을 보셨지요? 대단하지 않나요? 그게 바로 제가 원하던 것이에요. 저는 저 자신에 대한 대단한 '조롱' 몇 가지를 써서 주요 일간지들에 보낼 겁니다. 그런 다음, 원하던 광고와 악명을 얻을 거예요. 그리고 모든 이가 저를 지켜보게 될 겁니다. 사람들은 저를 보러 몰려들 것이고, 제가 파는 저렴한 기념품들을 살 것이고, 그러면서 사람들은 남편과 아이들을 위해 자전거 광고물이 될 용기가 자신에게 없다는 데 감사하는 기도를 올리고, 동시에 저의 배짱과 사업 감각을 부러워할 것입니다."

이는 애니가 스스로 결혼한 여성인데다 어머니이기도 하다는 것을 인정한 드문 경우일 뿐 아니라, 다른 데서는 절대 언급하지 않은 사실, 즉 가족의 부양을 위해 여행을 하고 있다는 것을 밝히고 있다. 애니는 줄곧 고의적으로 자신이 미혼이라는 암시를 해왔다. 그러나 그녀는 언론의 힘을 매우 탁월하게 그리고 매우 현대적으로 이해했다. 즉 유명해지는 것이 목표라면, 악명만 한 것은 없었다.

실제로 명성과 돈, 그리고 평범함에서 벗어나는 것이야말로 애니가 진정으로 추구하는 대상이자 진정으로 성취한 바였다. 여행 과정에서 명백히 입증된 것처럼 그녀는 꿈을 실현하는 방법을 찾는 특별한 기술을 가지고 있었다. 그녀는 호탕하고 노련하며 만병통치

약 장수의 기질이 있었기에, 일곱 달이 채 안 되는 기간 동안 자신의 생활환경을 급격하게 바꾸어냈다. 그녀는 더 이상 보스턴의 공동 주택에 사는 익명의 일하는 어머니가 아니었다. 그리고 자신을 둘러싼 커져가는 논란에도 불구하고, 이미 전 세계적인 유명 인사였다.

마르세유와 사이공 사람들이 그녀를 무척 좋아했지만, 미국의 일부 사람들은 애니와 그녀의 방식에 그다지 매력을 느끼지 않았다. 그녀는 사람들과 신문들이 주목하는 한 그러한 사실에 신경을 쓰지 않을 수 없었다.

* * *

2월 21일에 시드니호는 홍콩에 도착했고, 애니의 아시아 여행은 계속되었다. 그녀가 자신을 둘러싼 이들에게 이야기하는 모습은 그녀의 재주가 얼마나 늘었는지를 보여주었다. "런던데리 양은 스스로를 저널리스트로 소개한다. 하지만 내기의 조건에 따라 그녀는 일하는 것도 구걸하는 것도 허용되지 않는다고 말한다. 사람들이 돈 없이 여행하는 데 찬성하지 않는다는 의견을 과감히 이야기하자, 그 젊은 여성은 돈을 가지고 여행하는 것의 좋은 점이 무엇이냐고 묻고, 더 나아가 돈이 있으면 무엇이든 할 수 있겠지만 자신의 목표는 돈 없이 무엇을 할 수 있는지를 보여주는 것이라고 설명했다."(『홍콩 데일리 프레스』) 애니는 홍콩에서 하루 혹은 이틀을 보내고 다시 길을 떠났다. 이번에는 자전거를 타는 경우가 적었고 배를 많이 탔다.

며칠 후 상하이에 도착해서는 푸장반점에 머물렀다. 푸장반점은 쑤저우 강의 북쪽 둑을 따라 이어지는 상하이의 유명한 해안 도로에 있었다. 애니는 그곳에 머물면서 보스턴 시 언론 협회에 다음과 같이 써 보냈다. "저는 지난 6월에 무일푼으로 세계 일주를 하기 위해 보스턴을 떠났습니다. 저는 상당히 멀리까지 오는 데 성공했고, 10,000달러가 걸린 내기에서 확실히 이기리라는 느낌이 있습니다." 그런 다음 "제 자전거는 저의 유일한 보호막입니다."라고 애매하게 덧붙였다.

2월 25일에 애니는 상하이의 신문 『중국 왕조』의 편집인에게 자신을 만나러 푸장반점으로 올 수 있는지 묻는 쪽지를 썼다. 편집인이 도착하자, 애니는 니커보커스 바지와 블라우스 차림으로 자신의 이야기를 풀어내고 싶어 안달이었다. 그녀는 "보자마자 자신이 저널리스트이며, 스물두 개 신문에 글을 쓰는 일을 하고 있다고 말했다." 애니가 그렇게 급하게 일을 처리한 것은 이번만이 아니었다. 그리고 인터뷰를 하면서, 마르세유에 들어갈 때 "취주 악단과 1만 명의 사람들"이 뒤따랐으며 방문하는 곳마다 "언론의 주목을 받아 '성황을 이루었다.'"고 주장했다. 그녀는 상하이에서도 같은 대접을 기대하며 그래야만 "일본 여행의 성공이 보장될 수 있음"을 분명히 했다. 편집인의 표정이 어떠했을지는 상상만 할 수 있을 뿐이다. 애니는 놀라우리만치 솔직한 태도로 눈 하나 꿈쩍 하지 않고도 아주 천연덕스러운 말을 늘어놓았다. 물론 당연한 권리라고 고집할 만큼 심하게 요구하지는 않았다. "그러한 일이 가능하도록 준비한 계획을 도울 수 있다면 큰 영광일 것이라고 그 여성에게 확신시켜 준 뒤에 우리 신문의 담당자는 자리를 떴다. 신문이 인쇄될 때까지 그 어떤 후속 통지도 받지 못해서, 우리는 그 여성이 어떻게 해나갔는지 말할 수 없다."(『중국 왕조』)

* * *

청일 전쟁은 1894~1895년에 한반도에 대한 지배권을 둘러싸고 벌어졌다. 이 전쟁은 애니가 그 지역에 도착하기 몇 달 전부터 미국 언론의 주요 기사였다. 전쟁은 애니가 자전거를 타고 시카고로 가던 1894년 8월 1일에 선포되었고, 애니가 뉴욕으로 돌아와 있던 그 해 11월에 아서 항(뤼순의 별칭 — 옮긴이)이 함락되면서 청나라의 패배가 확실해보였다. 애니가 아서 항 부근에 도착한 1895년 2월 25일 무렵에는 전쟁이 서서히 끝나가고 있었다. 더 작지만 더 강력한 일본군은 청나라군을 압도했고, 일본 해군은 웨이하이웨이 항에서 청나라 해군을 패퇴시키고 도시를 장악했다.

그 전쟁은 야만 행의로도 유명했는데, 양측 모두 민간인에 대한 참수와 절단, 잔인무도한 학살을 자행했다. 애니는 그 전쟁을 인간의 비극으로 보았지만 ── 그녀는 『뉴욕 월드』 기사에서 전쟁의 참상을 생생하게 담았다. ── 자신을 위한 기회로 삼는 데도 전혀 거리낌이 없었다. 그녀는 미국으로 돌아간 뒤에 전쟁에 관한 강연을 해서 돈을 벌기 위해 스스로를 전쟁 목격자로 만들기로 했다. 실제로 그녀의 랜턴 슬라이드 쇼의 상당수 슬라이드가 전쟁 장면을 묘사했다. 말을 타고 있는 일본 병사, 일본 병사들과 중국 병사들의 백병전, 황해의 대규모 해전들, 그리고 전쟁 포로들의 모습이었다. 애니는 머나먼 곳에서 벌어진 유혈 낭자한 전쟁의 직접 체험담으로 미국인들의 눈과 귀가 되었다. 그리고 더 나아가 자신의 이미지를 엄청난 위험에도 끄떡없는 대담하고 저돌적인 여성 영웅으로 만들었을 것이다. 오직 인쇄물로만 뉴스를 접하고 극소수를 빼곤 해외에 나간 적 없는 미국인들이 애니가 들려주는 전선의 이야기에 어찌 홀리지 않을 수 있었겠는가?

애니의 『뉴욕 월드』 기사는 그녀가 강연에서 한 이야기와 매우 유사한 과장과 지극히 환상적인 이야기들로 가득 찼다.

상하이에 도착했을 때, 그 나라를 여행하는 것이 얼마나 위험한지를 들었다. 하지만 나도 모르게 잔악성의 바로 그 현장으로 다가가고 있었다. 가능한 한 빨리 그 나라를 떠나라는 경고를 받았지만, 미국의 정신이 솟아나 그 소동을 직접 보아야겠다는 결심

애니는 미국에 돌아온 뒤 청일 전쟁의 목격자를 자처하며 전쟁에 관한 강연으로 돈을 벌었다. 전쟁의 장면을 담은 슬라이드들은 그녀의 강연을 흥행시키는 데 큰 도움이 되었다.

이 들었다. 이곳이야말로 우리나라로 돌아간 뒤에 상당한 재정 수익을 가져다줄 재료들을 모을 수 있는 영광스런 기회라는 것을 알고 있었다. 그것이 약속한 5,000달러를 모을 유일한 희망이었기 때문이다.

그래서 나는 전선으로 갔다. 나는 내가 중국에서 벌어지는 전투의 목격자임을 알리면 미국의 모든 강연장이 꽉 차게 되리라는 것을 알고 있었다. 결과적으로 내 생각이 옳았음이 증명되었다. 이 나라에 돌아오자마자 강연장들을 쉽게 채웠기 때문이다. 상하이에서 나가사키로 가서 전선으로 막 떠나려 하는 두 명의 종군 기자를 만났다. 나는 일본 정부로부터 여권을 발급받아 그들과 동행했다. 우리는 아서 항 근처에서 일본군 지원 병력과 함께 내렸다. 웨이하이웨이가 그들의 목표 지점이었다. 우리는 그들을 따라갔다. 아서 항에서 목격한 무시무시한 장면들을 결코 잊지 못할 것이다. 우리는 학살이 끝난 뒤에 도착했는데, 시체들이 아직 매장되지 않은 채로 널브러져 있었다. 나는 집에 못 박혀 있는 여성들과 사지가 찢긴 어린아이들을 보았다. 곳곳에 가장 끔찍한 학살과 사체 절단의 증거가 있었다. 웨이하이웨이의 학살은 아서 항보다 더 심했다. 우리가 옌타이를 지날 때 거리는 시체들로 가득했다.

나는 가산 전투의 목격자였다. 난생 처음 본 현장이었고 다시는 보고 싶지 않다. 전투는 오전 9시에 시작되어 오후 4시까지 계속됐다. 중국인들은 일본군을 몰살시키기 위해 지뢰를 설치했는데, 약간의 실수로 중국군이 지뢰가 설치된 바로 그곳을 점령했다. 지뢰를 맡고 있던 멍청한 사람들이 그때 지뢰를 폭파시키는 바람에 자기편이 무자비하게 학살되었다. 중국인 1,500명이 죽었고 일본인 사망자는 단 22명이었다. 그 폭발로 인해 15미터 깊이의 구덩이가 만들어졌다. 그 구덩이는 시체를 매장할 장소가 되었다. 끔찍한 경험이었다.

나는 어느 일본인 안내자와 F. A. 모팻이라는 영국 선교사와 함께 폰툰 강을 건넜다. 강은 얼어 있었지만, 강가 부근에서 얼음이 깨지는 바람에 우리는 물에 빠졌다. 그 와중에 중국인들이 강의 반대편 둑에 나타나서 우리에게 총을 쏘아댔다. 결국 그 일본인 안내자는 죽고 모팻 씨와 나는 부상을 입었다. 나는 어깨에 총을 맞았다. 우리 둘은 다행히 살아서 강가로 나왔지만, 모팻 씨는 며칠 뒤 부상이 심해져서 죽었다.

우리는 그날 일본군에게 붙잡혀 감옥에 처박힌 뒤 사흘 동안 굶으며 지냈다. 만일 모팻 씨가 적절한 치료를 받았다면 살았을지도 모른다. 감옥은 격자 벽으로 된 헛간이었다. 지독한 추위를 막아줄 만한 것이 하나도 없어서 나는 심한 고통을 겪었다. 그렇게 갇혀 있는데, 일본군 병사가 중국인 포로 한 명을 내가 있던 감옥으로 질질 끌고 오더니 내가 보는 앞에서 포로를 죽이고 그 피를 마셨다. 포로의 근육이 아직 떨고 있었다.

나는 미국 영사에게 호소했지단 아무런 관심도 보이지 않았구. 그래서 프랑스 장교에게 석방을 보장해달라고 청했고, 그는 40명의 병사로 이뤄진 부대를 보내주었다. 나는 신속하게 석방되었다. 일본으로 떠나기 전에는 잠시 시베리아를 여행하며 광산에서 일하는 포로들을 보았다. 40명의 포로들이 한 줄로 묶인 채 도착하고 있었다. 그들은 러시아 땅 2,300킬로미터를 걷고 있었다.

이 중에서 무엇이 진실이었을까? 확실히 대부분은 아니었다. 애니가 그곳에 도착했을지도 모를 2월 15일로부터 최소한 열흘 전에, 보도에 따르면 중국은 웨이하이웨이 항을 일본에 넘겨주었다. "딩 장군은 모든 전쟁 참가자, 무기, 요새를 넘겨준다는 제안을 하면서 일본군 장교에게 휴전의 백기를 보냈다."고 『북중국과 대법원 및 영사 신문』은 2월 15일 날짜로 보도했다. 그리고 21일에는 "웨이하이웨이는 이제 완전히 양도되었다."고 보도했다.

게다가 시드니호는 상하이에서 아마도 2월 26일에 출발해서 2월 27일에 일본 나가사키에 도착했고, 3월 3일에는 고베에, 3월 4일에는 요코하마에 도착했는데 그 승객 명단에 애니가 포함되어 있었다. 따라서 웨이하이웨이 혹은 그 외의 전쟁 지역에 실제로 있었다는 애니의 주장은 근간이 흔들린다. 만일 그녀가 시드니호를 타고 나가사키로 가지 않고 어찌어찌 전선을 거친 뒤 고베에서 다시 배를 타고 요코하마로 갔다고 가정하면, 전선으로 갈 수 있던 유일한 시간은 2월 26일과 3월 3일 사이일 것이다. 그러나 훗날 그녀는 나가사키를 방문했다고 썼다. 간단히 말해서 애니가 전선을 찾아갔다는 것은 불가능한 일이다. 시베리아에 갔다는 주장(유일한 증거는 그녀의 수집물에 들어 있는 블라디보스토크 랜턴-슬라이드 사진이다.) 또한 사실로 보기 어려운데, 3월 4일에 요코하마에 가서 닷새 후에 벨직호를 타고 샌프란시스코로 떠났기 때문이다. 그녀의 이야기 중 대부분은 분명히 불가능한 것이었지만, 그녀는 확실히 그 시기에 대한 극적이고 선정적인 이야기들을 머릿속으로 그리고 있었고, 그러한 이야기들은 1895년 봄과 여름에 미국의 청중을 즐겁게 해줄 것이었다.

애니가 3월 초에 요코하마에 도착할 무렵, 당연하게도 그녀의 주장에 회의적인 견해들이 부상하고 있었다. 『일본 주간 신문』에 따르면, 그녀는 "자전거를 타고" 세계 여행을 하고 있었다. "그 선진적인 여성은 극동에서 오는 증기선인 시드니호를 이용했던 것으로 보인다. 극동에서 여러 달을 보내며 임무를 완수했으니, 이제 미국에서는 틀림없이 샌프란시스코에서부터 시작되는 진짜 자전거 여행을 할 것이다. …… 우리는 그녀가 많은 일을 완수하기를 바라고, 동시에 사람들이 그 일을 열린 자세로 지지해주는 데 거듭 놀라움을 표해야 한다. …… 따라 배우고 싶은 모든 이들에게 그 게임은 매우 유익할 듯하다. 그리고 관심을 쏟는 한, 게임의 준비된 신봉자들을 계속 찾을 수 있을 것이다."

애니는 샌프란시스코로 떠나기 전에 요코하마 주재 미국 영사인 존 맥린과 언쟁을 했는데, 그녀는 맥린에게 고국으로 돌아갈 수 있게 돈을 벌도록 도와달라고 청했다. 그녀는 자신이 만나본 미국 외교관들에 대해 전반적으로 높게 평가하지 않았고, 몇 달 뒤 엘파소에서 불만을 털어놓았다. 엘파소의 어느 기자는 애니의 불평을 다음과 같이 전했다.

보통의 미국 영사들은 유감스러운 운명을 가진 청어 떼가 바다를 거슬러 올라가는 마지막 여행을 하는 것 같다는 사실이 입증되었다. 미국 영사들은 훌륭한 집에 살면서 엄청난 거물 행세를 한다. 하지만 미국 시민을 도와야 할 일이 생기면, 게다가 그 미국 시민이 여성 여행객이라면, 관심을 전혀 기울이지 않는 것처럼 보인다. 물론 예외적인 경우도 있었지만 런던데리 양은 대개 엄청나게 찬밥 신세였고, 그래서 그들을 귀찮게 하고 싶지 않았다. 무슨 일로 여성이 자전거를 타고 세계를 건들거리며 돌아다니는가?

요코하마 주재 미국 영사인 뉴욕 시 출신의 존 맥린은 대단히 기이한 사람이었다. 그가 미국 시민들에게 갖고 있는 관심은 지독하게 차가운 그리들케이크(핫케이크 종류의 과자 — 옮긴이)만큼이었던 것 같다. 런던데리 양은 일본을 떠나기 위해 필요한 85엔을 벌 수 있도록 그의 조언과 도움을 바랐다. 그런데 그녀가 이 늙은 양반에게서 들은 얘기는 그의 아내가 떠나버려서 그가 만사를 돌보고 있다는 것이 전부였다. 오, 그는 이제 들들 볶일 일이 전혀 없다는 것이었다. 그녀는 두 발을 책상 위에 걸치고 흡족한 표정으로 찔레나무 파이프로 담배를 피우고 있는 이 제 역할을 못하는 사람을 집에 두고 나왔다. 그리고 사람들을 만나면서 열심히 돌아다녔다.

반면, 공손함의 모범이자 완벽한 신사인 요코하마 주재 프랑스 영사는 즉각 이 숙녀에게 관심을 기울였다. 그리고 그의 기품 있는 관용과 시의적절한 도움 덕분에 이 작은 숙녀를 위한 250엔이 바로 모였고, 그녀는 기뻐하며 여행을 계속할 수 있었다.

애니는 미국 영사 존 맥린의 도움 없이 1895년 3월 9일에 요코하마에서 고국으로 향하는 벨직호에 올랐다. 길이 128미터에 2,212톤인 그 배는 항해를 위한, 아니 증기를 내기 위한 준비가 다 되어 있었고, 배의 갑판에 있는 세 개의 우뚝 솟은 돛대와 하나의 굴뚝이 인상적이었다. 라 투렌호와 달리 벨직호는 최고 속도가 14노트였고, 미국으로 일하러 가는 중국인 이민자들과 일본인 이민자들을 실어 날랐다.

애니는 고국으로 향하는 배가 출발하자 자신의 특별하고 대담한 이야기들을 계속해서 다듬었고, 모험에 갈증을 내는 청중들에게 곧 그 이야기들을 들려줄 것이었다. 캘리포니아, 애리조나, 뉴멕시코, 텍사스, 콜로라도에서, 그녀는 자신이 겪은 모험에 대해 생생히 묘사했고, 기이하고 이국적인 슬라이드들을 보여주었다. 애니는 "저는 그들이 좋아하는 것을 찾아내어 그들에게 안겨주었습니다."라며 프랑스인들에게서 얻은 인기에 대해 말했다. 그녀는 미국으로 돌아와 고국 사람들에게 똑같은 것을 막 해주려는 참이었다.

6장
그녀는 무엇을
타고 갔을까?

20세기가 다가올 무렵 미국 여성들의 삶에서 일어난 변화의 상징이 있다면, 그것은 분명 자전거이다.
___게일 콜린스, 『미국의 여성: 인형, 판에 박힌 일, 내조자, 여성 영웅』

애니의 막내아들 리비 코프초프스키가 네 살이 된 다음날인 1895년 3월 23일에 벨직호는 태평양 횡단을 끝마쳤다. 벨직호가 (태평양에서 샌프란시스코 만으로 들어가는 관문인 ─ 옮긴이) 골든게이트 해협을 지나 캘리포니아에 도착한 뒤, 애니는 한시름을 놓았다. "샌프란시스코에 도착하자 마치 여행을 다 마친 것 같았다. 쥐와 쌀의 나라에서 아주 멀리 벗어나서 기분 좋은 잠자리에 들 수 있는 나라로 오게 되어 기뻤다."

애니는 보스턴을 떠난 지 아홉 달 만에 미국으로 돌아왔다. 그러나 더 이상 개인적인 목표를 가진 외로운 모험가가 아니었다. 그녀는 여행 과정에서 모든 세대의 여성들의 상징이자 여성 평등을 위한 투쟁의 선구자가 되었다. 선프란시스코에 도착한 다음날 『샌프란시스코 이그재미너』는 애니를 특집 기사로 다루면서 "여행 중인 신여성"이라는 헤드라인을 달았다.

『샌프란시스코 이그재미너』는 "애니 런던데리는 여성이 직접 경비를 벌면서 자전거로 지구의 사분의 삼을 도는 여정을 해낼 수 있음을 증명했다."고 말했다. 그러나 그 신문은 아무런 의심 없이 애니의 말에 의존하면서 그녀의 내기가 "여행의 수단에 대해 상당히 융통성이 있었다."고 썼고, "그 여성이 증기선을 타고 여행을 하는 것을 [허용했지만,] …… 남은 여행은 전적으로 자전거로 해내야 한다."고도 했다.

여행 수단에 대한 설명이 애매하긴 했지만, 샌프란시스코에서 애니는 자신이 자전거로 세계를 일주한 최초의 여성이라고 주장했다. 벨직호로 도착한 "건강하고 쾌활한 젊은 여성은 지구를 한 바퀴 도는 일에 도전한 최초의 여성 라이더라고 주장하고 있다. 그녀는 이미 여러 달 전에 자신의 자전거 타이어에서 매사추세츠 대도시의 먼지를 털어냈고, 여성에게는 흔치 않은 자신감을 보여주며 어려움을 헤치고 세계를 일주하는 모험을 감행했다."(『샌프란시스코 신문』)

"런던데리 양은 키가 작고 뚱뚱하지만, 오히려 여행의 편의를 위해 외모를 희생했다는 사실을 자랑스럽게 여기는 것처럼 보인다. 그녀는 벨직호의 트랩을 걸어 내려올 때 동양의 공주로 오해받지 않았다. 그녀의 일기에 따르면, 다른 대도시들에서처럼 관악대를 앞세운 대중들이 환영하러 나오지 않은 것에 다소 실망했다고 고백했다."『샌프란시스코 신문』은 대중들이 실망스러운 반응을 보여준 것은 그녀의 도착을 미처 알지 못했기 때문이라고 설명했다. 그러나 애니의 뛰어난 자기 홍보 능력을 감안하면, 그럴듯한 설명 같지는 않다. 샌프란시스코에서 받은 미적지근한 대접은 그녀가 고국에서 프랑스에서와 같은 명성을 얻으려면 할 일이 여전히 많음을 의미했다. 신문들이 도착 소식을 전하긴 했지만(『샌프란시스코 이그재미너』에 실린 그녀의 도착 기사는 약 3주 후에 『워싱턴 포스트』에 통째로 게재되었다.), 당시는 매스컴의 영향력이 대단치 않아서 하루아침에 유명 인사가 되는 시대가 아니었다. 그리고 미국이라는 거대한 땅덩어리는 프랑스 같은 작은 나라처럼 정복하기 쉬운 게 아니었다. 애니는 미국에서 다시 한 번 명성을 쌓아야 했고, 그래서 샌프란시스코의 꽤 많은 신문들이 애니의 사진으로 표지를 장식한 것은 훌륭한 출발이었다.

애니는 특유의 노력을 시작했다. 『샌프란시스코 이그재미너』에다가는 증기선을 타고 싱가포르에 갔다고 말했지만, 같은 날 『샌프란시스코의 소리』와 『샌프란시스코 신문』에는 완전히 다른 이야기를 했다. 『샌프란시스코의 소리』에는 자전거를 타고 인도를 횡단했다고 말했고, 『샌프란시스코 신문』에는 "중국 해안까지 육로로 길고 피곤한 여행"을 했다고 자랑했다.

애니는 샌프란시스코에서 약 2주일 반을 보냈다. 그녀는 팰리스 호텔에 한동안 머무르면서 여행을 계속할 준비를 했다. 테이버 스튜디오라는 사진관에서 스털링자전거를 타는 공식 사진을 찍었고, 부근의 언덕에서 강도들이 총으로 위협하며 그녀에게 다가오는 장면을 연출해 사진을 찍었는데, 이 사진들은 그녀가 여행 도중에 구입한 다른 사진들과 함께 앞으로의 강연에서 사용할 것이었다. 강도들과 함께 찍은 사진 —— 엄청난 모험 이야기에 어울릴 만한, 다른 어떤 것보다 공상적이지만 극적인 배경 —— 은 애니다웠다. 그녀는 샌프란시스코에서 머무는 동안, 자신이 수집해온 슬라이드 사진들을 아시아에서 구한 두 개의 칠기 상자에 정리하고 이름표를 붙였다. 또한 자신을 기다리고 있는 편지들에 답장을 썼는데, 전하는 바에 따르면 그 편지들은 약 4,200통이었고 그중 147통은 "부유하고 지체 높은 남성들의 청혼"이었다고 한다. 물론 이 수치는 그녀가 이뤄낸 것이었고 날로 커져가는 그녀의 명성을 고려하면 있을 법한 일이었다.

샌프란시스코에서 애니는 올림픽 클럽 출신 라이더인 마크 존슨을 만났고, 둘은 함께 자전거를 타고 남쪽으로 가기로 했다. 그녀와 동행하던 다른 라이더들이 대개 며칠 동안 함께했던 것과 달리, 존슨은 로스앤젤레스까지 640킬로미터의 구간을 줄곧 함께 여행했다. 여행은 5주 이상 걸렸는데, 거리에 비해 꽤 긴 시간이었다. 걸어갔다 해도 자전거로 가는 데 걸린 시간의 절반이면 도착할 수 있었을 것이다. 존슨은 분명히 일반적인 동행자가 아니었다. 그들이 샌프란시스코를 떠난 지 한 달 후인 5월 10일에 산타마리아에 도착했

애니는 유능한 기획자이자 상습적인 이야기꾼이었다. 그녀는 1895년 봄에 샌프란시스코 부근에서 연출해서 촬영한 이 사진을 미국 서부를 가로지르며 행한 강연에서 계속 활용했다. 청중을 끌어들이는 영민한 감각 덕분에, 그녀의 강연은 위험한 일들과 대단한 모험이 담긴 환상적인 이야기들로 채워졌다.

을 때, 『산타마리아 타임스』는 존슨이 애니와 함께 "단지 길을 익히기 위해" 해안을 따라 내려가고 있다고 보도했다. 사실이라면, 그는 매우 더디게 배우는 사람이었던 듯하다.

애니와 존슨은 4월 9일 또는 10일에 샌프란시스코에서 자전거로 출발해서 샌프란시스코 만의 동쪽에 도착했고, 그곳에서 동쪽으로 약 90킬로미터 떨어진 트레이시에서 밤을 보냈다. 그녀는 이튿날 스톡턴에서 강연을 하기로 예정되어 있었다.

그러나 이튿날 아침, 비극에 가까운 일이 벌어졌다. 좁다란 나일스 캐니언의 언덕을 타고 내려오던 길에, 도망 중이던 마차가 굽이진 길을 돌아 튀어나와서 애니와 존슨을 길 바깥 가시 달린 철조망 속으로 처박아버린 것이다. "그들은 시속 24킬로미터의 속도로 캐니언 길을 따라 가다가 좁은 커브를 막 돌았을 때 자신들 앞으로 달려오는 도망자 조직과 마주쳤다. 생각할 시간은 없었지만, 앞에 서 있던 존슨이 애니에게 자신을 따르라고 소리쳤다. 도망자 조직이 그들의 곁을 스쳐 지나갈 때 두 라이더는 산허리 쪽으로 떠밀렸고 그와 동시에 장애물에 부딪혔다. 존슨은 근육의 긴장을 푼 상태에서 사지가 땅에 닿았기 때문에, 팔을 밖으로 뻗어 추락하지 않으려고 안간힘을 쓰던 런던데리 양만큼 충격을 받지는 않았다. 그러나 그녀는 심한 충격으로 부상을 입었다. 그녀의 얼굴은 심하게 다쳐서 지금도 검푸르게 멍들어 있다."(『스톡턴 이브닝 메일』)

애니는 늘 그래왔듯이 나중에 이 이야기를 더 극적으로 바꾸어서, 그 사고로 실신했으며 5주 동안 피를 토하면서 몸져누워 있었다고 말했다. 그러나 "자전거는 망가졌지만 수리되었고, 그녀는 외과의사의 진료를 받기 위해 리버모어로 갔다. 의사는 그녀의 입술에 박혀 있던 여러 개의 작은 돌조각을 제거했다. 원기 왕성한 이 자그만 여성은 그날 밤의 강연을 위해 스톡턴으로 너무나 가고 싶어 했기 때문에 병원에 있으면서 간호받기를 거부했다."(『스톡턴 이브닝 메일』)

그녀의 말에 거짓이 없다면, "눈 주위가 까맣고 얼굴에 상처가 남아 있으며 몸에 심하게 멍이 들었는데도" 애니는 7일 밤 스톡턴에서 강연을 했다. 37세의 스톡턴 외과 의사인 릴리아 밀러 로맥스 박사의 충고를 듣지 않고서 갈이다.

런던데리 양의 강연

"애니 런던데리", 세계 여행을 하고 있는 젊고 총명한 라이더는 지난 밤 모차르트 홀에서 많은 사람들에게 강연을 했다. 빈자리는 단 한 석도 없었다. 청중은 거의 전부가 남성들이었고, 그들 중 다수는 입체 환등기로 캔버스에 비춘 풍경들보다 짧게 줄인 라이딩복을 입은 런던데리 양 —— 맵시 있는 젊은 여성 —— 에게 더 큰 관심을 보이는 듯했다.

『스톡턴 데일리 인디펜던트』, 1895년 4월 12일

이튿날이 되자, 애니는 사고의 후유증을 느꼈다. 그녀는 병원으로도 쓰이는 로맥스 박사의 집으로 실려 가서 간호를 받았다. 애니를 만나고 온 『스톡턴 이브닝 데일』의 기자는 그녀가 "고열이 나

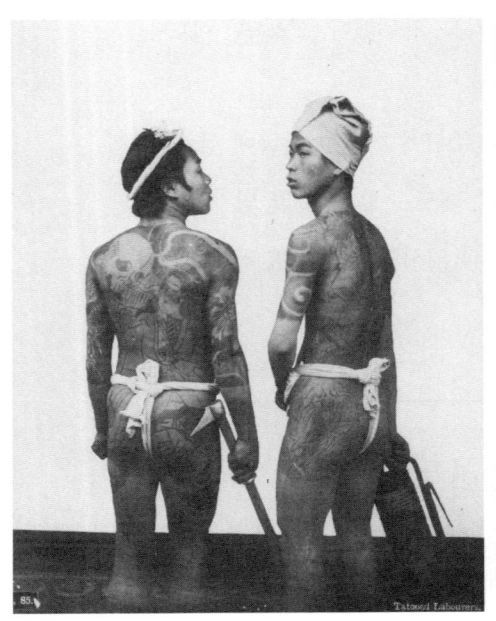

애니가 강연에 활용했던 슬라이드의 몇몇 이미지들은 매우 강렬하다. 이처럼 섬세한 슬라이드들이 긴 여행 기간 동안, 그리고 그 후 백 년 이상 동안 손상되지 않은 것이 놀랍다. 미국 소도시의 호기심 많은 사람들에게 이러한 이국적인 이미지는 분명 흥미의 대상이었을 것이다.

고 많이 아파하고 있다."고 보도했다. 그런데도 애니는 자전거 라이딩에 대해, 자전거가 여성에게 주는 이로움에 대해, 그리고 적절한 라이딩 복장에 대해 여러 얘기를 쏟아내면서 다시 한 번 일반적인 1890년대 여성에 비해 매우 선진적인 관점을 보여주었다.

"자전거가 여성의 신체 발달에 어떠한 영향을 미치는지 알고 싶나요?" 그녀는 기자에게 물었다. "제 경험에 비추어보면 여성의

158

몸을 가꾸는 데 자전거만 한 것이 없다고 봅니다. 여행을 시작할 무렵에 제 몸무게는 48킬로그램이었는데, 지금은 63.5킬로그램입니다. 〔주행 거리와 벌어들인 수입과 마찬가지로 몸무게 기록 또한 미심쩍은데, 보스턴에서 시카고까지 오는 동안 몸무게가 상당히 줄었다는 소문이 있었기 때문이다. 어쩌면 그녀의 몸무게가 되돌아왔을지도 모르는데, 이제는 근육의 무게였을 것이다.〕 남자들이 하는 운동 경기에서 종종 볼 수 있는 단단하고 울퉁불퉁한 근육이 생기지는 않았지만, 온몸이 고루 발달해서 전체적인 몸의 곡선을 완성하는 유연한 근육이 만들어졌습니다."

애니는 말을 계속 이어갔다. "만일 자전거를 적절하게 활용한다면, 그 운동으로 여성들이 부상당하는 일은 없을 것입니다." "일반적으로 여성들은 질주를 할 때 드롭 시트 자전거를 타고 코르셋을 계속 착용하려 합니다. 하지만 코르셋은 여성들을 더 다치게 할 뿐입니다. 코르셋은 버려져야 하고, 운동 경기용의 두꺼운 털 셔츠를 빼곤 아무것도 입지 말아야 합니다. 털 셔츠는 인체에 딱 들어맞고 몸의 모양새를 유지해주며 그런 운동을 하다보면 나올 수밖에 없는 땀을 흡수합니다. 코르셋을 입고 자전거를 타기 때문에 많은 여성들이 고통스러워하는 겁니다. 자전거를 탈 때는 자기 자신을 가두는 모든 원인에 반대되는 노력이 필요합니다. 여성들에게 코르셋을 버리라고 말하세요. 그러면 라이딩을 통해 즐거움과 건강을 얻게 될 겁니다." 애니는 몸이 꽤 좋지 않았지만 그날 밤 여성과 자전거라는 주제에 대해 매우 많은 이야기를 해야 했다.

"여성들은 자전거를 타야 합니다. 그리고 무겁고 주머니 달린 블루머는 자전거 타는 것을 고문처럼 만들고 보기에도 좋지 않으니 입지 말아야 합니다. 그렇다고 다른 극단적인 복장을 해서 여성답지 않게 보여서도 안 됩니다. 말을 타는 여성들에게 올바른 승마복이 있듯이 올바른 자전거 라이딩 복장이 있습니다. 그리고 적절하지 않은 옷을 입으면 승마를 할 때만큼이나 자전거를 탈 때에도 아주 안 어울려 보입니다. 운동 경기용 두꺼운 털 셔츠에다가 깔끔한 블루머, 레깅스, 산뜻한 모자를 갖추면 적절한 복장이 됩니다. 묵직한 옷을 입고 운두가 낮은 딱딱한 밀짚모자를 쓴 채 자전거 페달을 밟는 여성은 그저 우스꽝스러워 보일 뿐입니다."

"만일 여성들이 적당히 자전거를 탄다면 멋지게 곡선을 이룬 체형, 반짝이는 눈, 건강한 볼을 갖게 될 것입니다. 그리고 1년 내내 건강하다고 느낄 것입니다." 애니는 이렇게 말을 마쳤다. "이 여행을 시작한 이후로 자전거를 타는 일은 저를 놀랍도록 발전시켰습니다."

이러한 1인극은 애니가 얼마나 대단한 자신감을 갖고 있었는지, 그리고 어느 정도로 자기 자신을 수백만 여성들에게 교훈을 전할 사람으로 여기고 있었는지를 드러내준다. 그녀는 자전거 라이딩과 그것이 여성들에게 줄 수 있는 혜택에 대해서만이 아니라, 그 이상의 것 ── 여성들이 문자 그대로만이 아니라 비유적으로도 코르셋에서 해방되는 것 ── 을 주장하고 있었다. 실질적으로 그녀는 여성들에게 직접적이고 완고한 방식으로, 말하자면 자전거를 통해서 무기를 들라고 호소하고 있었다. 통증이 있고 열이 나는데도 말을 하려 애쓰는 여성의 모습이 그리 나빠 보이지 않는다.

애니는 스톡턴에서 며칠을 보내는 동안 건강을 회복했고, 존슨과 산호세 지역의 라이더 호위대와 함께 4월 18일 저녁에 산호세에 도착했다. "애니 런던데리 양은 …… 약속 시간보다 거의 두 달을 초과한 상태에서 약정된 코스를 횡단했고, 여행은 거의 사분의 삼을 완수했다."(『산호세 데일리 머큐리』)

애니는 사고에 대해 질문을 받자 특유의 신화 창작 능력을 되살려냈다. "며칠 전 스톡턴 외곽에서 끔찍한 사고를 당했습니다. 자전거를 타고 가는데, 사륜마차가 저를 넘어뜨린 뒤 제 몸을 밟고 지나갔습니다. 저는 의식을 잃은 상태에서 스톡턴으로 옮겨졌고, 그곳의 병원에서 이틀간 누워 있었습니다. 피를 아주 많이 흘려서 의사는 제가 결코 회복하지 못할 거라고 했습니다만, 저는 지금 여기에 있고, 게다가 여행을 완수할 생각입니다."

4월 20일 토요일, 산호세에서 대규모 자전거 경주 대회가 열렸다. 애니는 우승자를 공표하고 시상을 했는데, 이는 그녀의 명성이 특히 자전거 클럽들 사이에서 커지고 있음을 보여주는 징표였다. 보스턴으로 돌아가는 경로에 대해 질문을 받자, 남쪽으로 로스앤젤레스까지 자전거를 타고 갔다가 뉴올리언스까지 남부 지역을 횡단한 뒤에 보스턴으로 올라갈 것이라고 대답했다.

산호세를 떠난 지 며칠 후인 4월 25일에 애니와 어디든 그녀를 따라다니는 존슨은 샐리너스에 도착했다. 우연의 일치로, 인디애나 주 워서의 신문 편집인 톰 윈더가 바로 그날 남쪽에서 자전거를 타고 와서 그곳에 도착했다. 윈더는 『샐리너스 위클리 인덱스』가 "이제껏 자전거로 시도한 가장 긴 주행"이라고 명명한 여행, 즉 미국의 전체 해안과 국경선을 따라 달리는 34,000킬로미터의 여행을 하는 중이었다. 그는 300일 동안 쉬지 않고 달려서 여행을 완수하고 싶어 했다. 윈더는 고향에 아내와 자녀들이 있었고, 애니처럼 표면적으로는 자전거 제조업자가 내건 상금 1,000달러를 노리고 있었다. 그들이 샐리너스에서 서로 만났을 때, 애니는 샌프란시스코에서 로스앤젤레스까지 640킬로미터의 구간을 6주 동안 돌며 구경하는 중이었고, 윈더는 같은 6주 안에 놀랍게도 4,800킬로미터를 달려온 뒤였다.

윈더는 애니에 대해 그다지 칭찬하지 않았다. 오히려 "나는 이곳에서 유명한 안나 런던데리를 만났다. …… 런던데리 양 자신의 이야기에 따르면, 그녀의 여행은 프랑스 르 아브르에서 마르세유까지 자전거를 탄 것을 제외하면 전부 증기선을 타고 세계를 일주했다는 점에서 놀랄 만한 여행이었다. 안나 양은 확실히 야바위꾼이다.”라며 노골적으로 비난했다.

　애니가 자전거로 매우 충동적인 세계 일주를 하면서 많은 사람들을 속이고 있다고 의심하는 회의론자들은 더 많았다. 애니와 존슨이 남쪽으로 내려가서 캘리포니아에 남아 있는 에스파냐 식민지 시절의 건축물들을 둘러보고 있을 때, 그녀가 자전거로 세계를 일주하고 있다는 주장에 대한 의심은 더욱 커져갔고, 신문을 뒤덮은 그녀에 대한 기사 중 일부는 지독히 부정적인 논조를 보였다. “주장하는 바에 따르면”, “추측컨대” 같은 단어들이 그녀의 주장과 관련해서 꽤 자주 등장하고 있었다.

　4월에 『사이클링 라이프』는 애니가 명성에 대해 보이는 낯 두꺼운 관심을 빈정대면서 이렇게 썼다. “명민한 여성 애니 런던데리, 그러나 어떤 형식으로든 미국 여성들을 대표해서 세계 여행을 하기에는 지나치게 뻔뻔한 그녀. 그녀가 요코하마에서 특허 받은 유제품을 맛보거나 제품의 효능에 대한 추천장에 서명하면서 200엔을 요구했다는 소문이 있다.”

　『사이클링 라이프』는 애니라는 인물이나 애니가 하는 이야기를 조금도 믿지 않았다. “사람들은 애니가 몸에 달고 있던 광고물 말고는 아무런 보호물도 없이 묘지에서 잘 수밖에 없었다는 것을 알고 불쌍히 여길 것이다. 이 젊은 여성이 구사일생한 일에 대해 읽다보니, 그리고 그녀가 달게 된 사람들이 구사일생했다는 말이 한마디도 없는 것을 보니 놀라서 눈이 튀어나올 지경이다. 그녀는 아서 항에서 싸우다 피를 볼 뻔했다고 한다." 라이더 세계의 사람들은 애니가 그 스포츠나 여성들에게 도움이 되지 않는다고 불만을 터뜨렸다. 『샌더스키 레지스터』, 『시카고 트리뷴』, 『올린 (뉴욕) 데모크랫』 등 애니가 자전거 여행을 하며 방문한 지역의 일부 언론들 또한 곱지 않은 태도로 혹은 의심적은 태도로 애니의 자전거 세계 일주에 대해 언급했다.

공정하게 말하자면, "최초로 자전거로 세계를 일주한 사람"이라는 호칭의 보유자인 토머스 스티븐스도 대략 40,000킬로미터 전 구간을 자전거로 소화하지는 않았으며 —— 그는 22,000킬로미터만 자전거로 이동했다. —— 물 위에서 자전거를 탈 수 있는 방법을 찾아내야지만 대양을 건너 자전거만으로 세계를 일주할 수 있을 터였다. 그러나 많은 관찰자들이 "육로로 유럽과 아시아를 가로지른" 애니의 "경탄할 만큼 짧은 기록"에 대해 동일한 결론을 이끌어내지 않았다는 것은 흥미로운 일이다.

4월 말이 되자, 애니와 존슨은 (캘리포니아 주 서부의 —— 옮긴이) 산루이스어비스포의 북쪽에 있는 파소 로블레스에 도착했는데, 그곳은 샌프란시스코와 로스앤젤레스의 중간쯤이었다. 『파소 로블레스 레코드』는 애니가 곧 멕시코에 갈 것을 기대하고 있다고 보도했다. 그러나 『로스앤젤레스 타임스』에 따르면, 그녀는 산루이스어비스포에서 "유행성 감기" 즉 인플루엔자에 걸려 5월 첫 주 내내 누워 있었는데, 여러 차례 안개 속을 달리며 흠뻑 젖었기 때문이라고 했다. 같은 기사는 또한 애니가 산타바바라로 남하하는 도중에 왓슨빌, 즉 샐리너스 바로 위쪽이며 산루이스어비스포의 먼 북쪽에서부터 사흘 내내 매일 160킬로미터씩 달렸다고 썼지만, 이는 그럴싸하지 않다. 왜냐면 왓슨빌에서 산타바바라까지는 320킬로미터가 약간 넘을 뿐이기 때문이다. 그리고 인플루엔자로 일주일을 보낸 애니가 어떻게 5월 1일과 10일 사이에 480킬로미터를 달린 것인지 좌우지간 개연성이 없다. 사실, 어느 기사든 정확하지 않을 수 있다.

애니와 존슨은 대규모 자전거 경주 대회가 열리기 이틀 전인 5월 13일 밤에 산타바바라에 도착했는데, 『산타바바라 데일리 인디펜던트』가 예견하기를 이 대회는 "산타바바라에서 유례없이 굉장한 자전거 동호회의 날"이 될 것이었다. 5월 15일에 애니는 검게 태운 피부를 뽐내며 경주에 참가했다. 대회 주최 측의 초대를 받은 애니는 자신의 스털링자전거를 타고 특별관람석 주위를 여러 바퀴 돌았지만, 경주에 참가하지는 않아서 그녀를 보러온 이들을 실망시켰다. 그녀는 자신의 여행에 대해 짤막한 강연을 했고 자신의 스털링 자전거에 대해 좋은 인상을 심어주었다. "그녀는 훌륭한 자전거인이고 용기 있는 여성이다. 만일 그녀가 하려는 바를 이루지 못한다 할지라도 그것이 그녀의 결점이 되지는 않을 것이다."(『산타바바라 데일리 인디펜던트』)

두 명의 라이더는 5월 18일 토요일 이른 아침에 마침내 로스앤젤레스에 도착했는데, 24시간 동안 183킬로미터를 달려온 것이었다. 게다가 애니의 스털링자전거 타이어에 구멍이 나서 마지막 40킬로미터 구간은 걸어가야 했다. 그녀가 홀렌벡 호텔에 들어가 숙박 접수를 할 때는 "거의 기진맥진했다."

애니가 1895년에 방문했던 로스앤젤레스의 모습을 오늘날 상상하기는 쉽지 않다. 지금은 거의 1,000만 명이 살고 있는 대도시이지만, 그때만 해도 약 4만 명이 거주하는 사막의 조용한 오아시스였고, 할리우드는 단지 지명일 뿐 산업이 아니었다. 당연하게도 1895년 말까지 최초의 활동사진 카메라인 시네마토그라프는 프랑스에서 루이 뤼미에르에 의해 발명되지 않았고, 뤼미에르는 그 매체에서 그 어떤 상업적 가능성도 보지 못했다. 케이블카, 포장된 산책로, 야자수가 로스앤젤레스라는 도시의 특징이었지만, 보스턴, 뉴욕, 시카고에 비하면 소도시일 뿐이었다. 애니는 로스앤젤레스에서 열흘 동안 머물면서 "많은 시간을 내키는 대로" 보냈고, 로스앤젤레스 육상 클럽에서 슬라이드를 보여주며 강연을 했다. 또한 앞으로의 여행 경로를 솔트레이크 시티 앨버커키, 즉 엘파소로 직접 가는 길로 정할지 아니면 콜로라도 사막을 가로지르는 최악의 길로 정할지를 두고 심사숙고했다.

애니는 로스앤젤레스에서 마크 존슨과 헤어졌다. 그들의 작별에 대한 기록은 전혀 남아 있지 않다. 이후 둘 사이에 서신 교환이 있었을지도 모르지만, 그녀는 남겨둔 게 없었다.

* * *

　애니는 결국 거의 정동쪽인 엘파소 방향으로 가기로 결심했다. 그녀는 5월 28일 또는 29일에 로스앤젤레스 라이더들의 호위를 받으며 샌버너디노로 출발했다. 이 80킬로미터의 구간은 오늘날 끝없이 이어지는 도시의 외곽 지역이지만, 1895년에는 인적이 드문 언덕과 계곡을 지나가는 길이었다. 애니는 샌버너디노에 도착해서 스튜어트 호텔에서 묵었는데, 『샌버너디노 데일리 선』에 따르면 그녀는 그곳에 도착했을 때 내기의 일부로서 모아야 하는 5,000달러의 금액 가운데 고작 1,625달러를 벌었다. 이 금액은 그녀가 샌프란시스코에서 이날까지 벌었다고 보고한 금액 1,500달러와 일관성이 있다. 그러나 지난 11월에 버팔로에 도착했을 때 모았을 것으로 추정되는 금액보다는 상당히 적다.

　몇 주 전 스톡턴에서 강연할 때에는 그곳 남성들이 애니에게서 눈을 떼기 어려웠지만, 샌버너디노에서 그녀를 만난 어느 기자의 심미안은 달랐다. "훌륭한 외모? 그다지 그렇지 않다. 인상적으로 반짝이며 날카롭게 주의를 살피는 두 눈만이 뛰어난 특징이다."(『샌버너디노 데일리 선』)

　애니는 5월 31일 금요일 정오 직전에 리버사이드 부근에 도착했고, 지역 라이더들에게 손님 대접을 받았다.

그곳에서 애니가 의도한 것인지 엄청난 문학적 파격을 택한 기자가 만들어낸 것인지는 확실치 않지만, 애니가 어떻게 첫 번째 자전거를 얻게 되었는지에 대한 기상천외하고 명백히 거짓된 이야기가 탄생했다. 즉, 그녀는 3센트에 자전거 프레임을 사고 나머지 부품들도 모두 구입한 뒤에 손수 자전거를 조립했다. 그리고 "투박한 무명 옷감과 종이로 만든" 12센트짜리 옷 한 벌을 걸치고 보스턴에서 출발했다.

자전거를 직접 조립했다는 이야기는 그녀의 여행 전 과정에 대한 적절한 비유이긴 하다. 그녀의 여행은 거의 혹은 전혀 아무런 계획 없이 시작되었고, 끈기와 용기와 교활함이 똑같은 비중을 차지했다. 애니는 여러모로 잘 해내고 있었다. 그리고 광고를 위한 리본과 깃발과 지팡이를 온몸에 덕지덕지 붙이고 도착한 다양한 도시들만큼이나 다채롭고 여러 가짜 부속 장치가 달린 자신의 이야기를 사랑했다.

애니는 리버사이드에 호의적인 인상을 남겼다. 『데일리 프레스』는 이렇게 적었다. "그녀는 맡은 일에 전념해왔으며, 여행을 시작한 이후에는 비슷한 성격의 다른 일을 해왔다고 말한다. 그녀의 기질로 미루어볼 때, 아마도 거의 모든 육체노동을 꽤 훌륭하게 해냈을 것으로 보인다. …… 그녀는 아주 명민하고 뛰어난 좌담가이다." 그녀는 경주 트랙에서도 훌륭한 라이딩 솜씨를 증명했다. 세계 일주에 대해 어떠한 의심이 제기되었든 간에, 애니는 완전한 풋내기로 보스턴을 출발한 이후 여러 달을 보내면서 힘 있고 노련한 라이더가 되어 있었다.

그러나 리버사이드에서는 여전히 많은 이들이 그녀처럼 자전거 경주에 나서는 여성을 볼썽사납게 여겼다. "『더 베어링스』는 항상 이러한 일에 반대해왔으며, 우리 신문만이 이런 느낌을 갖고 있는 것은 아니다. 자존심 있는 여성이 관중들 앞에서 어떻게 그처럼 경주에 몰두할 수 있는지 모를 일이다. 모든 근육을 팽팽하게 긴장시키고, 모든 땀구멍에서 땀을 쏟아내며, 남성 형제들을 서툴게 모방하며 핸들 바 위로 몸을 구부리는 여성들의 모습은 열광적인 라이더들을 역겹게 하기에 충분하다."(『더 베어링스』 1895년 7월 25일 사설)

6월 2일 일요일 아침, 애니는 캘리포니아 사막을 가로질러 265킬로미터 떨어진 유마를 향해 동쪽으로 나아갔다. 처음 몇 킬로미터는 여러 남녀 라이더들과 함께였다.

리버사이드와 유마 사이에 있는 사막은 접근하기 어려운 땅이었다. 1895년에 몇 되지 않았던 도시와 촌락들, 기차 차고들의 이름은 험난한 풍경을 잘 보여준다. 서멀[뜨거운], 볼케이노 스프링스[화산 온천], 캑터스[선인장], 메스키트[콩과의 관목]들이 그러한 것들이다. 낮에는 뜨겁고 밤에는 몹시 추워서, 방울뱀과 전갈에게는 적합한 환경이었지만 라이더들에게는 그렇지 않았다. 지역 신문 사료가 부족하기 때문에, 애니가 어떻게 사막을 건넜는지는 짐작만 할 수 있을 뿐이다. 서던퍼시픽 철도를 따라가고 있었다는 것은 분명하다. 그녀는 지글러라는 이름의 기관사가 자신을 태우기 위해 화물열차를 멈추었지만 타지 않았다고 썼다. 또한 유마에 도착해서 찾아들어간 집에서는 물도 마시지 못하게 했다고 한다. 마지막 이야기는 진짜가 아닐 수 있다. 하지만 그녀는 앞으로 여러 차례 이 이야기를 반복할 것이었다.

　　훗날 애니는 서던캘리포니아 사막이 자신의 여행에서 가장 힘든 구간이었다고 말했다. 유마에서 서쪽으로 약 100킬로미터 떨어진 사막 한가운데서 그녀의 스털링자전거가 망가지는 바람에, 자전거를 끌거나 짊어지고서 5일 동안 사막을 건너야 했다는 기사도 여럿 나왔다. 그러나 『로스앤젤레스 타임스』는 이번에도 회의적인 반응을 보이며 의심스러워했다. "그녀는 〔인디오에서〕 유마까지 걸어갔다지만, 만일 어떤 철도원에게 그녀가 어떻게 사막을 건넜는지를 묻는다면, '그들은 한쪽 눈을 찡긋할 것이다.'"

　　애니가 마침내 유마에 도착했을 때, 그녀는 더 이상 미국에 있지 않았다. 애리조나는 17년 뒤에야 미국에 편입될 것이었기 때문이다. 애니는 이제 서부의 황야에 도착한 것이었는데, 그곳은 다채롭고 실지보다 과장된 인물들로 유명한 곳이었다. 보스턴에서 온 이 유대인 어머니도 이제 그러한 인물들 가운데 하나가 되었다.

7장

영웅인가? 사기꾼인가?

나는 나 자신을 이 지구에서 이제까지 고안된 발동기
가운데 가장 뛰어나고 정교하며 고무적인 발동기의
대가로 만들었다.
___자전거 타는 법을 배우고 있는 프랜시스 윌러드

6월 14일, 애니는 『유마 타임스』의 편집인인 아트 베넷과 함께 피닉
스에 도착했다.

1895년 애리조나의 수도는 인구 5,100명의 투산이었지만, 인
구가 고작 3,000명인 피닉스가 이기 그 지역의 정치적 중심지가 되
어가고 있었다. 전차가 거리를 정기적으로 왕복했고 새로운 철도들
이 들어섰다. 바로 몇 달 전에 산타페-프리스코트-피닉스 철도가
피닉스와 북부 애리조나 등 산타페를 경유하는 서부 지역들을 이어
주면서 그 도시로 첫 번째 기차 운행을 했다. 그러나 이러한 성장에
도 불구하고 피닉스는 아직까지 상대적으로 작고 동떨어진 사막 변
경 지대였기에 세계 일주 여행가, 그것도 자전거를 탄 여성 세계 일
주 여행가의 도착은 1급 소식이었다.

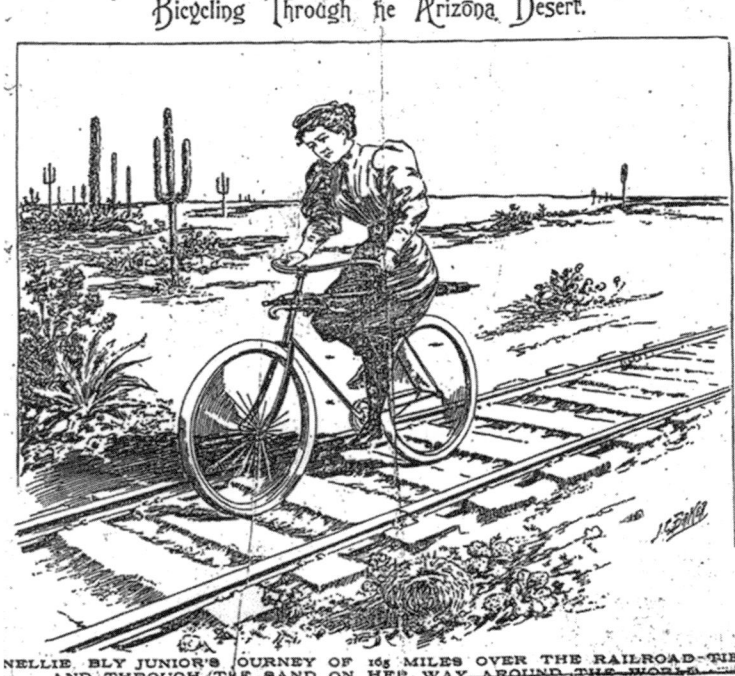

Bicycling Through the Arizona Desert.

NELLIE BLY JUNIOR'S JOURNEY OF 165 MILES OVER THE RAILROAD-TIE AND THROUGH THE SAND ON HER WAY AROUND THE WORLD.

애니가 "넬리 블라이 주니어"라는 필명으로 『뉴욕 선데이 월드』 1895년 10월 20일자에 기고한 기사와 함께 실린 일러스트레이션. 진짜 "넬리 블라이"인 엘리자베스 제인 코크란은 그 시대의 가장 유명한 저널리스트였으며, 탐사 보도 분야의 개척자였다. 블라이는 또한 전 세계적으로 알려진 세계 여행가이기도 했다. 그녀는 1889년에, 쥘 베른의 『80일간의 세계 일주』에서 필레아스 포그가 "세운" 가상의 세계 일주 기록을 깨뜨렸다. 블라이는 단 72일 만에 세계를 일주하고 돌아왔다.

애니가 라이딩복 차림으로 도시를 돌아다니자 상당한 소동이 일어났다. 동부에서도 그녀의 블루머는 일부 사람들의 눈살을 찌푸리게 했지만, 서부에서는 그야말로 충격적인 사건이었다. 가게를 나서던 어느 늙은 여성은 블루머를 입은 애니를 발견하자마자 "말없이 질색하며 손을 들어 올렸고," "19세기 여성의 타락과 뻔뻔함"에 탄식했다. "'아이고, 요새는 괴상한 게 아닌가. 나 방금 남자 바지를 입은 여자를 봤소.' 점원이 그 바지를 블루머라고 설명하자, '밸룬이라고 말했수? 이런, 만약에 우리 딸이 밸룬을 입고 있는 것을 봤다면, 아이고, 아이고…….'"(『애리조나 가제트』)

애니는 피닉스를 떠나 약 150킬로미터 남쪽에 있는 레드락에서 6월 17일 밤을 보냈고, 거기서 투산으로 향했다. 이 구간에서는 클로드 레슬리라는 로스앤젤레스 출신 곡마사가 합류했다. 자전거 황금시대에 곡마사들은 자전거로 다양한 스턴트 기술을 선보이는 대중적인 엔터테이너들이었다.

투산 사람들은 애니가 도착한다는 것을 미리 알고 있어서, 정오가 되자 몇몇은 그녀를 더 잘 보기 위해 망원경을 들고 종탑 위로 기어올랐다. "많은 사람들이 그녀를 만나기 위해 거리로 나왔고, 누가 가장 먼저 그녀와 만날지를 두고 상당한 경쟁이 벌어졌다."(『투산 데일리 시티즌』)

애니와 그녀의 호위대는 오후 5시 30분에 투산에 도착했다. 그녀는 현지 스털링자전거 판매점의 손님 자격으로 온도프 호텔에서 밤을 보냈다. 애니는 저녁 시간에 레슬리와 함께 투산 오페라 하우스에서 강연을 하면서 연기력도 키우고 여러 이야기도 들려주었다. 애니가 청중을 사로잡는 능력은 여전했다. 그녀는 "재미있는 연설가이고, 태도가 매우 여성스럽다. …… 그녀는 남들을 즐겁게 하는 이야기가 무엇인지 제대로 알고 있었다."(『투산 데일리 스타』)

애니는 다음날 오후에 마차를 타고 잠시 도시를 둘러본 뒤 산 사비에르 선교구를 방문했다. 그리고 이제 내기에서 이기려면 고작 석 달밖에 남지 않은 상황에서, 동쪽으로 약 320킬로미터 떨어진 뉴멕시코 주의 데밍까지 자전거로 갈 것인지 아니면 기차로 갈 것인지를 고민하며 남은 하루를 보냈다. 결국은 스털링자전거를 타고 가기로 했다. 그녀는 6월 21일 아침에 버트 온도프를 비롯한 여러 명의 지역 라이더들과 함께 투산을 출발했다. 그날 기온은 약 35도까지 올랐다.

애니는 6월 23일에 애리조나 주 윌콕스에 당도했다. 그 다음날 뉴멕시코 주의 로드스버그를 들른 뒤에는 기차를 탔다. 로드스버그에 잠깐 머무는 동안 『엘파소 데일리 헤럴드』로부터 그 다음날 실릴 "인터뷰" 질문들이 담긴 전보를 받았다.

데일리 헤럴드: 어떤 자전거를 탔습니까?
애니 런던데리: 스털링자전거요.

데일리 헤럴드: 여행하는 동안 자전거를 몇 대나 탔습니까?

애니 런던데리: 한 대였습니다.

데일리 헤럴드: 어려운 일을 겪은 적은 없나요?

애니 런던데리: 다 설명하려면 여러 시간이 걸릴 것 같네요.

데일리 헤럴드: 겪은 어려움 중에서 가장 심한 것은 무엇이었나요?

애니 런던데리: 노상강도를 만난 일과 중국인에게 총을 맞은 일이었 어요.

데일리 헤럴드: 가장 험했던 길은 어디였나요?

애니 런던데리: 콜로라도 사막이요.

데일리 헤럴드: 가장 호의를 베풀어 준 사람들은 누구였습니까?

애니 런던데리: 프랑스 사람들요.

데일리 헤럴드: 가장 인색한 대우를 받은 곳은요?

애니 런던데리: 사막을 98킬로미터나 걸은 뒤에 애리조나 주 유마 에서 마실 물을 좀 달라고 했는데 거절당했어요.

데일리 헤럴드: 자전거가 가장 심하게 고장 난 곳은 어디였나요?

애니 런던데리: 사막을 지나다가요. 자전거 타이어에 구멍만 났어 요.

엘파소 주민들이 애니의 인터뷰를 읽고 있을 때 그녀는 엘파소 에서 서쪽으로 130킬로미터 떨어진 데밍에 기차로 도착했다. 그녀 가 보스턴에서 출발한 지 정확히 1년이 된 6월 25일이었다.

『데밍 헤드라이트』는 애니가 내기에 따라 벌어야 하는 5,000달러 중에서 3,000달러를 벌었고, 그 돈은 "동부의 한 금융기관으로 송금되었다."고 썼다. 물론 이번에도 계산이 맞지 않았지만 말이다.

* * *

마르세유를 지난 뒤로 엘파소만큼 따뜻하고 열광적으로 그녀를 환영해준 도시는 없었다. 애니의 자기 홍보 능력은 그녀 자신에게 큰 도움이 되었다. 그녀는 투산에 있을 때부터 엘파소 도착 홍보 계획을 일찌감치 추진하고 있었다.

애니는 6월 25일에 엘파소 바로 위의 뉴멕시코 주 경계 너머에 있는 스트라우스의 기차역에 내렸다. 『엘파소 데일리 헤럴드』의 기자를 포함한 일단의 라이더들이 그녀를 마중나왔다. 이튿날 『엘파소 데일리 헤럴드』는 이들의 만남을 기사로 실었다.

어제 저녁 6시에 『엘파소 데일리 헤럴드』 사무실로 전보가 하나 도착했다. 런던데리 양이 이 도시로 호위를 받으며 들어오기 위해 스트라우스에서 기다리고 있다는 내용이었다. 호위대를 찾아낼 시간이 부족했던 기자는 짐 윌리엄스에게 통지한 다음, 자전거에 올라타고 S. P. 궤도를 거쳐 제련소로 향했다. …… 기자가 스트라우스에 도착하자 짐 윌리엄스, 조 몰리너리, 랜돌프 테리,

허버트 비숍 등이 먼저 와서 런던데리 양과 환담을 나누고 있었다. 인사를 하고나서 그녀의 세계 일주 여행에 대해 많은 대화를 나누었다. 가벼운 식사를 함께한 뒤에 런던데리 양에게는 방이 제공되었고, 나머지 사람들은 역사 바닥에서 평온한 휴식을 취했다.

일행은 이튿날 아침 일찍 출발해서 다른 여러 라이더들이 기다리는 로저스 역으로 향했다. 다리를 넘어가기 전부터 꽤 많은 라이더들이 합류했고 몇 분 만에 엘파소의 여러 거리를 지나 벤돔까지 달렸다. 일행은 런던데리 양을 그녀의 가방들과 수북이 쌓인 편지들이 기다리고 있는 숙소로 안내했다.

아마도 자전거를 타고 애니를 가중하려고 나온 사람과 동일인인 듯한 어느 『엘파소 데일리 헤럴드』 기자가 그녀를 방문했는데, 그는 분명히 애니에게 매혹되었던 것 같다. 기자는 "그녀는 똑똑하고 생기 넘치는 여성이며, 뛰어난 달변가이다. 세계 일주의 경험은 그녀의 '남은 생애'를 위해 신이 내려준 선물일 것이다."라고 썼다. "런던데리 양은 처음 출발할 때 자전거 타는 법을 알았더라면 결코 여행에 나서지 않았을 거라고 말했다."고도 썼다.

애니는 그 기자에게 여행하는 동안 "결혼하지 않아야 한다.'는 내기의 조건이 있다고 주장했다. 왜 그렇게 말했을까? 아마도 기혼 여성이라는 사실을 밝힌다면 아무리 열광적인 엘파소 주민들이라도 경멸적으로 바라보리라는 것을 알고 있었기에, 그러한 상황을 피하면서도 이 저널리스트의 관심에서 정중히 벗어날 방법이 필요했을 것이다. "그러한 내기의 조건은, 그녀가 거의 200번에 가까운 청혼을 받았지만 그 가운데 147번에 대해 거절 편지를 썼다는 사실로 명백해진다. …… 그녀의 외모가 빼어나지 않다고 떠들어대는 남성은 머리를 도끼로 맞아 피 흘리는 소의 뒤로 불려가야 한다."

그 기자는 홀딱 반한 것이 확실하다. 프랑스인들에게는 애니가 남성적으로 보였을지 모르지만 서부 개척지 사람들에게는 진정으로 매력적인 여성으로 느껴졌다. 또한 엘파소가 페미니스트를 위한 안식처는 아니었지만, 서부 개척지에 정착한 성마르고 독립적인 영혼들은 애니처럼 개성과 용기를 지닌 자유로운 영혼을 숭배했음이 틀림없다. 보스턴에서 온 숙녀는 그러한 점에서 그들과 몹시 흡사했다.

호텔도 그 유명한 손님을 따스하게 맞이했다. "벤돔 호텔은 그녀를 위해 〔내기의 조건이 허용하는 선에서〕 특별 할인 요금을 제시했고, 그녀가 나흘 뒤에도 이 도시에 계속 머무르도록 애쓰고 있다." (『엘파소 데일리 헤럴드』) "어느 뉴햄프셔 농민이 말한 대로 그녀는 상당히 다양한 면모를 지닌 여성이다. 그녀의 뛰어난 명석함과 신문 정신과 패기가 청중들을 그토록 즐겁게 만드는 것은 당연한 일이다."

애니는 엘파소처럼 거친 도시에서야말로 자신의 험난한 이야기를 들어줄 청중을 제대로 찾아냈다. 1895년에 그곳은 약 1만 명이 거주하는 소란스러운 개척 도시였으며, 종종 무법자, 추방자 등의 범죄자들이 자석처럼 끌려드는 곳이었기에 "신시티Sin City"로 불렸다. 이처럼 거친 분위기를 감안한다면, 애니가 공중 앞에서 블루머를 입어도 된다는 특별 허락을 받아내기 위해 "시의 섬뜩한 유력 인물들"을 구슬려야 했다는 보도는 미심쩍어 보인다.

엘파소에서 그녀는 악의 없는 장난의 대상이기도 했다. 그 도시의 저명한 시민이었던 E. 고드윈 미첼은 그녀에게 "44구경보다 작은 6연발 권총을 소지하는 것은 텍사스 주 법을 위반"하는 것이며, "블루머 차림으로 시 경계를 넘어 들어오면 아마도 체포될 것"이라고 경고했다. 애니가 마치 남자인 듯이 말이다.

애니의 여행 기간 내내 『엘파소 데일리 헤럴드』만큼 야단법석을 떤 신문도 없었다. 이 신문은 애니의 체류 기간 동안 거의 날마다 그녀의 일거수일투족을 자잘한 기사로 내보냈고, 그녀의 여행을 다룬 장황한 연재물까지 실었다. 애니는 인도에서의 호랑이 사냥이나 중국 전선에서 겪은 모험을 놀라울 만큼 상세하고 길게 이야기해주는 것으로 보답했다. 그녀의 용감무쌍한 이야기들은 그 신문을 기쁘게 해주었다. "펀양에서 붙잡혔다가 풀려난 런던데리 양은 두 명의 종군 기자와 함께 그 나라를 빠져나오려 했다. 그러나 그들은 창을 들고 완전 무장을 한 중국인 병사들과 마주쳤다. 종군 기자들은 나약하게 꽁무니를 뺐지만, 런던데리 양은 방아쇠를 당겨 병사들을 사정없이 해치웠다." 이러한 기사들은 신문의 판매 부수를 늘리는 데 큰 도움을 주었고, 결과적으로 애니의 29일 강연에도 수많은 청중을 불러 모았다. 그녀는 자전거로 세계를 도는 여성이었을 뿐 아니라, 공인된 전쟁 영웅이기도 했다.

그러나 엘파소에 머무는 동안에도 그녀가 진짜로 자전거 세계일주를 하는 것이 아니라는 수군거림이 들려오기 시작했다. 완전한 사기꾼이라는 비난도 횡행했다. 『엘파소 데일리 타임스』는 애니를 변호하고 나섰다.

런던데리 양은 진짜
의심하는 이들이여 읽어보시라
보스턴에서 확실한 증거가 도착

엘파소 사람들은 너무 자주 속아온 나머지 자신의 존재에 대해서까지 회의적일 정도이다. …… 용감한 젊은 여성이 이곳에 도착했을 때, 그녀와 만나 얘기를 나누어본 사람들은 그녀가 매우 정직하고 명석한 여성임을 알고 만족해했다. 그러나 적지 않은 사람들은 그녀를 의심스럽게 바라보았고, 왜 『엘파소 데일리 타임스』가 그녀를 조사해보지 않느냐고 물어왔다. 그리고 어제 아래의 내용이 실린 『로드스버그 리버럴』이 배달되자, 의심 많은 사람들이 승리하는 듯했다.

"런던데리 양, 즉 자전거 세계 일주를 하고 있다고 주장하는 보스턴 출신의 젊은 여성은 지난 일요일 밤 윌콕스에서 출발한 화물 열차로 우리 도시에 도착했으며, 이튿날 아침에 여객 열차를 타고 데밍으로 떠났다. 그 젊은 여성이 이제껏 납득할 만큼 충분한 거리를 자전거로 여행해왔는지는 모르겠지만, 적어도 애리조나와 뉴멕시코에서는 대개 차바퀴를 이용한 듯하다. 그녀의 자전거는 이곳에 도착한 뒤에 망가졌지만 데밍에서 수리할 수 있을 것이라고 한다. 그녀는 애리조나의 모처에서 로스앤젤레스 출신의 호위더[클로드 레슬리]를 만났다."

그래서 『엘파소 데일리 타임스』는 런던데리 양이 진짜인지 가짜인지 알아보기 위해서 『보스턴 헤럴드』에 아래와 같은 내용의 서신을 보냈다.

"애니 런던데리 양이 이곳에 와 있습니다. 그녀는 자전거 세계 일주를 위해 1894년 6월 25일에 보스턴에서 출발했다고 주장합니다. 이것이 사실입니까?

그리고 오늘 오전 12시 45분에 아래와 같은 답변을 받았다.

"애니 런던데리는 그러한 여행을 위해 보스턴을 떠났습니다. 날짜는 확인해줄 수 없습니다 – 『보스턴 헤럴드』"

런던데리 양은 진짜다. 의심하는 사람들은 이제 입을 닫아야 할 것이다.

『엘파소 데일리 타임스』, 1895년 6월 29일

『엘파소 데일리 헤럴드』 또한 애니가 스털링자전거를 홍보하

기 위해 여행을 하고 있다는 소문에 대해 지나치게 관대했다. "런던데리 양이 어떤 자전거의 광고를 위해 자전거로 세계를 돌고 있다는 인식이 널리 퍼져 있다. 그러나 그것은 사실이 아니다. 그녀는 자신의 돈으로 자전거를 구입했으며, 어떤 자전거도 광고하고 있지 않다."

애니는 6월 29일 토요일 저녁 맥긴티 가든즈에서 많은 청중이 참석한 가운데 강연을 했다. 그녀는 이번에도 수집해온 슬라이드들을 이용해 강연을 빛냈으며, 그녀의 생애에서 가장 훌륭한 연기를 선보였다.

런던데리 양의 강연

우리를 방문한 라이더는 지난 토요일 밤 맥긴티 클럽의 청중 약 100명 앞에서 강연을 했다. 매우 감동적이었다. …… 그녀는 자신의 경험을 상세히 이야기했다. 시카고에 도착했을 때는 수중에 단 3센트밖에 없었고, 1,988킬로미터의 꼬불꼬불한 길을 6주 만에 주파했으며[실제로는 약 두 배가 걸렸다.], …… 마구간의 지붕 밑 방에서 자다가 말 등 위로 떨어지기도 했다. 그러나 [아마도 시카고에서 뉴욕으로 돌아가는 도중에] 18일 동안 1,658킬로미터를 여행했고, 광고를 부착하고 다니는 조건으로 835달러를 벌어들였다.

프랑스에서는 내기의 조건에 따라 프랑스어로 말할 수 없었기 때문에 몹시 난처했다. 파리에 도착했을 때는 단지 7센트밖에 없었지만, 광고물을 달고 라이딩하거나 가게에서 일을 하면서 1,500달러를 벌어들였다. 런던데리 양은 자전거로 6일 만에 마르세유까지 갔는데[실제로는 2주 가까이 걸렸다.], 도중에 노상강도를 만났으며 이 사건에 대해서는 『엘파소 데일리 헤럴드』에서 이미 상세하게 설명한 바 있다.

그녀는 프랑스 사람들에게 자신이 처한 곤경을 이해시키려다 어이없는 오해를 사기도 했다. 런던데리 양은 먹을거리를 부탁하려 했지만 상대방은 비프스테이크를 그녀의 신발 속에 넣어주었다. 버섯을 원했지만 우산을 받았다. 잘 곳을 구하려고 바닥에 누워 자는 흉내를 냈더니, 상대방은 그녀가 기절한 줄 알고 얼굴에 물 한 주전자를 뿌렸다. 마르세유에서는 융숭한 대접을 받아서 4일 동안 1,000달러를 벌었다.

그 후 이집트와 팔레스타인을 거쳐 싱가포르, 뭄바이, 콜카타를 방문했다. 힌두인들은 자전거를 악령으로 여겨 두려워했기 때문에 그녀는 사원에 들러 수도승들에게 기도를 청해야 했다. 인도의 기형 박물관에서는 닭발처럼 생긴 발을 가진 사람과 코끼리 다리를 가진 사람을 보았고, 커다란 여행 가방 크기의 종기가 목에 달린 여자도 보았다. 런던데리 양은 그곳에 조금 더 있다가는 목에 다리 두 개가 달린 사람이나 걸리버 여행기에 등장할 법한 사랑스런 창조물들을 보게 될까봐 두려웠고, 그래서 서둘러 도망쳐 나왔다.

런던데리 양은 …… 어린아이들조차 마구 살해당하는 웨이하이웨이의 전장으로 갔다. 프랑스 영사가 동행해주었지만, 외투의 소매가 총탄에 맞아 날아갔으며 종군 기자 두 명과 신학 박사 한 명과 함께 중국인들에게 붙잡혀 음식도 물도 제공되지 않는 감옥에 갇혔다. 눈 녹은 물 덕분에 갈증으로 죽을 고비는 넘길 수 있었다. 프랑스 영사는 그들을 석방시키기 위해 40명의 헌병을 파견했다. …… 강연자에 따르면, 전장의 사체들은 매장되지도 않은 채 널브러져 있었다고 한다. 그들 일행은 강을 건너다 얼음이 깨지는 바람에 물에 빠졌다가 가까스로 목숨을 건졌는데, 그 과정에서 성직자가 부상을 입고 결국 숨을 거두었다. 살아남은 이들이 해줄 수 있는 최선의 일은 그 불쌍한 사람을 중국인 시신들과 함께 참호 속에 누이고 흙으로 덮어주는 것뿐이었다. 눈을 붙이기 위해 기어들어간 판잣집에서는 시신들을 옆으로 치우고 누울 자리를 마련해야 했다.

[강연은] 런던데리 양이 아시아 등의 지역에서 직접 찍어온 사진들을 환등기로 비춰 보면서 끝을 맺었다. 청중들은 매우 만족하며 강연장을 떠났다.

『엘파소 데일리 헤럴드』, 1895년 7월 2일

만족하며 떠났다는 청중들은 과연 그녀의 이야기를 절반이라도 믿었을까? 하지만 믿고 말고는 중요한 문제가 아니었을지도 모른다. 모두에게 즐거운 저녁 시간이었으니 말이다.

그녀는 1년 이상을 길에서 보내면서 자기 자신을 너무나 완벽하게 재창조했으며, 그렇게 창조한 인물에 대해 매우 정통했다. 심지어 어떤 사람들은 그녀가 애니 런던데리와 애니 코프초프스키를 더 이상 구별할 수 없게 된 것은 아닌지, 자신의 원래 정체성을 완전히 잃어버린 것은 아닌지 궁금해했다.

8장
애니가 돌아오다

Map of the World Showing Route Traveled by Annie Londonderry.

모두에게 뛰어난 건강, 뛰어난 즐거움, 뛰어난 속도
순조롭고 그다지 세지 않은 산들바람
고향으로 가는 질주를 위해! 자전거를 타는 사람은
대지와 하늘의 비밀이 열리는 것을 알 수 있다.
___ 작자 미상, 『스크라이브너스 매거진』, 1895년 6월

내기 시계의 종은 1895년 9월 25일에 울릴 것이었다. 애니는 엘파소를 떠난 지 단 두 달 반 만에 시카고에 도착했고, 앞으로의 성공을 호언장담했다. 남은 거리는 약 2,900킬로미터였으며 만만찮은 경로가 포함되어 있었지만, 어찌됐든 이제 고향으로 돌아가는 길이었다.

　앤서니라는 도시에서 뉴멕시코 주의 경계를 지나자마자 또다시 타이어가 구멍 나는 사고를 겪었다. 다행히 이튿날 아침에 엘파소에서 수리 도구 한 벌이 도착했고, 그녀는 "기뻐하며 가던 길을 계속 갔다." 그러나 라스크루세스로 향하는 50킬로미터의 구간은 끔찍했다. 그녀는 "억수처럼 쏟아지는 비"에 갇혀 폭풍우 속에서 피할 곳도 없이 밤을 지새워야 했다. 또한 라스크루세스 주변의 도로

들이 토사 붕괴로 지날 수 없게 되었기 때문에 어쩔 도리 없이 그 도시에 예정보다 더 오래 머물러야 했다. 그녀는 그동안 돈을 벌기 위해 자신의 사진을 팔고 자전거 여행에 관한 전시회를 열었다. 그런데 이로 인해 하나의 논쟁이 촉발되어 한 달이 넘도록 맹위를 떨쳤다. 『라스크루세스 인디펜던트 데모크랫』이라는 지역 신문의 편집인 앨런 켈리와 그 경쟁자인 『리우그란데 리퍼블리컨』 사이에 벌어진 논쟁이었다.

애니는 라스크루세스에 머무는 동안 앨런 켈리와 그 유명한 승강이질을 하게 되었다. 켈리는 애니가 사기꾼이라고 공표했고, 애니는 2주 후 산타페와 뉴멕시코 주 라스베이거스에 도착해서 켈리에 대해 이렇게 언급했다. 켈리를 만났을 때 그는 "핑 하며 지나가는 중이었다."고, 즉 술에 취해 있었다는 것이었다. 그의 진짜 불만은 "그와 함께 자동차를 타러 나가지 않겠다고 한 것"이었다고 주장했다. 애니가 뉴멕시코와 콜로라도를 지나 북쪽으로 이동하자, 네 개의 신문들은 이 일의 자초지종에 대한 수사학적 혼전에 휩쓸려들었다.

『리우그란데 리퍼블리컨』은 "『라스크루세스 인디펜던트 데모크랫』이 진실을 거의 무시하며, 그리고 빈 지면을 채우려는 통상적인 갈망 때문에, 최근 라스크루세스를 지나간 애니 런던데리 양이라는 여성 라이더에게 4개의 칼럼을 할애했다."고 썼다. "칼럼의 필자는 런던데리 양을 혹평하려는 의도였지만 그저 웃음거리로 만드는 데만 성공했을 뿐이다. 그러한 익살은 곰을 조련하던 시절에나 쓰이던 것이다. 그 필자는 자신의 별난 짓이 『라스크루세스 인디펜던트 데모크랫』의 독자들을 기쁘게 해줄 거라 생각했던 모양이지만, 우리 도시의 주민들은 그러한 일에 이미 몹시 질려 있다. 우리 주민들이 정말로 픽션을 원한다면, 그들은 읽을 만하고 덜 역겨운 것이 무엇인지 알고 있다. …… 우리는 동시대인〔편집인 켈리〕의 이러한 경향이 고쳐지길 바라지는 않지만, 다음과 같은 생각을 하지 않을 수 없다. 그가 이따금씩은 진실에 가까운 것을 찾으려는 시도를 알아보기라도 한다면 얼마나 신선할까."

켈리는 애니가 라스크루세스를 떠난 지 한 달이 지나 덴버에 머물고 있을 무렵까지도 여전히 애니와 불화를 겪고 있었고, 자신의 논평을 방어하기 위해 애써야 했다. "몇 주 전에 정체를 알 수 없는 옷차림을 한 여성이 자전거를 타고 이 도시를 지나가면서 자신이 세계 일주를 하고 있다는 의심스러운 주장을 했다. 그녀는 그동안 다른 이들에게 계속 그러해왔듯이 『라스크루세스 인디펜던트 데모크랫』의 편집인을 바보로 만들려 했지만 성공하지 못했다. 편집인은 그녀가 자랑하는 업적들 가운데 일부의 진실을 폭로했다. …… 그 닳고 닳은 여자를 차에 태우려고 했다는 주장은 명예 훼손에 해당하지만, 당시 술에 취해 있었다는 혐의로 인해 무마되었을 뿐이다. 제정신을 가진 사람이라면 누구도 그녀와 친밀한 관계를 맺으려 하지 않을 것이다. 그리고 그녀는 어떤 주장의 그럴듯함을 보이기 위해서는 다른 주장을 그 주장 앞에 두어야 한다는 점을 알고 있었던 듯하다."

그 후 켈리는 『라스베이거스 옵틱』과 『산타페 뉴멕시칸』이라는 다른 두 신문에게 자신과의 조우에 대한 애니의 주장을 싣지 말라고 요구했고, 두 신문은 켈리에게 협조했다. 그러자 애니는 대단한 광고 문안을 만들어냈다. "그녀를 사랑하라, 그렇지 않다면 미워하라."

애니는 라스크루세스와 소코로 사이에서 "죽음의 계곡을 가로지르는 140킬로미터," 혹은 호르나다 델 무에르토, 즉 "죽은 자의 여행" 구간을 거쳐야 했다. 이 길은 그 유명한 카미노 레알 —— 1600년대 초에 멕시코시티와 산타페 사이에 만들어진 2,900킬로미터의 고속도로 —— 의 가장 거칠고 황량한 구간이었다. 넓고 평평한 계곡은 여행자에게 물도 장작도 쾌적함도 전혀 제공하지 않았다. 여름의 태양 아래 땅은 바짝 말라붙었고, 종종 번개를 동반한 폭우가 어마어마한 양의 물을 그 위에 쏟아 부었다. 실제로 1895년 여름에는 극심한 폭우로 인해 로드스버그와 데밍에서 얼마 떨어지지 않은 실버시티 중심가에 커다란 도랑이 생기기도 했다. 그 도랑은 오늘날까지도 남아 있다.

애니가 정확히 어떻게 라스크루세스에서 소코로로 갔는지는 모르겠지만, 아마도 대부분 자전거를 탔을 가능성이 크다. 일주일

가량의 시간이 걸렸기 때문이다. 그녀는 7월 14일 일요일에 소코르에 도착했고, 기차를 타고 같은 날 오후 늦게 알부케르케에 닿았다. 그리고 산펠리페 호텔 숙박부에 "자전거로 세계 일주를 하는 애니 런던데리"라고 적었다. 『알부케르케 모닝 데모크랫』은 애니가 그 도시까지 정확히 28,054킬로미터를 여행했다고 보도했다. 이 수치는 이전 보도들과 일치하지는 않지만 비교적 정확해 보인다. 아마도 애니가 알려주었을 것이다.

소코로부터는 기차를 타고 왔으면서도, 애니는 엘파소부터 알부케르케까지의 구간을 지독한 여정이었다고 설명했다. "나는 여러 날 동안 굶주려도 보았고 묘지에서 잔 적도 있었지만, 엘파소부터 이곳까지 겪은 일과 비교할 만한 것은 없었다."

알부케르케를 떠나기 전날인 7월 16일에 현지 라이더들은 애니를 위해 커다란 무도회장에서 연회를 베풀어주었다. 『알부케르케 모닝 데모크랫』은 "만일 앞으로 사고만 나지 않는다면 그녀는 여성의 능력과 인내를 세상에 증명해보일 것이다."라고 썼다.

다음 목적지는 북동쪽으로 약 90킬로미터 떨어진 산타페였다. 애니는 산타페에서 다시 한 번 라이더의 용기를 보여주었다. "런던데리 양은 …… 어제 저녁 이 도시에서 열린 경주에 참가해〔라이더〕클럽 회원들을 쉽게 따돌렸다."(『산타페 데일리 뉴멕시칸』) 체류 기간은 짧았다. 그녀는 이튿날 오전 6시에 뉴멕시코 주 라스베이거스를 향해 떠났고, 라미라는 소도시의 동쪽에 있는 글로리에타에서 밤을 보냈다.

라스베이거스로 가는 길은 습하고 불쾌했다. "그녀는 철로 궤도 사이의 노반 위로 자전거를 탔다. 그러한 라이딩은, 마치 웅대한 일을 위한 것이 아니라면 차라리 걸어갔을 것이라고 공언하며 황소를 타는 사람과 같은 경험을 하게 했다. 런던데리 양은 챙이 앞으로 처진 모자를 쓰고 있어서 모자에 떨어진 빗물이 비스듬히 흘러내렸다. 회색 플란넬 재킷에 커다란 블루머를 입고, 어깨는 숄로 감싸고 있었다. 갈리나스 강에서 막 고기를 잡다가 나왔다 해도 이보다 더 완벽하게 젖을 수는 없었을 것이다."(『라스베이거스 데일리 옵틱』)

애니는 끔찍한 상태로 도착했음에도 여전히 매력적인 모습을 보여주었다. 여느 멋진 흥행사들이 그러하듯이, 애니는 라이딩에 가혹한 조건일수록 사람들에게 더욱 인상적인 쇼를 펼쳐보였다. "뉴멕시코의 소나기는 그녀의 유쾌한 태도나 활기찬 표현력을 축 늘어지게 할 수 없었다. 그녀는 가뿐히 안장에 올라타고 플라자 호텔로 향했다."(『라스베이거스 데일리 옵틱』)

뉴멕시코 주의 라스베이거스는 2,300명의 주민이 살고 있는 떠들썩한 도시였다. 그들 가운데에는 독일에서 온 돈 많은 유대인 이민자들도 끼어 있었는데, 찰스 일펠드도 그런 사람이었다. 그는 30년 전에 십대의 나이로 독일에서 뉴멕시코로 건너왔고, 라스베이거스의 유명한 백화점을 소유하고 있었다. 일펠드는 애니를 주말 특별 판매를 위한 "여성 판매원"으로 고용했다. 애니가 자신을 유대인이라고 밝혔는지는 알 수 없다.

애니는 일펠드의 백화점에서 약간의 돈을 벌었고, 명성을 누리며 라스베이거스에서 며칠 더 머물렀다. 7월 26일에는 라스베이거스 자전거 클럽의 주최로 강연을 했는데, 현지 음악 그룹인 램블러스가 그녀를 위해 마련한 공연과 댄스파티 —— 입장료가 75센트였다. —— 가 함께 열렸다. 애니는 100명 이상의 사람들이 그녀의 머리단장을 지켜보기 위해 미용실로 몰려들 만큼 대단한 호기심의 대상이었다. "그녀는 확실히 인기 연예인이다."(『라스베이거스 데일리 옵틱』) 큰 도시에서든 작은 도시에서든 애니의 명성은 이제 확고했다.

라스베이거스는 애니를 따뜻이 맞아주었다. 『라스베이거스 데일리 옵틱』 또한 "1달러짜리 은화만큼이나 반짝인다."며 그녀의 도착을 환영했지만, 그녀가 떠난 바로 다음날부터 태도를 180도 바꿨다. 신문사 내부의 앨런 켈리 지지자들은 이제 대놓고 애니가 사기꾼 같다고 주장했다.

그러나 만일 애니가 자신의 등 뒤에서 이런 일들이 벌어지고 있는 것을 알았더라면, 아마도 못 본 척하기보다 오히려 그들의 관심에 감사했을 것이다. 어떤 식의 논쟁이든 그녀의 목적에 도움을 줄 것이기 때문이었다.

애니는 라스베이거스에서 출발해 맥스웰 시티 스프링어를 지나서 북쪽으로 105킬로미터를 여행했다. 그리고 7월 30일 화요일 오후 4시경, 마중 나온 현지 라이더들의 호위를 받으며 콜로라도 주 경계 부근의 래턴에 도착했다. 그날 저녁에는 오페라 하우스에서 "모험으로 가득 하고 때때로 위험에 맞닥뜨린" 여행에 대해 강연했고, 자전거를 타는 시범도 보였다.

『래턴 레인지』는 "청일 전쟁에 대한 그녀의 설명은 실제로 벌어진 잔혹 행위들에 대한 뛰어난 폭로였다."고 보도했다. 이제 애니는 군사 평론가라도 된 것 같았다. "그녀는 일본군이 잘 싸웠기 때문이 아니라 중국군이 잘 싸우지 못했기 때문에 일본이 전쟁에서 승리했다고 말했다. 보통의 중국 병사는 우산과 부채를 들고 다녀서(우산과 부채는 둘 다 중국어로 산散과 비슷한 음을 가진 낱말이어서, 중국인들은 이 둘을 흩어지거나 패배한다는 의미로 받아들인다. — 옮긴이) 기회가 오자마자 항복했을 것이다." 흥미롭게도 애니는 래턴의 청중에게는 스톡턴 부근에서 겪은 사건을 언급하지 않았고, 캘리포니아를 지날 때 사고가 없었다고 말했다. 그전까지는 생명을 위협하는 재앙 같은 일을 겪었다며 그 사건을 극화하고 과장해왔지만 말이다. 특정한 상황에서 어떤 이야기를 하고 어떤 이야기를 하지 않을지에 대한 명확한 기준은 딱히 없었던 것 같다.

애니는 7월 31일 수요일 오전 8시에 래턴을 떠났다. 그리고 오후 1시 30분경에 래턴에서 약 30킬로미터 떨어진 콜로라도 주의 트리니다드에 또 다른 라이더 대표단과 함께 도착했다. 그 대표단은 그녀를 만나러 뉴멕시코-콜로라도 주 경계선 바로 북쪽의 작은 변경 식민지인 몰리까지 16킬로미터를 자전거로 달려왔다. 래턴에서 몰리로 가기 위해서는 래턴 고개를 넘어야 했는데, 공기가 희박한 해발 2,388미터 높이까지 올라가는 무척 힘든 등반이었을 것이다 (이 일대가 워낙 고도가 높은 지역이라서 해발 2,000미터가 넘는 곳임에도 '고개'라는 지명이 붙은 듯하다. — 옮긴이). 비록 1860년대에 만들어진 유료 도로의 덕을 보긴 했겠지만 말이다. 산타페 철도도 그 고개를 넘어갔다. 애니는 기차를 탔을까? 아니면 자전거를 탔을까? 단정하기는 어렵지만 호위대와 함께 갔다는 사실을 고려하면 스털링자전거를 타고 고개를 넘었을 것 같다.

트리니다드에서는 현지 라이더들의 호위를 받으며 "용기 있는 젊은 여성을 보러 온 사람들로 붐비는" 거리들을 지나 콜럼비언호텔까지 달렸다. 현지 라이더들은 재퍼 오페라 하우스에서 그녀를 위한 "대규모 무도회"를 준비했다. 애니는 다음날 저녁에 그곳에서 강연을 할 예정이었다. 입장료는 여성은 25센트, 남성은 50센트였다.

사람들은 애니를 따뜻이 맞았지만, 지역 언론의 의심은 트리니다드까지도 따라왔고 그녀가 그곳을 떠난 뒤에는 더 증폭되었다. 애니의 도착 소식을 전했던 『트리니다드 데일리 뉴스』는 같은 지면에서 그녀가 실제로 하고 있는 일이 그녀의 주장보다 훨씬 별 볼 일 없는 일이라는 『라스베이거스 데일리 옵틱』의 평가를 인용했다. 또한 『트리니다드 데일리 뉴스』는 애니가 라훈타로 떠난 8월 2일에, 1년도 더 지난 『뉴욕 월드』의 1894년 7월 3일자 기사를 다시 실었다. 기사를 읽은 트리니다드의 주민들은 애니가 기혼 여성이고, 진짜 성姓은 런던데리가 아니라 코프초프스키이며, 보스턴의 집에 세 아이가 남아 있다는 것을 처음으로 알게 되었다. 많은 사람들은 그녀의 실체와 겉으로 드러난 모습이 전혀 다르다는 사실을 믿을 수 없어 고개를 잘래잘래 흔들었다.

　트리니다드에서 푸에블로까지 직선거리는 약 120킬로미터이다. 그러나 애니는 라훈타를 경유했기 때문에 거리가 거의 두 배로 늘어났다. 왜였을까? 답은 아주 단순하다. 산타페 철도가 그 길로 돌아갔기 때문이다. 물론 어떤 이동 수단을 이용했는지는 그녀 자신도 말한 바 없고 다른 사람의 증언도 없었으므로 확신할 수 없다. 철도의 존재가 필연적으로 기차를 탔다는 것을 의미하지는 않는 법이니 말이다. 게다가 철로를 따라가는 것은 드넓은 서부에서 길을 잃지 않기 위한 한 가지 방법이었다. 애니는 푸에블로까지 가는 데 6일이 걸렸고, 거기서 하룻밤을 보낸 다음 콜로라도 스프링스까지 70킬로미터를 자전거로 갔다. 그녀는 8월 10일 아침에 H. 웨버의 자전거 상점에서 고객을 끌어들이는 일을 맡았다.

198

덴버의 『록키 마운틴 뉴스』 1895
년 8월 12일자에 실린 런던데리
리티아 스프링워터 사의 광고. 이
회사는 자전거에 광고 플래카드를
부착하고, 런던데리라는 이름을
사용하는 조건으로 애니에게 돈을
지불했다.

8월 11일에는 콜로라도 스프링스와 덴버 사이의 산타페 철도
노선이 지나는 파머 레이크라는 작은 도시를 향했지만, 이내 극심
한 폭풍우에 따라잡혔고 "고장 난 기계"와 함께 흠뻑 젖은 채 도착

했다. 그녀는 덴버 자전거 클럽에 자신이 파머 레이크에서 폭풍우가 그치길 기다리고 있으며, 내일 약 80킬로미터를 달려 덴버에 도착할 것이라는 내용의 전보를 보냈다.

애니는 4시간을 달려서 8월 12일 오전에 덴버에 도착했다. 그리고 거의 일주일 동안 글리남 호텔에서 머물렀다. 대체로 그녀가 지체하는 경우는 (샌프란시스코에서처럼) 체력을 비축하며 향후의 계획을 짜거나, (마르세유와 엘파소에서처럼) 유명 인사가 되었거나, (파리에서처럼) 돈을 벌며 외국 수도의 매력에 흠뻑 빠졌을 때였다. 하지만 이번에는 아팠기 때문이었던 것 같다. 애니는 덴버에서 폐렴에 걸렸고, "2주 동안 침대에 가만히 누워 있어야 했다."(『오마하 월드 헤럴드』) 그러나 고작 8일 후에 샤이엔으로 출발했다. 어떤 이동 수단을 택했는지는 역시 확인할 수 없다.

『오마하 월드 리더』에 따르면, 애니는 "오마하까지 유니온 퍼시픽 철도를 따라갔다." 그러나 보도와는 달리 유니온 퍼시픽 철도를 정확히 따라가지는 않은 것 같다. 8월 20일에는 샤이엔에서 기차를 타고 단 이틀 만에 동쪽으로 거의 650킬로미터 떨어진 네브래스카 주 콜럼버스에 도착했다. 이튿날에는 프리몬트까지 동쪽으로 72킬로미터를 자전거를 타고 달렸고, 뉴욕 호텔에서 밤을 보냈다. "오늘 아침 많은 수의 라이더들이 그녀와 이야기를 나누기 위해 호텔을 방문했다. 그녀의 자전거에는 50~60개의 리본과 여러 도시의 자전거 클럽 배지들이 매달려 있었다. 그녀는 그 배지들을 기념품으로 계속 간직할 것이다."(『프리몬트 데일리 트리뷴』)

8월 24일에는 프리몬트의 라이더들과 함께 오마하까지 달렸고, 델론 호텔에 투숙했다. 이튿날 밤에는 계속 진화해가는 자신의 이야기에 몇 가지 새로운 일화들을 덧붙여서 멋들어진 강연을 했다.

매력적인 강연

그녀는 여행 중에 인도를 거쳤는데, 그곳에서는 라이딩복 위에 그 나라의 헐렁한 옷을 걸쳐야 했다고 한다. 가장 편한 길은 묘지를 가로지르는 것이었는데, 자전거를 타고 묘지를 지나는 일은 죽은 자의 무덤에 그림자를 드리운다는 이유로 죽음이나 고문의 형벌을 받아야 하는 범죄였다. 그러나 다른 많은 종교들과 마찬가지로 인도의 종교에도 융통성은 있어서, 런던데리 양은 10루피 동전 하나로 여러 묘지들을 지나갈 수 있었다.

그녀는 최근 중국에서 벌어진 전쟁은 싸움이 아니라 학살이었다고 설명한다. 그녀는 한참 동안 죽은 자들의 들판을 자전거로 지나갔다. …… 겨울이었고, 그래서 부패가 아직 시작되지 않았지만, 그런 나라에 콜레라가 창궐하는 것도 놀라운 일이 아니라고 말한다. 광둥과 같은 대도시의 거리들은 타평한 시절에도 …… 해충과 오물이 들끓는다.

그녀는 그 나라에서 나무에 톱질을 하고, 소의 젖을 짜고, 일반적인

농사일을 하는 등의 육체노동을 할 수밖에 없었고, 외국인이기에 언제
나 더 싸게 고용되었다.

『오마하 월드 헤럴드』, 1895년 8월 26일

9월 1일에는 오마하에서 정북으로 약 30킬로미터 떨어진 아이
오와 주 미주리 밸리라는 소도시를 별다른 일 없이 조용히 지나갔
다. "애니 런던데리 양은 …… 오마하에서 우리 도시로 조용히 자전
거를 타고 들어왔다. 만약 자전거에 수많은 실크 리본들이 달려 있
지 않았다면, 그녀가 미주리 밸리를 다녀간 것에 주목한 사람은 스
무 명에 한 명도 되지 않았을 것이다. 하지만 그녀가 유달리 특이하
고 오늘날의 관점에서 주목할 만한 인물이라는 사실은 변함이 없
다. …… 그녀는 참신하고 건강해 보인다. …… 여행 중에 아픈 적
도 전혀 없었다. 그녀는 체니에서 머무르다 오늘 정오에 시카고로
출발했다."(『미주리 밸리 타임스』)

애니는 9월 3일에 마샬타운에 도착해서 하루를 보냈다. 그러나
타마와 글래드브룩 부근의 도로에서 여행을 계속하기 어려울 만큼
심각한 사고를 겪었다. 결승선에 다 온 시점에 벌어진 일이었다. 그
녀는 내리막길에서 속력을 내 달리다가 자전거에서 떨어져 손목이
부러졌다. 비록 얼마 후 그 사건에 대해 서로 다른 두 가지 설명을
하긴 했지만 말이다. 며칠 뒤 아이오와 주 클린턴에서는 이렇게 말

했다. "맞아요. 타마 근처에서 낙상한 건 나쁜 일이었지만, 그다지 심각하게 다치지 않은 것이 놀라워요. 언덕 아래로 내려가고 있었는데 체인이 빠져버린 거예요. 농부 한 명이 언덕 위로 올라오고 있었죠. 지나갈 수 있도록 조금만 옆으로 비켜달라고 말했지만 돌아온 대답은 저주였어요. 저는 앞바퀴를 쥐어서 자전거를 멈추려 했지만, 자전거 바퀴가 땅이 파인 곳에 부딪히고 말았어요. 그래서 핸들 바 위로 튕겨져 나갔고, 바퀴살에 끼어 손목이 부러졌죠. 고통이 끔찍했어요. 자전거를 타고 3킬로미터를 더 간 뒤에, 멈춰 서서 자전거에 팔을 묶어 고정시키고 타마까지 26킬로미터를 갔어요. 거기서 붕대를 감았죠."(『클린턴 헤럴드』) 그러나 몇 주 후 뉴욕으로 돌아와서는, 속력을 내며 언덕을 내려가다가 길을 건너고 있는 "돼지 떼"와 충돌했다고 말했다. 원인이야 무엇이었든, 손목이 부러진 것만은 확실하다. 몇 주 후 『뉴욕 타임스』 기자가 봤을 때도 여전히 깁스를 감고 있었다.

애니는 페어팩스라는 도시 근처에서 만난 찰리 벨, 톰 브레이 등의 라이더들과 함께 이제 손목에 깁스를 하고서 시더래피즈로 왔다. "그녀는 9월 5일 화요일 한밤중에 벨 플레인에서 출발했다. 오늘 밤에는 그랜드 호텔에서 묵을 예정이고, 내일 아침에 호위대와 함께 떠날 것이다."(『시더래피즈 이브닝 가제트』)

9월 9일에는 미시시피 강가의 클린턴에 도착했다. 『클린턴 헤럴드』는 애니가 내기를 위해 자전거로 16,000킬로미터가 넘는 여행을 하는 중이라고 보도하면서, 현재 그녀의 주행계는 16,400킬로미터를 기록하고 있다고 설명했다. 이 기사는 조금 이상한 점이 있다. 앞서 오마하의 두 신문은 그녀의 주행계가 15,100킬로미터를 기록하고 있다고 보도했는데, 오마하와 클린턴의 거리는 650킬로미터가 채 되지 않기 때문이다. 이러한 불일치는 주행계가 조작되지 않았다면 설명할 수 없는 일이다. 깁스를 한 상태에서 일부러 먼 길을 돌아왔을 리도 없다. 따라서 그녀가 주행계를 "조정"했을 가능성이 크다. 쉬운 일은 아니지만, 그녀라면 충분히 해낼 수 있는 일이었다. 그런데 문제를 더 복잡하게 만든 것은 그녀가 여행을 마친 뒤에 자전거로 정확히 15,456킬로미터를 달렸다고 말한 것이다. 만일 많은 기사에서 밝혔듯이 내기의 조건이 16,000킬로미터 이상을 자전거로 여행하는 것이었다면, 왜 굳이 15,456킬로미터를 달렸다고 시인한 것일까? 요컨대, 그녀가 최종적으로 주장한 주행 거리는 시카고의 마지막 지점에 도착하기도 전에 주행계로 잰 거리보다 더 짧았던 것이다. 그것은 애니다운 일이었다. 주행계상의 주행 거리나, 도중에 벌었다고 보도된 돈이나, 덧붙인 이야기들이 어떻게 되든 간에 그녀는 전혀 흐트러짐이 없는 듯했다.

9월 10일 화요일에 애니는 여행의 마지막 구간을 달리기 위해 로이 업턴과 클래런스 럼블이라는 두 명의 라이더와 함께 클린턴을 떠났다. 이튿날 그들은 시카고까지 거리의 거의 절반 지점인 일리

노이 주 로셀을 경유했다.

9월 11일, 시카고에서 서쪽으로 약 130킬로미터 떨어진 로셀의 날씨는 숨 막힐 듯 뜨거웠다. 정오의 기온은 35도까지 올랐고, 습도도 매우 높았으며, 신문들은 시카고에서 열사병으로 죽은 사람들에 대한 기사를 실었다. 강한 남서풍만 아니었다면 사망자 수는 더 늘어났을 것이다. 애니가 세계 일주 여행의 마지막 밤을 어디서 보냈는지는 정확히 알 수 없지만, 아마도 로셀의 동쪽 어딘가였을 것이다.

드디어 9월 12일 오후 1시 무렵, 애니는 시카고의 웰링턴 호텔 앞에서 "감사의 탄식을 하며" 자전거에서 내렸다. "카프쇼브스키〔원문대로임〕(그녀의 진짜 이름) 부인은 …… 자신이 건강하다고 말했지만, 사실과는 거리가 멀어 보인다. 그녀는 매우 아파 보였다. 부러진 팔은 삼각건으로 묶여 있었그, 마지막 500킬로미터를 그러한 상태로 자전거를 타고 왔다고 한다."(『아메리칸 휠맨』)

애니의 진짜 이름이 언급된 이 드문 글로 그녀가 만들어낸 원우먼쇼는 막을 내리는 듯했다. 그녀는 다시 한 번 애니 코프초프스키, 즉 지난 15개월 동안 전 세계를 무대로 화려하고 도발적인 애니 런던데리의 역할을 수행한, 유대인이자 세 아이를 둔 일하는 어머니로 돌아왔다.

애니의 여행은 놀라울 만큼 조용히 끝났다. 『시카고 트리뷴』도

『시카고 데일리 뉴스』도 그녀의 도착에 대해 별달리 언급하지 않은 것으로 보인다. 비록 이틀 전에 『오마하 월드 헤럴드』가 한 지면을 할애해 "런던데리 양이 승리하다."라고 공언했지만 말이다. 퍼레이드도 없었고(뉴욕이나 보스턴에서도 마찬가지였을 것이다.), 어떤 거물급 정치인도 그녀를 환영하러 나오지 않았다. 그러나 "스털링 사이클 클럽이 마련하고 그 도시의 라이더들이 참석한 열렬한 환영회"가 열렸다. 그녀는 자신의 스털링자전거와 교환하는 조건으로 새 자전거와 400달러를 받았는데, 회사가 광고에 사용하기 위해 그 스털링자전거를 원했던 것이다. 전하는 바에 따르면, 이 400달러로 인해 내기의 조건에 따라 벌어야 했던 목표 금액 5,000달러를 달성할 수 있었다.

1895년 9월 17일에 애니는 동부로 돌아왔고, 맨 먼저 여동생 로자를 만나기 위해 뉴저지 주 브런즈윅을 방문했다. 스털링자전거는 시카고에서 팔아버렸지만, 새로 받은 자전거로 "올버니 스트리트 브리지로 이어지는 긴 언덕길을 내려가면서" 다시 한 번 극적인 등장을 했다. 그녀는 한 지역 신문에 내기에서 이기기 위해 보스턴까지 2주 안에 가야 한다고 말했지만, 실제로 약속한 15개월은 1주일 뒤에 끝날 것이었다.

세계 일주 중인 도보 여행자들과 라이더들이 "지난 6개월 동안 하루에 평균 3명씩 뉴브런즈윅을 지나갔다."는 도전적인 질문을 받자, 애니는 "불끈해서 얼굴이 새빨개진 채로 다른 모든 이들을 단지 고행자들일 뿐이라고 비난했다." 그녀는 여행하면서 거쳐온 곳에서 모은 사인들이 담긴 사인북을 자신의 주장의 증거로 제시했다. 뉴욕에서 "왼쪽 팔을 삼각건으로 묶고 햇볕에 두 뺨이 그을린 애니 런던데리 양은 이스트 브로드웨이 208번가에 있는 친구 집에 앉아서 자신의 자전거 세계 일주에 대해 수다를 떨었다. 그녀는 놀라운 젊은 여성이다. 무모하고 앞뒤 가리지 않은 그녀의 여행은 앨버트 리더 박사와 부유한 사업가인 존 다우 사이의 논쟁의 결과였다고 한다."(『뉴욕 레코더』)

애니는 『뉴욕 리코더』에 이렇게 말했다. "저는 가는 곳마다 극진한 대접을 받았습니다. 하지만 다시는 15,000달러를 위해 그런 여행을 하지는 않을 것입니다. 저는 10,000달러를 뭉치로 받았지만, 그렇다고 그 15,000달러[상금으로 받은 10,000달러와 여행 중에 번 5,000달러]를 아주 어렵게 번 것은 아니었습니다. 저는 일요일에 보스턴에 가서 제 책의 출판 계약을 하고 돌아올 것입니다."

주 의회 의사당 앞에서 콜럼비아자전거에 올라탄 지 15개월과 하루가 더 지난 9월 24일 아침에. 애니는 보스턴의 집에 돌아와서 남편 맥스와 아이들과 재회했다. 그녀가 여행을 끝마쳤다는 뉴스는 저 멀리 밀라노와 호놀룰루에서도 보도되었다. 2주 전에 손목이 부러졌던 아이오와 주 타마의 『타마 프리 프레스』는 부상으로 인한

"상당한 고생과 통증"에도 불구하고 애니가 "경주에서 이겼다."고 보도했다. 『엘파소 데일리 헤럴드』도 그녀가 여행을 완수했다고 보도했고, "애니 런던데리는 그녀의 진짜 이름이 아니었다."라고 특별히 언급함으로써 엘파소의 많은 사람들을 놀라게 했다.

애니의 신빙성에 대한 잡음은 여전히 끊이지 않았다. 1895년 11월, 자전거 세계 일주를 한 최초의 여성이라는 영예를 아내에게 선물하기 위해 아내와 함께 여행 중이던 H. D. 매킬레이스는 요코하마 신문에서 애니에 대해 논평했다. 매킬레이스는 그녀를 "세계를 일주하는 광고판"에 비유하며 이렇게 말했다. 애니는 요코하마에서 미국 총영사인 매키버 대령에게 도움을 호소했다가 거절당하자 프랑스 영사를 찾아가 도움을 받았다고 말했지만, "두 신사가 그 숙녀를 결코 본 적이 없다고 확실하게 단언하고 있기 때문에, 저는 이 이야기 역시 시베리아의 감옥, 청일 전쟁의 전장 등을 다녀왔다는 몽상적인 이야기와 마찬가지라고 믿습니다." 매킬레이스 부부는 3년 동안 자전거로 세계를 여행한 뒤, 1898년에 고향으로 돌아왔다.

여행의 로드 쇼가 막을 내린 뒤에도 애니에 대한 주목은 끊이지 않았다. 그녀의 여행은 독립적이고, 자유사상을 가지고 있으며, 모든 면에서 남성과 동등하다고 믿는 여성의 삶으로 나아가는 위대한 첫 걸음이었다. 그리고 여행이 끝난 지 단 6주 후에, 그녀는 또 한 번 그것을 증명해냈다.

9장
"야성 인간"을 붙잡은 여자

그녀는 강철로 된 침묵하는 말을 탄다네
자연의 아름다운 나무 그늘과
활주하며 보낸 인생의 순간들은
가장 달콤하던 시간이리니
___M. S., 『미국 우대 여성』, 1896년 6월

애니가 시카고에서 자전거 여행을 마친 지 6주 후인 1895년 10월 26일 밤에 어느 맵시 있고 진취적인 젊은 여성이 뉴욕 시에서 기차를 타고 보스턴에 도착했다. 그날 아침 『뉴욕 선데이 월드』의 편집인들에게서 급보를 받았던 것이다. 보스턴에 도착한 그 여성은 백베이 구역의 영스 호텔로 가서 숙박부에 넬리 블라이라는 이름을 적었다. 그녀는 보스턴에서 서쪽으로 약 110킬로미터 떨어진 로얄스턴이라는 소도시로 가는 길이었다. 로얄스턴에서는 몇 주 전에 찰리 리처드슨이라는 젊고 호리호리한 농부가 너무나 신비하고 으스스한 일련의 사건의 희생자가 되어, 지역 사회 전체가 공포에 떨고 있었다.

모든 일은 1895년 7월 하순에 시작되었다. 리처드슨은 농장 마

차를 타고 가다가 바퀴 하나가 빠져버리는 바람에 땅에 떨어져 부상을 당했다. 살펴보니 누군가 바퀴의 너트들을 풀어놓은 것이었다. 리처드슨은 누가 그랬는지 알아내려 애쓰지 말라는 경고가 적힌 쪽지와 함께 그 너트들을 헛간에서 발견했다. 며칠 후에는 갈퀴와 건초용 포크가 헛간 천정의 전등에 매달려 있었다.

그저 짓궂은 장난이었을지도 모른다. 하지만 할로윈이 다가오면서 어둠이 일찍 내려앉고 언덕의 밤공기가 냉랭해지자 괴롭힘은 더욱 더 심해졌다. 먼저 리처드슨의 양 한 마리가 등이 부러졌다. 다음으로 10월 21일 월요일에는 무거운 시계추가 침실 창문을 깨고 들어와 잠들어 있던 그의 바로 옆에 떨어졌다. 이튿날에는 목장에서 소들이 사라졌다. 리처드슨은 일련의 해괴한 사건들 때문에 완전히 신경 쇠약 상태에 이르렀다. 그는 권총 한 자루와 탄약 다섯 통을 들고 잃어버린 가축들을 찾기 위해 숲으로 향했다. 멀리 연기가 피어오르는 것을 보고 살금살금 다가가보니, 어떤 남자가 풀만 자란 좁은 공터에서 불가에 바짝 붙어 앉아 있었다.

리처드슨의 다리가 작은 나뭇가지를 툭 끊으며 소리를 내자 불가의 남자는 불쑥 일어나 주위를 둘러보았다. 그는 수척하고, 키는 약 180센티미터였으며, 덥수룩한 회색 턱수염이 허리에 닿을 정도였고, 두 뺨은 푹 꺼져 있었으며, 두 눈이 "강렬하게 이글거렸다." 누더기를 걸친 행색이 사람이라기보다 숲의 생명체에 더 가까운 듯 보였다.

알려진 대로, 그 "야성 인간"은 리처드슨보다 먼저 총의 방아쇠를 당겨 농부가 입고 있던 외투의 엉덩이 부분에 구멍을 뚫었다. 야성 인간은 곧바로 숲속으로 도망갔고 리처드슨과 맹렬한 추격전을 벌였다. 리처드슨은 다섯 발을 쐈지만 한 발도 맞추지 못했다. "겉보기에 그 사람의 나이는 틀림없이 70세나 75세로 보였습니다. 그런데 달릴 때는 마치 스물한 살짜리 같았습니다."(『피치버그 데일리 센티널』)

리처드슨은 농장으로 돌아와서 함께 살고 있는 어머니를 안전한 에이솔로 데려갔다. 오후 5시쯤에는 야성 인간을 잡는 일을 돕겠다는 친구 레슬리 우드버리와 함께 집으로 돌아왔다. 그런데 부엌에 들어가 차를 끓이기 위해 스토브의 불을 켜는 순간, 스토브가 폭발해버렸다. 리처드슨은 잽싸게 몸을 피해 상처를 입지는 않았지만, 잠시 후 식료품 창고 선반이 텅 비어 있다는 사실을 알게 되었다. 야성 인간이 공격해온 것이었다. 젊은 농부는 그날 늦은 시간에 헛간에서 옥수수 껍질을 벗기고 있을 때 또다시 총격을 받았다. 이번에는 총알이 그의 모자를 관통해 앞 머리카락을 살짝 태웠고, 창문 유리가 산산이 부서졌다. 농장에 있던 다른 사람들도 그 총성을 들었지만, 누구도 직접 보지는 못했다. 리처드슨은 숲에서 만난 이상한 사람이 그 모든 일을 저지르고 있다고 확신했다.

폭력 사건들에 대한 소문이 널리 퍼지자, 로얄스턴과 인근 에이솔의 주민들은 패닉 상태에 빠졌다. 10월 24일 수요일에 머레이라고만 알려진 매사추세츠 주 지역 탐정과 에이솔의 보안관 대리인 로스웰 L. 도운이 이십여 명의 완전 무장한 민병대를 이끌고 야성 인간을 찾기 위해 숲으로 들어갔다. 로스웰 L. 도운은 인상적인 팔 자 콧수염을 가진 땅딸막하고 머리가 벗겨진 사람이었다. 민병대는 4시간 후 빈손으로 돌아왔지만, 그 사이에 리처드슨의 헛간이 불타 올랐다.

매사추세츠 야성 인간의 뉴스가 보스턴과 뉴욕에 전해지자, 그 곳 신문의 편집인들은 대중에게 확실히 인기 있을 법한 이 이야기 를 파헤치기 시작했다. 10월 24일과 25일에 『보스턴 데일리 글로 브』는 야성 인간의 습격에 관한 기사를 1면에 실었다. 취재를 위해 로얄스턴에 파견된 기자는 "회색 턱수염을 기른 남자가 악당인 듯 하다."고 적었고, 이 "약탈자"를 잡으려다 실패한 일화들에 대해 보 도했다.

뉴욕 시의 조지프 퓰리처 신문 제국의 주력 신문인 『뉴욕 월 드』 사무실에는 보스턴에서 온 10월 25일자 전보 두 통이 일요판 『뉴욕 선데이 월드』의 편집인인 모릴 가다드의 책상 위에 놓여 있었 다. 두 전보는 선정적인 요소를 모두 갖춘 인물에 대한 것이었는데, 물론 그 인물은 당시 퓰리처 그룹과 그 경쟁 신문들의 주요 테마였 다. 첫 번째 전보는 "야성 인간이 로얄스턴 인근에서 저지른 일들과 농부들이 처한 절망적인 상황에 대한 두세 개의 보도문이 있습니다. …… 최근 벌어진 탈선행위에 대해 지역에서 들리는 이야기를 정리해서 발송했습니다." 웨스턴유니언 사의 전보에는 "생어"라는 발신인 이름이 적혀 있었다.

생어는 어쩌면 가다드가 첫 번째 전보를 받지 못하거나, 혹은 전보의 내용이 아주 급박한 것이라는 사실을 깨닫지 못할 수도 있다는 우려에서 두 번째 전보를 보냈다. "매사추세츠 주 에이솔의 농부들은 야성 인간의 별난 짓에 시달리느라 패닉 상태에 처해 있습니다. 남자들은 집을 떠날 때면 언제나 완전 무장을 합니다. 일요판의 좋은 소재로 보입니다. 제가 현지를 방문해볼까요? 코네티컷 주의 야성 인간과는 다른 사안입니다. 생어."

그러나 가다드는 생어에게 방문해보라고 답하지 않았다. 가다드는 그 대신에 10월 26일 토요일에 뉴욕에서 온 젊은 여성 기자를 현지에 급파했다. 그 여성 기자는 그날 저녁 늦게 영스 호텔의 숙박부에 넬리 블라이라는 이름을 적어 넣은 사람이었다. 하지만 진짜 넬리 블라이는 아니었다. 당연하게도 그녀는 애니 코프초프스키였다.

애니는 일주일 후 『뉴욕 선데이 월드』에 "신여성"이라는 필명으로 기사를 썼고, 도운 보안관을 찾아가서 『뉴욕 선데이 월드』가 "그 범죄자를 취재하기 위해" 자신을 보냈다고 소개하며, 야성 인간을 체포하기 위해 꾸려질 제2민병대에 들어가게 해달라고 부탁했다.

『뉴욕 선데이 월드』 1895년 11월 3일자에 실린 일러스트레이션. 애니가 매사추세츠 "야성 인간"의 추격을 지휘하고 있다.

야성 인간에 대한 애니의 드라마틱한 기사는 『뉴욕 선데이 월드』 1895년 11월 3일자의 거의 한 면 전체를 차지했다. 그 기사는 스포츠 장갑을 낀 손에 권총을 들고 도끼와 건초용 포크 등으로 무장한 남자들을 이끄는 용감무쌍한 젊은 여성의 스케치를 포함하고 있었다. 그녀는 그 장면을 감각적인 필치로 묘사했다. "모든 것이 미스터리이고 흥분을 자아내는 도시 안으로 발길을 옮기면 묘한 기분이 든다. 이 도시에서 남자들은 완전 무장한 채 거리를 돌아다니고, 여자들은 지나가는 모든 사람들을 신경을 곤두세우고 바라본다. 당신은 정체불명의 누군가가 저지른 흉악한 범죄에 대한 무시무시한 설명을 듣게 될 것이다."

　도운 보안관이 민병대를 꾸리기 시작하자 애니는 차량을 타고 뒤따랐다. "소부대가 황량한 불모지와 좁고 바람 부는 돌투성이 길을 지나가는 동안, 주변 농가의 농부들은 완전 무장한 채 속속 결합했다. …… 우리는 종종 작은 교회를 만났지만, 심지어 매사추세츠에서조차 예배를 드리고 있는 사람은 전혀 없었다. 목사와 집사, 그리고 모든 교인들이 범죄자를 쫓는 중이었다." 로얄스턴에 도착하자 모두가 "자신의 적에 대해 조심스럽게 설명하는" 찰리 리처드슨 주위로 모여들었다. "마침내 수색할 준비가 끝났다."

　무리는 몇 개의 분대로 나뉘었다. 애니에 따르면, 열두 명의 기자가 거기 있었지만 찰리 리처드슨의 분대에 속한 사람은 운 좋게도 그녀뿐이었다. 덕분에 애니는 그와 직접 대화할 수 있었다. "그가 용감한 사람인지 타진해보았지만, 기사의 기질은 거의 없는 것처럼 보였다. 그저 소심한 사람일 뿐이었다."

　애니가 리처드슨에게 어떤 책을 좋아하는지 묻자, 그는 "남자들이 총을 쏘고, 카인을 불러내는 야성적인 서부 이야기를 좋아한다."고 대답했다. "책 속의 남자들처럼 야성적인 일을 하려고 마음먹은 적이 있는지"에 대해서는, "종종 카우보이나 산악 탐험가 혹은 탐정이 되고 싶다."고 말했다. 아니는 마지막으로 그가 "농장 생활에 지치지 않았는지" 확실히 알고 싶어 했다. 애니는 서부에서의 "삶을 갈망한" 리처드슨의 반응이 "내가 기대한 거의 모든 것이었다."고 단언했다. "그가 내게 들려준 이야기들과 그 밖의 여러가지를 종합해보자, 찰리 리처드슨이 곧 야성 인간이라는 결론을 내릴 수 있었다. 그가 스스로를 쏘고 공격하며, 이웃들을 모조리 바보로 만들고 있었던 것이다."

그녀의 가설은 명백한 증거들로 뒷받침되었다. 애니는 리처드슨의 외투와 모자에 난 총탄 구멍이 22구경 권총에 의해 생긴 것이라고 특별히 언급했다. 도운은 나중에 그녀에게 리처드슨의 권총을 보여주었는데, 바로 22구경이었다. 또한 그녀는 리처드슨의 외투에 난 구멍이 아래쪽으로 나 있었음에도 그 농부는 총알이 위쪽 방향으로 날아왔다고 말했음을 지적했다. 게다가 외투에는 화약으로 인해 탄 흔적이 있었는데, 이는 총탄이 매우 가까운 곳에서 발사되었음을 말하고 있었다. 애니는 "그 사람에게 이 모든 것에 대해 물었다."

"나는 그에게 '야성 인간이 총을 쏠 때 얼마나 멀리 떨어져 있었나요?' 라고 물었다. '약 20보 정도였습니다.' 이것이 '결정적 증거'였다. 총에 대한 지식이 있는 사람이라면 그런 거리에서는 화약으로 탄 자국이 생길 수 없다는 것을 알고 있다."

애니는 도운 보안관에게 자신의 가설을 설명하자, 그는 동의하면서도 "지금 로얄스턴의 농부들에게 그 이야기를 할 수는 없습니다. 그들이 우리를 믿지 않고 공격적으로 대할 가능성이 매우 높기 때문입니다."라고 말했다.

도운은 이튿날 우스터의 지방 검사실에서 리처드슨을 심문했다. 애니에 따르면, 보안관은 바로 당신이 야성 인간인 것 같다고 말을 꺼냈다.

"그 사람은 떨리는 목소리로 물었다. '그걸 어떻게 압니까?' 도운은 '어제 우리와 함께 조사하던 젊은 여성을 기억합니까?'라고 되물었다. 찰리는 기억하고 있었다. '그녀는 뉴욕에서 온 독심술가입니다. 그녀가 우리에게 모든 것을 말해주었습니다.'"

그러자 리처드슨은 바닥에 주저앉으며 일의 전모를 털어놓았다. 애니는 이로써 "내가 미스터리를 풀었고 야성 인간을 찾아냈어요."라고 자랑할 수 있게 되었다. 그녀는 도운이 직접 편지를 보내 자신에게 감사의 뜻을 전했다고 주장했다. "당신의 뛰어난 직관과 노고, 그리고 위대한 용기에 대한 감사의 인사를 받아주시길 바랍니다. 군 보안관 대리 R. L. 도운." 애니는 사악한 야성 인간의 가면을 벗기고, 그 뒤에 숨어 있던 겁먹은 남자의 얼굴을 들추어냈다.

지역 신문들은 야성 인간 이야기의 결론에 대해 『뉴욕 선데이월드』와 똑같이 보도하지는 않았다. 에이솔의 『우스터 웨스트 크로니클』은 다소 시큰둥한 반응을 보이며 리처드슨의 죄에 대해 이의를 제기했다. "여태까지 상황이 좋지 않았던 것은 정황 증거 이외의 증거가 없었기 때문이다. …… 오래도록 평화와 안정을 누려온 지역 사회는 가능한 한 지역 내의 수사를 통해 미스터리를 해결하고 싶었다. 그지없는 자비심과 인정 넘치는 공감을 보이는 대중들이, 우리의 거처에 출몰하고 우리가 다니는 좁은 길에서 왔다 갔다 하는 악마가 있다는 사실을 받아들이기는 어려울 것이다. 오히려 정신 이상이라고 판단하는 것이 더 쉬운 일일 것이다."

대부분의 사람들은 리처드슨이 야성 인간의 이야기를 지어내어 겁먹은 어머니가 농장을 팔도록 함으로써 서부에서의 삶이라는 자신의 오랜 꿈을 좇으려 했으리라고 짐작했다. 그러나 사람들은 애니를 그 이야기의 영웅으로 만드는 데 주저했다. 우선 그녀는 그 젊은 농부를 의심한 최초의 인물이 아니었다. 그녀가 에이솔에 도착하기 이틀 전인 10월 25일에 『피치버그 데일리 센티널』은 리처드슨과 야성 인간이 동일 인물인 것 같다는 이웃들의 의심을 보도했다. "로얄스턴 사람들 가운데 일부는 이 '야성 인간' 이야기에 거의 관심을 보이지 않는다. 찰리 리처드슨은 오랫동안 자신의 음산한 집에서 벗어나고 싶어 했지만 그의 어머니가 줄곧 반대했다고 한다. …… 지금까지 그는 정직한 사람이라는 인정을 받아왔다. 하지만 찰리가 스스로에게 총을 쏘고, 자신의 헛간을 불 지르고, 탄약 가루로 자신의 스토브를 폭파시켰으며, 자신의 목숨을 완전히 위태롭게 만들었다는 것이 밝혀진다면 그건 더 이상한 미스터리일 것이다." 진실이 모두 밝혀지자, "'야성 인간'의 정체는 결국 지난 이삼일 동안 의심받아온 대로인 것으로 드러났다."(『에이솔 트랜스크립트』)

애니가 자백을 받아낸 주역이었다는 주장도 믿기 어렵다. 『에이솔 트랜스크립트』에 따르면, 10월 28일 아침에 리처드슨은 "날카로운" 질문을 받자 탐정 머레이와 도운 보안관에게 자신의 죄를 시인했고, 이튿날 지역 신문이 처음으로 그의 자백에 관한 기사를 실었다. 따라서 애니든, 도운이든, 머레이든, 아니면 모두의 공동 작품의 결과이든 간에 퍼즐 조각은 27일에 맞추어졌을 가능성이 크다. 결국 『뉴욕 월드』에 실린 애니의 이야기 —— 27일에 에이솔에 도착했다는 —— 를 액면 그대로 받아들인다면, 그녀는 현지에 도착하자마자 매우 신속하게 모든 상황을 파악했거나, 현지의 법 집행이 몹시 뒤죽박죽이었거나, 혹은 양쪽 모두였을 것이다.

지역 경찰을 능가하는 매우 똑똑한 도시 여성의 이야기는 대사추세츠 주의 북중부 구릉 지대 사람들을 화나게 했다. 『피치버그 데일리 센티널』에 따르면, 사건이 해결된 것은 "거의 전적으로" 도운 보안관의 공이었다. "그는 일찍부터 리처드슨이 친구들과 이웃들의 경솔한 신뢰를 가지고 논다는 의심을 품고 있었다."

『에이솔 트랜스크립트』는 『뉴욕 월드』와 그 신문의 기자인 애니에게 "속임수 보도"의 책임이 있다며 격렬한 비난을 쏟아냈다. 물론 애니는 이미 많은 숭배자와 비방자들이 벌이는 논쟁의 중심에 있는 데 아주 익숙했다.

로얄스턴의 "야성 인간" 사건은 쉽게 "가라앉지" 않았다. 『뉴욕 월드』의 선정주의자들은 그 사건으로 가능한 한 많은 이야깃거리를 만들어내고 있다. …… 그 신문은 "야성 인간"이 『뉴욕 월드』의 기자이자 선정적인 작가인 넬리 블라이 주니어 덕분에 붙잡혔다고 주장한다. 그녀는 도운 보안관이 보냈다는 감사 카드를 증거로 내놓는다. "미스터리"를 푸는 데 도움을 주어서 그녀에게 커다란 빚을 졌다는 내용의 감사 카드 말이다. 그러나 도운 씨는 결코 그런 카드를 쓴 적이 없으며, 그녀가 수사 과정에 그다지 기여한 바도 없다고 우리에게 말해주었다. …… 도운 보안관은 자신이 보냈다는 카드를 그 기자가 증거로 내놓았다는 이야기에 그저 우스워하고 있을 뿐이지만, 우리는 순진한 독자들을 우롱하는 거대 신문사의 비윤리적인 작태에 적잖은 역겨움을 느낀다.

애니의 스크랩북에는 도운이 써준 영수증이 들어 있지만, 그녀가 기사에 인용한 편지의 문장들과는 사뭇 느낌이 다르다. 영스 호텔의 메모지에 손으로 쓴 영수증은 10월 27일자로 되어 있고 10달러를 지불한 도운 보안관에게 사실을 확인해주는 것이었다. 즉 "A. 런데너리[원문대로임]가 매사추세츠 주 로얄스턴에서 야성 인간을 찾을 수 있게 도와준 것에 대해 10.00달러 받음." (보스턴에서 에이솔까지 여행하는 동안, 애니는 자신의 자전거 여행 기사에 쓴 이름이자 『뉴욕 월드』의 가명인 넬리 블라이 주니어를 애니 런던데리로 바꾸었던 것 같다.) 10달러는 특종 기사에 대한 사례였을 수도 있다. 하지만 그녀가 그

영수증을 그 사건에서 자신이 한 역할을 증명하는 근거로 쓰기 위해 확보해둔 것이라고 보는 게 더 그럴싸하다. 『뉴욕 월드』의 편집인 모릴 가다드가 10월 28일에 에이솔의 "안나 카프치브스키 부인"에게 띄운 전보에서 "당신의 봉사어 감사하는 일종의 편지를 보안관이나 판사나 도시 관리 아니면 아무나에게서 받을 수 없습니까"라는 요청을 했는데, 그녀는 이미 그 요청을 예상하고 준비해둔 것 같다. 야성 인간과 관련된 문서들을 모아둔 애니의 스크랩북에는 그 영수증 이외에 도운에게서 받은 쪽지는 단 하나도 없다.

그러나 애니가 멋진 이야기를 꾸며내기 위해 자신의 역할을 부풀린 데 그다지 놀랄 필요는 없을 것이다. 애니가 이름을 빌려 쓴 넬리 블라이와 마찬가지로, 그녀는 "악의 없는 거짓말을 하는 뻔뻔한 능력"을 이미 여러 차례나 보여주었으니 말이다.

애니가 『뉴욕 월드』에 기고한 야성 인간 이야기는 진실을 왜곡하고 과장한 것이었지만, 이는 당시 대부분의 언론이 갖고 있던 선정적 저널리즘의 전형이었다. 그녀의 세계 일주 여행이 그러했듯이, 그 기사는 사기보다는 희극에, 악행보다는 장난에 가까운 것이었다. 그래서 그녀는 대개의 신둔들이 스캔들을 통해 돈을 번다는 사실에 대해 놀랍도록 거리낌 없이 자인하면서 이렇게 결론짓는다. "젊은 리처드슨은 귀가 허가를 받고 풀려났다. 사실 그는 아무런 범죄도 저지르지 않았기 때문이다. 그는 단지 불쌍한 노모와 자신의 친구, 그리고 이웃들을 속여 발작을 일으킬 만큼 놀라게 만들었고,

지역의 탐정들과 경찰관들에게 이제껏 다루어본 것들 가운데 가장 어려운 사건을 안겨주었으며, 매사추세츠의 신문에게는 여러 달 동안 독자에게 '공포를 불러일으킬 만한' 헤드라인을 큼지막하게 실을 거의 유일한 기회를 제공했고, 『뉴욕 선데이 월드』에게는 사건의 전말을 드러내는 그 신문의 전문성을 보여줄 기회를 제공했다."

만약 애니가 자신을 사기꾼으로 지목한 『에이솔 트랜스크립트』의 기사를 읽었더라면, 아마도 그녀는 『뉴욕 월드』에 쓴 기사라고는 단 두 편뿐이던 시절에 자신이 만들어낸 야단법석을 보며 즐거워했을 것이다. 그 두 편의 기사는 자신의 자전거 여행 기사와 "넬리 블라이 주니어"라는 필명으로 뉴욕 주택가의 여성 농부들에 대해 쓴 기사였다. 애니는 『뉴욕 월드』가 저널리스트, 특히 여성 저널리스트에게 바라는 모든 능력을 갖고 있었는데, 당시 그러한 능력을 지닌 여성은 찾기 쉽지 않았다. 자전거 여행이 증명해보인 것처럼, 그녀는 대단히 독립적이며 과감하게 위험을 무릅쓰는 사람이었다. 또한 언제나 영리한 달변가였으며, 신체적으로 강하고, 용감하고, 똑똑하고 지혜로웠으며, 수완이 뛰어나고 매우 완고했다. 스스로 인정했듯이, 그녀는 후츠퍼 즉 "완전한 철면피"였다.

찰리 리처드슨은 결코 범죄를 저지르지 않았다. 그는 1901년에 결혼해서 줄곧 농장에서 살았고, 1905년에 태어난 딸 클라라와 1908년에 태어난 아들 찰스의 아버지였다. 훗날 로얄스턴의 교육

위원회와 재정 위원회에서 일했으며 1942년에 사망했다.

　　야성 인간 이야기는 애니의 『뉴욕 월드』 경력의 시작이었고, 자전거 여행이 그러했듯이 저널리즘 또한 한동안 그녀의 쇼맨십을 위한 수단이 되었다. 그러나 몇 달 후 그녀는 모든 집필을 중단했고, 야성 인간 이야기는 1895년의 할로윈 기간에 매사추세츠 주 북중부 지역의 귀신 나오는 숲에서 벌어진 신비한 일로 남게 되었다.

에필로그

1898년에 수전 B. 앤서니는 자전거 잡지 『사이드패츠』의 편집인에게 한 통의 편지를 썼다. 그녀는 2년 전 그 잡지에서 진짜 넬리 블라이와 관련해 "자전거 타기가 세상 그 어느 것보다 더 여성을 해방시켰다."라고 논평한 적이 있었다.

앤서니는 "[여성은] 자전거에 앉는 순간, 자전거를 타고 떠나는 일이 자유롭고 속박되지 않는 여성이라는 상象에 해를 입힐 리 없다는 것을 알게 된다."고 썼다. "또한 자전거는 옷을 실용적으로 고쳐 입는 법을 가르쳐주고, 신선한 공기와 운동을 가져다주며, 일과 즐거움에서 남성과 동등해지도록 도와준다. 내가 호감을 느끼는 모든 것들을 주는 것이다. 금상첨화는 자전거가 여성 참정권의 필요성을 설파한다는 것이다. 라이더들이 갓길보호법 또는 자전거를 기차의 수하물로 인정하는 법과 같은 특별한 법들이 제정되기를 원할 때, 여성들은 만일 자신들에게 투표권이 있다면 입법자들이 자신들의 청원을 더 존중하리라는 것을 알게 될 것이고, 남성들은 여성 라이더의 수가 크게 늘어나면서 자신들의 힘이 약해지고 있음을 알게 될 것이다. 이러한 작은 실천적 교훈들은 완전한 참정권 요구로 자라날 씨앗이 될 것이며, 그것만으로도 여성들은 이제 사회와 국가에서 여성 자신만의 조건을 만들어닐 수 있다."

애니의 1894년에서 1895년에 걸친 15개월의 세계 일주 오디세이는 대담하고 누구도 예기치 못한 것이었고, 자전거 라이딩의 역사에서 화려하고 어쩌면 복잡한 —— 사실은 이상야릇한 —— 하나의 장후으로 남았다. 그녀의 모험이 여성 평등을 위한 거대한 투쟁에 어떠한 영향을 끼쳤는지 —— 얼마나 많은 여성을 고무시키고 조직하는 데 도움을 주었는지 —— 는 알 길이 없다. 그러나 애니의 여행은 여성 운동과 자전거 열병이 만난 지점을 완벽하게 압축해 보여주었고, 따라서 19세기와 20세기의 전환기를 살던 여성들의 이야기를 훌륭히 보여준다.

동시대인들 가운데 일부는 그녀가 성취한 바와 그 방법에 대해 가혹하게 평가했다. 오마하의 어느 라이더는 "이제껏 이 도시를 거쳐 간 가장 큰 사기꾼 가운데 한 명"이라고 말했다. 그러나 한 세기가 더 지난 오늘날의 눈으로 보면, 애니는 협잡꾼보다는 사랑스러운 악당에 가깝고, 자기 시대의 주요한 사회 세력들을 교묘하게 이용했던 영리한 젊은 여성이었다. 1890년대와 20세기 초에는, 수천 명까지는 아닐지라도 적어도 수백 명의 남녀가 자전거나 도보로, 자동차와 마차로 그 나라(의 상당 부분)를 횡단하거나 세계를 일주했다. 몇몇은 자신의 즐거움을 위해 그랬지만, 애니처럼 장거리 여행에 대한 대중의 관심을 이용해 돈을 벌고자 한 이들도 있었다. 실제로 애니가 여행을 끝마치기 열흘 전인 9월 2일에 보스턴의 홀리스 스트리트 극장이 '글로브 트로터'라는 코미디극의 1895년 시즌을 개막했을 만큼, 그 시대에는 내기를 위해 세계 일주 여행을 하는 것이 흔한 일이었다. 그 코미디극은 "폴 존스와 런던데리 양이 세계 일주를 하도록 만든 보스턴에 감사를 표해야 한다. 이 극은 무일푼으로 보스턴을 출발해서 지구를 한 바퀴 돌고 5,000달러를 주머니에 챙긴 그러한 여행가들 중 한 명의 시도를 보여준다."(『보스턴 글로브』)

애니는 작가 어빙 A. 레너드가 다음과 같이 설명한 자전거 라이딩의 개척자들 가운데 한 명이었다. "운동 모험가, 즉 익숙한 삶의 방식을 다른 공간에 옮겨놓았을 뿐인 여행가들과 달리, 그들에게는 거쳐가는 낯선 장소와 낯선 언어들을 체험하는 진정한 여행가의 빛과 맥박, 순수한 열정이 있었다. 이러한 방랑자들은 자신의 신체적 자원에만 전적으로 의존하며 길게 이어지는 시공간 속을 페달질하며 돌아다니는 낭만적 영웅들이었다."

1890년대의 세계 일주 여행가들은 오늘날 리얼리티 TV 쇼의 출연자들에 비견할 만했다. 비록 그들의 위업이 실시간으로 보도되지 않았다는 차이는 있지만 말이다. 그 시대의 사람들에게 넬리 블라이, 토머스 스티븐스, 애니 런던데리 같은 세계 여행자들의 모험은 매우 호소력 있는 (위험이 크고 종종 음모가 개입된 돈이 걸려 있는) 엔터테인먼트 형식이었다. 그 주인공들은 대부분의 사람들이 감히 엄두도 내지 못할 위험을 떠안았으며, 자신들의 성공과 실패, 강점과 단점을 기꺼이 공개했기 때문이다. 보통 사람들은 21세기의 텔레비전에서든 19세기의 신문에서든, 많은 이들이 꿈꾸지만 거의 시도해보지 못한 일을 행동에 옮기는 것에 언제나 마음을 빼앗겨왔고, 여전히 빼앗기고 있다.

애니가 자신의 경험을 화려하게 윤색한 유일한 세계 여행가는 결코 아니었다. 그러나 그 누구도 그녀처럼 세계 일주 여행을 수준 높은 예술의 형태로까지 끌어올리지는 못했다. 그리고 넬리 블라이를 제외하면 그 시대의 어떤 세계 여행가도 애니와 같은 명성을 얻지 못했다. 애니가 지구 어딘가의 신문 지면에 등장하지 않고서 한 주가 지나가는 경우는 드물었다.

이 여행가들의 주장이 진실인지 아닌지를 확인하는 것, 즉 그들이 어느 정도로 기차를 타거나 차를 얻어 탔는지, 혹은 극단적으로는 관련된 사람들이 정말 존재했는지를 아는 것은 불가능했다. 예를 들어 1896년 『샌프란시스코 크로니클』과 『아웃팅 매거진』에 시카고에서 샌프란시스코까지 자전거 여행을 했다는 기사가 실린 마거릿 밸런타인 르 롱의 경우를 살펴볼 수 있다. 어떤 사람들은 그 기사가 완전한 허구이며, 르 롱이라는 사람조차 가공의 인물이었다고 의심한다. 심지어 1860년대 후반에 대담하게도 콜로라도 강의 탐험에 성공함으로써 그 탐험을 '미국 최후의 위대한 황무지로의 확장' 목록에 올린 존 웨슬리 파웰 같은 유명한 탐험가들조차 스스로 숭고한 목적이라고 본 것 —— 미국 서부에 현명하게 정착하는 것과 그랜드캐니언을 유일무이한 보물로 평가받는 것 —— 을 위해서 자신의 전설을 미화했다.

여행 초기까지만 해도 애니에게 자전거라는 것은 자유와 명성과 돈, 그리고 스스로를 재창조해서 새롭고 멋진 정체성을 얻게 해줄 한 장의 티켓에 지나지 않았다. 하지만 1890년대 중반에 미국은 심각한 불황에 빠져 있었다. 그처럼 어려운 시기에 경제적으로 성공했다는 것은, 그녀에게 신분 상승이라는 결코 쉽지 않은 과업을 이루어내는 놀라운 재주가 있었음을 말해준다. 그녀는 그것을 자전거로 해냈다.

애니가 1894~1895년에 자전거로 해낸 일은 정력적인 힘과 자기 홍보 능력과 스포츠 열기가 결합된 여행이었다. 그녀는 터무니없고 윤색된 이야기를 선호하는 매우 노련한 이야기꾼이자 천부적인 자기 홍보가였지만, 분명히 자전거로 수천 킬로미터를 달린 숙련된 라이더이기도 했다. 특히 그녀는 1890년대에 여성으로서 그러한 성취를 이루었는데, 당시의 여성들에게 세계 일주 여행이라는 것은 몹시 파격적인 일이었다. 이동을 가로막는 장애물들은 신체적 어려움만큼이나 무시무시했다. 그녀는 사막의 열기와 겨울의 혹한을 견뎌냈고, 울퉁불퉁한 도로를 달렸으며, 한밤중에 혼자서 갓길을 달려야 하기도 했다. 하지만 그녀는 단지 자전거를 탈 수 있었기 때문이 아니라, 영리하고 뻔뻔스러우며 무한한 기개와 결단력을 지

넜기 때문에 추구하는 바를 이루어냈다. 시외 전화조차 존재하지 않던 시대에, 애니는 15개월의 여행을 종종 혼자 힘으로 꾸려가야 했다.

모든 대중적 현상이 그러하듯이 장거리 여행가 이야기도 결국 진부해졌다. 1901년이 되자 어떤 형태로든 애니를 모방하는 이들이 흔해졌고, 회의적인 사람들은 그런 이들의 주장을 더욱 의심하게 되었다. 『워싱턴 포스트』는 이러한 방랑자들에 대해 이렇게 말했다.

급보에 속아 넘어가기를 사절하는 사람The Man Who Declines to be Conned by the Dispatches은 이렇게 말한다. "우리는 이따금 12,345.67달러의 내기를 걸고 1페니도 안 되는 돈을 갖고 자전거 세계 일주를 시작해서 2년이 다 되어갈 즈음에 뚱뚱하고 뻔뻔한 모습으로 여행증명서를 들고 나타날 어떤 사람에 대한 전보를 읽거나, 19,236달러의 내기를 걸고 지구 도보 여행을 이미 시작한 또 다른 사람에 대한 전보를 읽는다. 무일푼으로 출발한다는 조건은 똑같고, 후자는 그 기한을 4년으로 잡았다. 그도 아니면, 손으로 말아 만든 보잘것없는 담배 꾸러미 값만큼의 돈도 없이 출발해야 하고 …… 6년 4개월 27일 5시간 18분 이내에 되돌아와야 한다는 내기 조건하에서, 외바퀴 손수레를 밀며 지구를 두 번 일주하기로 되어 있는 세계 여행 소식에 대한 전보를 읽는다."
"지금 내가 몹시 알고 싶은 것은 바로 이것이다. 이런 세계 여행가들이 (그들 자신의 주장에 따르면) 참가하고 있는 커다란 내기에 돈을 건 사람들은 어디에 있는 누구이고, 왜 그러한 일을 벌였는가? 어떠한 이유가 그러한 돈 많은 얼간이들을 끌어들였는가? 돈이 엄청나게 남아도는 사람에게, 누군가 일정한 기간 안에 자전거를 타고 세계 일주를 할 수 있는지 혹은 걸어서 세계 일주를 할 수 있는지를 아는 것이 어떠한 이로움을 주는 것일까? …… 숨겨진 진실을 당신의 귀에 속삭일 수 있도록 허락해주길. 지난 몇 년 동안 지켜본 결과 이런 무일푼 여행가들은 그저 부당한 이득을 노리는 재간 있는 부랑자들일 뿐이었다. 무일푼 여행가들은 내기로 떠나는 세계 여행에 대해 뻔뻔하게 떠벌리며 과장하는데, 그들이 경유하는 잡다한 도시의 사람들이 충심으로 손을 내밀고 주저 없이 동냥하도록 해서 구걸의 성과를 더 나아지게 하기 위한 것이다."

애니는 그 시대의 상징이었으며, 동시에 그 시대를 훨씬 앞서 나갔다. 그녀는 자전거를 타면서 대담하게도 스스로를 저널리즘의 브랜드로 만듦으로써 신여성을 구현해냈다. 실제로 그녀는 『뉴욕 월드』에 기고한 여행기의 첫 줄에서 스스로를 신여성으로서 선언했다. 또한 여성들이 투표권 획득과 함께 얻게 될 성 평등의 선구자였다. 그녀는 전통적인 여성상에서 점차 멀어져갔고, 남성처럼 옷을 입고 남성용 자전거를 탐으로써 전통적 성 역할의 경계를 흐렸으며, 여성 선수들을 위한 스포츠 마케팅 시장을 개척했다. 빅토리아 시대를 살던 사람들의 눈에 얼마나 진기한 구경거리였겠는가! 여성은 결코 구경거리가 되어서는 안 되며, 남편과 아이들 곁을 떠나는 일이 (특히 자전거 세계 일주와 같이 하찮은 일을 위해서라면 더더욱) 비난받아 마땅하다고 여겨지던 시대였다. 그러나 애니는 스스로를 가능한 가장 대단한 구경거리로 만드는 데 조금도 거리낌이 없었고, 오히려 그 일에 몰두했다. 그녀는 스스로 서커스가 되었다.

적극적인 페미니스트나 여성 참정권론자는 아니었지만, 애니는 대부분의 여성들이 감히 엄두도 내지 못하던 사람들 앞에서 자신의 꿈을 실행에 옮겼다. 당시 거의 모든 여성들에게 애니가 행한 일은 상상조차 할 수 없는 것이었다. 그녀는 자신의 꿈을 위해서 자전거로 여성의 삶을 제약하던 시대적 한계를 넘어선 진정한 페미니스트였다. 바로 이러한 점에서 그녀는 영웅이었다. 물론 항상 영웅답게 행동하진 않았지만 말이다. 애니는 15개월 동안이나 무정히 가족을 떠나 있었듯이, 돌아온 뒤에도 곧바로 아이들을 기숙학교에 보내버렸다. 그녀는 분명히 아이들에게 거의 애정이 없었고 어떤 의미로든 자신이 어머니라는 사실에 별다른 관심이 없었다. 또한 다른 이들의 약점과 쉽게 속는 순진함을 이용했다. 한 세기가 지난 오늘날, 그녀의 무모함에 존경심을 품을 수도 있고 엉뚱한 행동에서 즐거움을 느낄 수도 있겠지만, 그녀는 명성을 얻기 위해 다른 사람들을 —— 예를 들어 『라스크루세스 인디펜던트 데모크랫』의 편집인인 앨

런 켈리와 매사추세츠 에이솔의 도운 보안관을 —— 바보로 만드는 것을 조금도 부끄럽게 생각하지 않았다.

애니는 세계 일주를 끝마친 뒤 가족과 함께 뉴욕으로 이사했고, 『뉴욕 월드』의 특집 기사 필자로 잠깐 동안 일했다. 대개 "신여성"이라는 필명을 사용했는데, 야성 인간 이야기 같은 몇몇 기사들은 선풍적인 인기를 얻었다. 그녀는 뉴저지에서 자칭 메시아와 그

무리들 틈에서 하루를 보냈고, 애인에게 버림받은 여성 노동자로 위장해 뉴욕 시의 어느 결혼 중매인의 사기극을 폭로했다. 그녀가 쓴 기사의 대부분이 새로운 역할을 하는 여성들에 관한 것이었음은 그다지 놀랄 일이 아니다. 또한 뉴욕에서 이제껏 남성들의 배타적 분야였던 우편물 분류 작업을 한 적도 있었고, 월 스트리트의 여성 전용 증권 거래소에 대한 글을 쓰기도 했다.

여행에서 돌아온 뒤, 애니는 파리에서 신세를 졌던 스털링자전거 판매상 빅토르 슬로앙의 아내에게서 최소한 세 통의 편지를 받았다. 이 편지들 역시 그녀가 사람의 마음을 사로잡는 데 탁월한 능력이 있었음을 보여준다. 1895년 10월 4일의 편지는 다음과 같이 시작한다. "친애하는 애니 양, 당신에게서 아무런 소식도 오지 않았기 때문에, 당신이 우리가 보낸 지난 편지를 받지 못한 것 같습니다. 아마도 지금쯤 아주 바쁘겠지요. 어떻게 지내시나요? 여행은 끝났나요? 어떤 일들을 겪었나요? 이 모든 것들이 정말 궁금하답니다. 당신이 친절하게 소식을 전해주길 바랍니다. 그리고 부디 보스턴에 무사히 도착해서 보낸 소식이기를 기대합니다. 당신의 편지를 받는다면 얼마나 행복할지." 편지는 이렇게 이어진다. "우리가 얼마나 많이 당신을 생각하는지 아마도 모를 거예요. 당신이 파리를 떠난 지 거의 일 년이 다 되어갑니다. 시간이 참 빨리 지나가네요."

편지는 또한 경제적 어려움에 대해 토로하고 있다. "우리 사업은 늘 그만그만하고, 제 남편은 에머리 자전거를 제작하기 위해 아주 열심히 노력하고 있지만 여러 차례 좌절을 겪고 있답니다. ……
친애하는 친구여, 다음번에 당신에게 편지를 쓸 때는 좋은 소식을
전할 수 있으면 좋겠어요. 우리는 건강하게 지내고 있어요. 건강은
정말 중요하답니다. 열심히 일해야 하니까요. …… 바로 답장해주
세요. 그리고 당신에 대한 모든 것을 알게 해주세요. 만일 당신이
파리를 방문할 일이 있다면, 그리고 우리가 성공한다면, 얼마나 즐
거운 시간을 함께 보낼 수 있을까요? 그럼 안녕히, C. 슬로앙."

　　애니는 답장을 보낸 것 같다. 11월 5일자로 된 두 번째 편지의
첫 부분에서 슬로앙 부인은 애니의 답장을 받은 것과 여행이 성공
한 것에 대해 엄청난 기쁨을 표하고 있기 때문이다. 슬로앙 부인은
2주 전에 발행된 『뉴욕 월드』의 자전거 여행 기사 사본을 보내주어
감사하다고 전했다. 하지만 편지의 내용은 곧바로 푸념으로 바뀐
다. 슬로앙 부부는 애니가 파리를 떠난 뒤부터 여행 경로를 따라 편
지를 보냈는데, 한 번도 답장을 받지 못했다고 한다. 애니는 그녀가
실제로 편지들을 받았든 받지 않았든 간에, 편지를 받은 적이 없다
고 주장함으로써 답장을 보내지 않은 것에 대해 변명했다.

　　"우리는 당신이 성공했다는 것을 알았고, 그래서 당신이 단 몇
마디의 소식도 전하지 않은 것에 약간 놀랐다는 것을 이야기해야겠
네요. 하지만 당신이 우리의 편지를 받지 못했다면 오히려 당신이
야말로 우리가 당신을 잊었다고 생각했겠지요." 슬로앙 부인은 계
속 이어갔다. "믿을 수 없겠지만, 저는 당신이 떠난 2주 후부터 매

일 밤 당신이 파리로 돌아오는 꿈을 꾸었답니다. 평소 전혀 꿈을 꾸지 않는 남편도 이번 주에는 두세 번이나 당신 꿈을 꾸었다고 합니다. 우리는 가급적 빨리 당신을 다시 만날 수 있기를 바라요. 우리가 다시 만난다면 정말 행복할 거예요. 그리고 당신의 이야기는 우리를 무척 즐겁게 해줄 것이랍니다."

슬로앙 부부는 분명히 사랑에 빠져 있었지만, 오히려 그러한 감정이 애니를 도망치도록 만든 것 같다. 만약 그들의 애정 고백에 대해 애니가 불편함을 내색하지 않았다면, 슬로앙 부인은 애니에게 자신들이 뤼 스덴의 사무실 근처 "작은 방에서" 살 만큼 몰락했다고 말하면서 자신들의 사업적 어려움에 대해 계속해서 털어놓았을 것이다. 슬로앙 부인은 "저 저주받은 돈" 때문에 고통스럽다면서, "우리 둘은 너무 행복하지만, 사업에는 어려움이 많습니다."라고 썼다.

애니는 물론 상금 10,000달러를 곧 받게 될 것이었다. 아니 최소한 슬로앙 부부는 그럴 것이라고 믿었다. 애니는 그들이 자신에게 재정적 도움을 받고 싶다는 암시를 하고 있다고 믿었을지도 모른다.

슬로앙 부인의 편지들에서는 그들 부부가 애니와 친밀한 관계인 듯 보이지만, 애니는 그들에게 자신의 이야기를 그다지 많이 한 것 같지 않다. 결혼을 했다거나 부모 노릇에 관심이 없다는 이야기들 말이다. 11월의 편지는 이렇게 끝을 맺는다. "당신의 어린 조카가 건강하기를, 그리고 당신의 부모님과 친구들 모두와 다시 만나

행복하기를 바랍니다. 저는 아기를 갖고 싶었지만 한 명도 갖지 못했지요. 하지만 당신은 부디 아기를 가질 수 있기를 바랍니다. C. 슬로앙 드림."

슬로앙 부부가 애니에게 재정적 어려움을 토로하며 애정과 관심을 청하고 있던 바로 그 시점에, 애니는 여동생 로자의 정서적이고 재정적인 요구에도 시달리고 있었다. 애니가 여행에서 돌아온 지 한 달이 좀 더 지난 1895년 10월 28일, 로자는 뉴저지 주에서 애니에게 편지를 썼다. 애니는 편지들을 대부분 남겨두지 않았지만 (혹은 그녀의 자녀들이 그러했겠지만) 이 편지는 보관하고 있었는데, 매우 불안한 가족 관계를 암시하는 내용이 적혀 있었다. 로자가 "간호사가 가버렸다."고 쓴 것으로 보아 아마도 병을 앓고 있었던 것 같다. 그리고 약간 화를 내는 듯한 퉁명스러운 말투로 돈 문제를 화제로 꺼낸다.

"언니가 빌려준 돈 있잖아, 쓰고 남은 돈이 얼마나 되는지 언니가 알고 싶어 하는 그 돈은 이미 갖고 있어. 만일 내게 돈이 있었다면 언니에게 부탁하지 않았겠지. 언니가 내게 그 돈을 주겠다고 약속했고, 내 생각에 그동안 언니는 해오던 대로 했으니까, 난 언니에게 편지하려고 했어. 일요일 내내 언니를 기다렸는데 오지 않아서 어떻게 된 건지 알고 싶어. 만약 언니가 직접 오지 못한다면, 알려줘."

슬로앙 부부가 보낸 편지들처럼, 로자의 편지 역시 자기 연민에 빠져 있었다. "오래 서 있을 수 없을 만큼 다리가 너무 아파서 썩기분이 좋지 않다는 걸 말해야겠어. [로자는 병적으로 비만인 여성이었다.] 밤이 되면 거의 걸을 수가 없어. …… 언니가 당장 오길 바라고 있어. 와줘, 꼭 와줘." 편지의 끝 부분에는 다소 어울리지 않게 "사랑하는 동생 로자"라고 적혀 있었다.

로자가 편지를 보내기 며칠 전인 1895년 10월 24일에 애니는 로자의 남편에게 보내기 위한 것인 듯한 전보의 초안을 썼다. "제부, 전보 받음. 일이 쌓여 있음. 집안일을 도울 다른 여자나 하인을 구할 것. 동생을 혼자 두지 말 것. 즉시 답신할 것."

애니는 15개월 동안 구속받지 않는 자유를 누리고 돌아오자마자 대서양 양편의 친구와 가족으로부터 다양한 정서적, 재정적 요구에 직면하게 되었다. 게다가 남편과 아이들도 자신의 관심을 필요로 했다.

따라서 그녀가 슬로앙 부부와 관계를 끊어버린 것은 놀라운 일이 아니다. 1896년 2월 28일의 짧은 편지를 보면, 슬로앙 부인은 애니가 더 이상 답장을 보내오지 않자 탄식하며 필사적으로 관계를 유지하려 한 듯하다. 그러나 이 세 번째 편지 역시 그들 부부가 애니와 함께 보낸 친밀한 시간에도 불구하고 여전히 그들이 애니의 진짜 이름조차 알지 못했음을 보여준다. 편지는 "애니 런던데리 양"에게 보낸 것이었다. 애니는 사람들을 자신에게로 끌어들이는 법을 잘 알고 있었듯이, 거리를 두고 무뚝뚝하게 대하는 법도 잘 알았다.

노년의 애니와 맥스. 1940년대의 사진이다. 애니는 세계 일주를 위해 15개월 동안 남편 맥스와 세 자녀의 곁을 떠나 있었지만, 그들 부부의 결혼 생활은 1946년에 맥스가 세상을 떠날 때까지 지속되었다. 애니는 이듬해에 남편을 뒤따랐다.

1897년에 애니와 맥스는 네 번째 아이인 프리다를 낳았다. 자전거 여행이 끝난 지 거의 2년이 지난 때였다. 그러나 1900년에 애니는 캘리포니아 유카이어의 하숙집에서 혼자 살면서 판매원으로 일하고 있었다. 그녀가 왜 가족을 두고 서부로 갔는지는 알 수 없다. 세 명의 자녀는 기숙학교에 들어갔고, 기껏해야 아장아장 걸어다닐 나이의 프리다는 메인 주 브리스틀에서 아무런 혈연관계가 없는 어느 가족에게 맡겨졌다. 애니가 유카이어에 정확히 얼마나 머물렀는지도 역시 알 수 없다. 하지만 그녀는 곧 뉴욕의 맥스에게 돌아갔고, 작은 의류 업체인 케이 앤드 컴퍼니를 설립했다. 회사는 애니 부부가 살고 있던 브롱크스의 이스트 214번가와 가까운 곳에 있었고, 이십여 명의 노동자를 고용했다. 애니는 1920년대에 회사가 화재로 망하자 그 보험금을 털어서 호른 앤드 하다트 자동 판매 식당에서 만난 펠드먼이라는 사람과 함께 맨해튼 27번가 3번로에 그레이스 스트랩 앤드 노블티라는 사업체를 새로 시작했다. (여전히 그녀는 낯선 사람들과 수다를 잘 떨었다.)

이제 애니가 다시 본격적으로 자전거를 탈 일은 없을 것이었다. 그러나 아마도 평생 동안 자신의 자전거 세계 일주 이야기로 가족과 친구들을 즐겁게 해주었을 것이고, 그녀에게 그 여행은 엄청난 자부심의 원천이 되었을 것이다. 애니 부부는 1946년에 맥스가 먼저 세상을 떠날 때까지 함께했으며, 애니는 1947년 11월 11일에 발작으로 사망하기 며칠 전까지 쉬지 않고 여러 가지 일을 했다.

애니의 스크랩북에 들어 있는 어느 닳아빠진 갈색 줄무늬 종이에는 그녀가 『뉴욕 월드』의 전설적인 편집인인 아서 브리스베인에게 보내는 글이 적혀 있다. 날짜가 없기 때문에 자전거 여행과 관련된 것인지 아니면 『뉴욕 월드』의 다른 업무와 관련된 것인지는 불분명하다. 길지는 않지만, 그녀 자신의 비문으로 딱 어울릴 만한 글이다. "브리스베인 씨, 저는 두렵지 않아요. 저는 위험을 무릅쓸 겁니다. 응답자, 당신의 코프초프스키 부인."

1895년 10월 20일, 애니가 1인칭 시점으로 쓴 여행에 관한 기사가 『뉴욕 선데이 월드』에 실렸다. 그 기사는 일요판 특집 섹션의 표제 면 여섯 단을 다 채웠고, 두 장의 커다란 그림을 포함하고 있었다. 그림 중 하나는 애니가 시카고의 루트 스튜디오에서 찍은 사진을 직접 스케치한 것이었다.

애니가 『뉴욕 선데이 월드』와 직업적인 관계를 처음 맺은 것은 1894년 7월이었는데, 보스턴을 떠나와 뉴욕에서 한 달가량 지내던 무렵이었다. 그녀의 여행을 다룬 다른 신문 기사에서는 언급되지 않은 이야기이지만, 『뉴욕 선데이 월드』의 사설은 그녀가 단지 치마 한 벌, 권총 한 자루, 그리고 "『뉴욕 선데이 월드』의 신임장"만을 가지고 떠났다고 주장했다.

신임장이 정말 존재했다면, 아마도 애니가 잃어버렸거나 훼손된 것 같다. 그러나 그녀가 다른 신문의 기자들에게 『뉴욕 선데이 월드』와의 관계를 전혀 언급하지 않은 것은 의아한 일이다.

『뉴욕 선데이 월드』에 실린 애니의 기사 가운데 일부는 개연성이 부족하며, 또 다른 일부는 명백히 거짓말이다. 사실 관계의 오류 중에서 일부 —— 보스턴에서 출발한 날짜를 1894년 6월 26일이라고 한 것 등 —— 는 하찮은 것이지만, 매우 중요한 것들도 있다. 예를 들어 애니는 시카고에서 뉴욕으로 돌아가는 데 걸린 시간이 18일이었다고 주장했다. 그렇다면 시카고를 떠난 날이 10월 14일이었으므로 11월 2일에 뉴욕에 도착했어야 한다. 그러나 11월 2일자『버팔로 익스프레스』는 그녀가 바로 전날 버팔로에서 로체스터로 떠났다고 보도했다. 나머지 오류들은 거의 환상에 가까운 이야기들이다. 특히 중국에서 붙잡혀 감옥에 갇힌 일이 그러하다.

애니의 기사 중 일부는 일종의 페미니스트 선언으로 읽힐 수도 있다. 물론 오늘날의 페미니즘이 아니라 1890년대의 페미니즘을 말하는 것이다. 그녀는 첫 문장에서 스스로를 남성들과 동등한 존재로 선언한다. 그리고 블루머가 아직은 많은 이들에게 여성다운 옷으로 여겨지지 않고 있지만, 블루머를 입는다고 해서 결혼하는 데 전혀 어려움이 없으리라고 다른 "자매들"에게 확신시킨다.

재미있는 것은 이 기사에서 그녀가 시카고까지 서쪽으로 달리다가 다시 뉴욕으로 가서 동쪽 방향으로 세계를 일주한 이유를 전혀 설명하지 않는다는 것이다. 또한 여행의 구체적인 일정을 밝히지 않고 있는데, 그랬다가는 증기선을 타고 프랑스에서 샌프란시스코까지 왔다는 사실을 독자들이 즉각 알아챌 것이기 때문이었을 것이다.

그럼에도 그녀의 이야기는 다채롭고 극적인 내용으로 가득 차 있다. 오늘날의 평판 좋은 신문들이라면 더 엄격한 조사 없이는 그러한 기사를 실지 않겠지만, 20세기 전환기의 저널리즘에서는 선정주의가 매우 전형적인 요소였다. 따라서 1890년대 신문들이 보인 태도는 애니의 목적에 완벽하게 부합했다. "자전거로 세계 일주를 시도하는 최초의 여성"은 어느 기준에서든 확실한 뉴스거리였다. 게다가 애니는 특유의 과장과 극적 효과를 통해 모든 저널리스트들과 신문 편집인들이 군침을 흘릴 만한 기삿거리를 선물해주었다. 운 좋게도 그녀는 일관된 이야기를 만들어야 한다는 강박을 전혀 가질 필요가 없었다. 그 시절에는 텍사스 주 엘파소의 기자가 몇 달 전에 뉴욕 주 시러큐스나 오하이오 주 클리블랜드, 일리노이 주 시카고 등에서 발행된 신문을 확인하는 일이 극히 어려웠을 뿐만 아니라, 이야기를 "바르게" 한다고 해서 얻는 이점도 없었다. 그것보다는 내일 자 신문을 더 많이 팔아먹을 수 있는 선정적인 소재가 훨씬 더 중요했다. 그래서 애니는 하버드대학교 의대생, 변호사, 고아, 부유한 상속녀, 회계사 혹은 여행을 시작하기 전에 거금을 받고 팔아넘긴 신문사의 창립자였다고 주장할 수 있었던 것이다. 어느 것도 진실은 아니었지만, 그것들은 그녀를 거부할 수 없는 훌륭한 기삿거리로 만들어주었다.

아래는 애니가 자신의 여행에 대해 직접 쓴 기사의 전문이다. 읽어보면 매우 재미있을 것이다.

244

자전거로 세계 일주

넬리 블라이 주니어,
이제까지 여성이 행한 여행 중에서 가장 특별한 여행을 하다
중국 군인의 총에 맞고 일본인들에게 붙잡혀
군대 감옥에 처박히다
블루머를 입고 전 세계 곳곳을 누빈 15개월을 담은
아주 놀라운 일기

매우 놀라운 용기와 결단력을 지닌 한 젊은 여성이 이제 막 자전거 세계 일주 여행을 마치고 돌아왔다. 그녀는 15개월 내내 블루머 차림으로 혼자 여행했다. 중국과 일본을 지날 때는 가산의 전장에서 중국인의 총탄에 팔을 맞았다. 게다가 병사들에게 붙잡혀 한동안 감옥에 갇혀 있어야 했다. 이 여성은 자전거 크로스바에 감기는 치마를 입고, 블루머 주머니에는 권총을 넣고 다녔다. 이것들이 『뉴욕 선데이 월드』의 신임장 이외에 그녀가 가진 모든 것이었다. 그녀의 여행은 어떤 여성도 그러한 위업을 달성하지 못하리라는 내기의 결과였다. 그 무엇과 비교해도 부족함이 없는 그녀의 자전거 여행은 1890년에 세계 일주에 성공했던 넬리 블라이의 기록보다 더 놀라운 것이다.

나는 저널리스트이고, "신여성"이다. 이 용어가 남성이 할 수 있는 모든 일을 나 역시 할 수 있다는 것을 뜻한다면 말이다. 『뉴욕 선데이 월

드』 독자들이 잘 알고 있듯이 넬리 블라이는 72일 만에 세계를 일주하는 기록을 세웠다. 하지만 그녀에게는 증기선과 특등 객차라는 안락한 교통수단이 있었다.

나는 자전거로 세계를 일주했고, 이제껏 어떤 여성이 성취한 것보다 커다란 일을 해냈다고 생각한다.

여행을 하겠다고 처음으로 마음먹은 것은 지난해 6월 어떤 여성도 자전거로 지구를 돌지 못하리라는 내기에 관해 들었을 때였다. 나는 내기의 조건을 받아들였고 반드시 이기겠다고 결심했다. 언제나 그러하듯 『뉴욕 선데이 월드』도 나의 계획에 흥미를 가졌다.

나는 자전거에 대해 아무것도 몰랐다. 자전거를 타본 적도 전혀 없었다. 따라서 가장 먼저 해야 할 일은 자전거를 구하고 타는 법을 배우는 것이었다. 나는 두 번의 교습을 받은 뒤에 떠날 준비가 되었음을 알렸다.

여행의 조건

여행의 조건은 이런 것들이었다. 나는 매사추세츠 주 보스턴에서 옷 한 벌과 자전거를 제외하고는 아무것도 가지지 않은 채 출발해야 했다. 5센트씩의 하루 경비가 허용되었고, 여행 경비를 마련하기 위해 어떠한 방법으로든 돈을 벌 수 있었지만 나의 직업인 저널리스트로서 일하는 것은 금지되었다. 여행 도중에는 영어만 사용해야 했고, 여행 경비에 더해 5,000달러 이상을 벌어야 했으며, 실제로 세계를 돌았다는 것을 증명하기 위해 반드시 지정된 곳에 숙박 등록을 하고 현지 미국 영사들의 확인서를 받아야 했다.

따라서 보스턴에서 출발할 때 내가 택할 수 있던 유일한 방법은 나

자신을 광고 매체로 만드는 것이었다. 한 기업에서 100달러를 받았고, 다른 기업들로부터는 더 적은 돈을 받았다. 덕분에 몇 시간 안에 모든 채비를 갖추었고 출발을 위해 주 의회 의사당 앞으로 갈 수 있었다. 월코트 부지사가 짧은 연설로 나의 성공을 기원해주었다. 그날은 1894년 6월 26일이었다.

나는 교습소에서 자전거를 타는 것과 울퉁불퉁한 도로에서 타는 것이 완전히 다르다는 것을 곧 깨달았다. 특히 초반에는 매우 느리고 고통스러웠다. 제시간에 로드아일랜드 주 프로비던스에 도착했지만, 기록을 깨기 위해 달리고 있는 것은 아니었다. 나는 그곳에서 푹 쉰 뒤에 스스로를 홍보했고, 어느 상점에서 일일 점원으로 일할 수 있었다. 급여로는 5달러를 받았다. 프로비던스를 떠나 뉴욕으로 왔고, 3주 동안 머물렀다. 뉴욕에서는 대양을 건너기 위해 필요한 돈을 벌어야 했다. 나는 다시 한 번 광고 매체가 되었고, 네 개의 광고 리본을 달고 다니는 조건으로 기업들로부터 600달러를 받았다.

불편을 참는 것

그 돈은 내가 번 돈을 맡아주기로 약속한 사람에게 보냈다. 뉴욕에서 가능한 한 많은 돈을 마련한 뒤에 미시간을 거쳐 시카고로 갔다. 그 길에서는 아주 재미있는 경험을 했다. "불편을 참는 것"에 대한 최초의 시도였지만, 자칫하다간 나 자신이 도로 여행의 유감스러운 사례가 될까봐 두려운 생각도 들었다. 야외에서, 건초더미 아래에서, 헛간에서, 사실상 몸을 누일 수 있는 곳이라면 어디에서든 자야 했다. 내기의 조건에 따라 구걸은 할 수 없었지만, 길에서 만난 사람들은 모두 친절했기에 자전거를 타는 데서 오는 피로를 빼면 큰 고생은 없었다.

보스턴을 출발해서 시카고까지 가는 9주 동안 주머니에는 단돈 3센트가 들어 있을 뿐이었다. 그때까지는 짧은 라이딩 치마를 입고 있었지만, 시카고부터 자존심을 누르고 블루머를 입기 시작했다. 하지만 금세 이 멸시받는 옷이 유일하게 실용적인 복장임을 알게 되었다. 이 지면을 빌려, 나는 블루머 차림으로 돌아다니면서도 모든 곳에서 여성으로서의 존중과 배려를 충분히 받았다는 사실을 밝혀둔다. 이전까지 결코 경험하지 못한 독립심도 생겼다.

블루머를 위한 한마디

만일 계속 치마를 입었더라면 여행을 마칠 수 없었을 것이라고 확신한다. 내가 여성적인 복장을 하지 않았다고 해서 여성에게 마땅히 주어질 관심을 받지 못했다고 생각할 필요는 없다. 나는 여전히 블루머를 입는 데 주저하고 있는 자매들을 위해, 내가 어디에서든 호의적인 대접을 받았으며 무려 200명이나 되는 남자들에게서 결혼 프러포즈를 받았다는 사실을 고백한다. 그 프러포즈 가운데 어느 정도가 진지하게 고려할 만한 것이었는지는 굳이 따지지 않을 것이다. 사람들은 싸구려 구경거리를 매우 좋아했고, 나는 괴상한 사람들의 제안에 응할 생각이 전혀 없었기 때문에 눈곱만큼의 관심도 주지 않았다. 다만 말하고 싶은 것은, 블루머와 결혼이 서로 아무런 관계가 없음이 증명되었다는 것이다.

시카고에서는 이제껏 타고 온 20킬로그램 무게의 자전거를 단 9킬로그램짜리 자전거로 바꾸었다. 그리고 다시 185달러어치의 광고 리본으로 내 몸을 장식한 채 뉴욕으로 돌아왔다. 돌아오는 길은 갈 때보다 훨씬 더 즐거웠다. 도중에 들른 자전거 클럽들은 내게 돈을 벌 수 있는 기회를 제공해주었다. 18일 뒤에 뉴욕에 도착했을 때는 르 아브르로 가는 증기선의 운임을 치를 수 있을 만큼 돈이 충분했다.

나는 라 투렌호를 탔다. 승객들에게 강연을 해서 150프랑을 벌어들였다. 하지만 아쉽게도 그 돈은 르 아브르에 도착한 당일에 도둑맞았다. 난 프랑스어를 사용하는 것이 금지되어 있었기 때문에 곤경에 처했다. 프랑스에서 영어로 의사소통하는 것은 매우 힘든 일이었다. 다행이 현지의 미국 영사가 내 방문 목적을 밝히고 돈을 벌 기회를 부탁하는 내용의 커다란 플래카드를 프랑스어로 인쇄해주었다.

신속하게 돈 벌기

프랑스 사람들은 어떤 기회가 찾아온 것인지 아주 빠르게 파악했다. 그래서 나는 여러 종류의 제안을 받았다. 나는 전단지를 배포하고, 자전거 타는 시범을 보였으며, 내 사진을 팔고, 여러 상점에서 점원으로 일했다. 이런 식으로 5일 동안 1,500달러를 모았다. 마이아 자작은 사진 한 장 값으로 100달러를 지불했다. 파리에 가기 전에 프랑스의 여러 도시들을 들렀다. 미국 영사에게서 실크로 된 멋진 미국 국기를 받았다. 영사는 어느 곳을 가든 국기를 눈에 띄게 걸어두라고, 그러면 국기가 언제나 나를 보호해줄 거라고 말했다. 나는 그의 지침을 충실히 따랐다.

수정궁에서 한 강연으로 1,000달러를 벌었고, 자전거 타는 시범을 보여서 메달 하나와 다이아몬드 핀 하나를 받았다. 프랑스인들은 내가 세계 일주 여행을 하는 동안 만난 사람들 가운데 가장 애국적인 사람들이라고 분명히 말할 수 있다. 큰 홀에 가득 찬 사람들 앞에서 백 명 중 한 명도 알아듣지 못할 영어로 재잘거리며 서 있던 내 모습을 떠올리면 웃지 않을 수 없다. 몇 분마다 한 번씩 나는 "프랑스 만세!"를 외쳤는데, 그때마다 그 사람들은 어찌나 흥에 겨워하던지! 정말 감동적이었다. 나는 그들이 무엇을 좋아하는지 알아냈고, 그들에게 그것을 선사해주었다. 만일 영어를 알아듣는 미국인이나 영국인이 그 자리에 있었다면 아마도 나를 정신병원에 보내야 한다고 생각했을 것이다. 그러나 프랑스 사람들은 나의 강연 중에서 "프랑스 만세" 부분을 특히 좋아했고, 나는 파리에서 1,500달러를 송금했다.

나는 광고 매체로서도 대성공이었다. 파리에서 2주 동안 머문 뒤에 마르세유로 출발했다.

강도에게 당하다

어느 날 밤에 나는 라콘에서 노상강도를 만났다. 내 생각하기에 그들은 나를 기다리고 있었던 것 같다. 내가 파리에서 돈을 벌었다는 사실을 알고 있었기 때문이다. 나무숲 뒤에서 튀어나온 일당은 세 명이었고 모두 복면을 썼다. 그들 중 한 명이 내 자전거 바퀴를 붙잡더니 나를 집어던졌다. 나는 꺼내기 쉬운 주머니에 권총을 넣어두어서, 일어나자마자 가장 가까이 서 있는 남자의 머리에 권총을 겨눴다. 그러나 그 남자는 몸을 피했고 다른 남자가 뒤쪽에서 나를 붙잡고 권총을 빼앗았다. 그들은 내 주머니를 샅샅이 뒤졌지만 단 3프랑밖에 찾아내지 못했다. 그러자 아주 관대하게도 내게 그 돈을 돌려주었다. 바닥에 떨어질 때 어깨가 심하게 비틀리고 발목도 삐었지만 여행을 계속할 수는 있었다. 라콘 클럽의 여러 라이더들이 자전거를 타고 마중 나왔는데, 내가 다친 이유를 듣고나자 프랑스에 머무는 동안 다시는 혼자서 여행하지 않도록 하겠다고 말했다.

마르세유 사람들은 내 환영식을 거창하게 준비했지만, 나는 매우 안쓰러워 보이는 행색으로 그 도시에 도착했다. 발목이 너무 심하게 부어올라 제대로 움직일 수 없었기 때문에, 붕대를 감은 발은 핸들 바에 걸치고 다른 쪽 발만으로 페달을 밟아야 했다. 나는 양쪽으로 길게 늘어선 라이더들의 호위를 받으며 호텔로 향했다. 거리에는 자전거를 타고 세계를 일주하는 미국 여성을 보러 나온 사람들로 가득 차 있었다. 내 핸들 바에는 성조기가 매달려 있었다.

커다란 사냥감을 쫓는 것

마르세유에서 머무른 5일 동안에는 알렉산드리아로 가는 증기선의 운임을 마련하기 위해 돈을 벌었다. 나는 예루살렘, 포트사이드, 아다나, 뭄바이, 콜카타, 실론, 싱가포르를 방문했다. 인도에서는 독일의 켈란트 왕자 일행 열 명과 우연히 마주쳤다. 그들은 코끼리를 타고서 호랑이를 사냥하는 중이었다. 그들은 내게 함께 사냥할 것을 제안했고, 나는 호랑이가 총에 맞아 쓰러지는 것을 보았다. 렐란트 왕자는 내게 가죽으로 만든 선물을 주었다. 원주민들에 대한 엄청난 호기심이 일었지만, 그들은 내게 그다지 친절하지 않았다. 그들은 자전거를 타는 여성들을 인정하지 않았다. 그래서 파리에서 떠나 중국에 도착할 때까지 고작 200달러밖에 벌지 못했다.

상하이에 도착했을 때, 그 나라를 여행하는 것이 얼마나 위험한지를 들었다. 하지만 나도 모르게 잔악성의 바로 그 현장으로 다가가고 있었다. 가능한 한 빨리 그 나라를 떠나라는 경고를 받았지만, 미국의 정신이 솟아나 그 소동을 직접 보아야겠다는 결심이 들었다. 이곳이야말로 우리나라로 돌아간 뒤에 상당한 재정 수익을 가져다줄 재료들을 모을 수 있는 영광스런 기회라는 것을 알고 있었다. 그것이 약속한 5,000달러를 모을 유일한 희망이었기 때문이다.

그래서 나는 전선으로 갔다. 나는 내가 중국에서 벌어지는 전투의 목격자임을 알리면 미국의 모든 강연장이 꽉 차게 되리라는 것을 알고 있었다. 결과적으로 내 생각이 옳았음이 증명되었다. 이 나라에 돌아오자마자 강연장들을 쉽게 채웠기 때문이다.

대학살의 현장에서

상하이에서 나가사키로 가서 전선으로 막 떠나려 하는 두 명의 종군 기자를 만났다. 나는 일본 정부로부터 여권을 발급받아 그들과 동행했다. 우리는 아서 항 근처에서 일본군 지원 병력과 함께 내렸다. 웨이하이웨이가 그들의 목표 지점이었다. 우리는 그들을 따라갔다. 아서 항에서 목격한 무시무시한 장면들을 결코 잊지 못할 것이다. 우리는 학살이 끝난 뒤에 도착했는데, 시체들이 아직 매장되지 않은 채로 널브러져 있었다. 나는 집에 못 박혀 있는 여성들과 사지가 찢긴 어린아이들을 보았다. 곳곳에 가장 끔찍한 학살과 사체 절단의 증거가 있었다. 웨이하이웨이의 학살은 아서 항보다 더 심했다. 우리가 옌타이를 지날 때 거리는 시체들로 가득했다.

나는 가산 전투의 목격자였다. 난생 처음 본 현장이었고 다시는 보고 싶지 않다. 전투는 오전 9시에 시작되어 오후 4시까지 계속됐다. 중국인들은 일본군을 몰살시키기 위해 지뢰를 설치했는데, 약간의 실수로 중국군이 지뢰가 설치된 바로 그곳을 점령했다. 지뢰를 맡고 있던 멍청한 사람들이 그때 지뢰를 폭파시키는 바람에 자기편이 무자비하게 학살되었다. 중국인 1,500명이 죽었고 일본인 사망자는 단 22명이었다. 그 폭발로 인해 15미터 깊이의 구덩이가 만들어졌다. 그 구덩이는 시체를 매장할 장소가 되었다. 끔찍한 경험이었다.

팔에 총을 맞다

나는 어느 일본인 안내자와 F. A. 모팻이라는 영국 선교사와 함께 폰툰 강을 건넜다. 강은 얼어 있었지만, 강가 부근에서 얼음이 깨지는 바람에 우리는 물에 빠졌다. 그 와중에 중국인들이 강의 반대편 둑에 나타나서 우리에게 총을 쏘아댔다. 결국 그 일본인 안내자는 죽고 모팻 씨와 나는 부상을 입었다. 나는 어깨에 총을 맞았다. 우리 둘은 다행히 살아서 강가로 나왔지만, 모팻 씨는 며칠 뒤 부상이 심해져서 죽었다.

우리는 그날 일본군에게 붙잡혀 감옥에 처박힌 뒤 사흘 동안 굶으며 지냈다. 만일 모팻 씨가 적절한 치료를 받았다면 살았을지도 모른다. 감옥은 격자 벽으로 된 헛간이었다. 지독한 추위를 막아줄 만한 것이 하나도 없어서 나는 심한 고통을 겪었다. 그렇게 갇혀 있는데, 일본군 병사가 중국인 포로 한 명을 내가 있던 감옥으로 질질 끌고 오더니 내가 보는 앞에서 포로를 죽이고 그 피를 마셨다. 포로의 근육이 아직 떨고 있었다.

나는 미국 영사에게 호소했지만 아무런 관심도 보이지 않았다. 그래서 프랑스 장교에게 석방을 보장해달라고 청했고, 그는 40명의 병사로 이뤄진 부대를 보내주었다. 나는 신속하게 석방되었다. 일본으로 떠나기 전에는 잠시 시베리아를 여행하며 광산에서 일하는 포로들을 보았다. 40명의 포로들이 한 줄로 묶인 채 도착하고 있었다. 그들은 러시아 땅 2,300킬로미터를 걷고 있었다.

미국에 다시 돌아오다

요코하마에서 태평양을 건너려면 86엔이 필요했다. 그러나 미국 영사는 내 여행에 관심을 갖지 않았다. 그는 이렇게 말했다. "당신은 프랑스인들에게 아주 많은 관심을 받아왔으니 그들에게 끝까지 도움을 받는 게 좋을 듯합니다." 나는 그의 말을 믿고 프랑스 영사에게 도움을 청했다. 프랑스 영사는 친구들을 소개해주었고, 그들은 내게 250엔을 벌 수 있는 기회를 마련해주었다.

나는 증기선 벨직호를 타고 올해 3월 23일에 샌프란시스코에 도착했다. 예정보다 48일 빠른 것이었다. 쥐와 쌀의 나라에서 아주 멀리 벗어나서 기분 좋게 잠자리에 들 수 있는 나라로 오게 되어 기뻤다. 한국식 화로 잠자리는 독특한 시설이다. 바닥에서 불을 지피기 때문에, 구워져 죽지 않으려면 계속 몸을 뒤집어야 한다. 한쪽은 추워서 얼어붙는데 다른 쪽은 뜨겁게 구워지는 것이다.

샌프란시스코에 도착하자 마치 여행을 다 마친 것 같았다. 나는 결코 인생에서 엄청난 실수를 한 것이 아니었다. 여행 전체에서 가장 지독했던 구간은 서던캘리포니아와 애리조나 사막이었다. 스톡턴에서는 도망자들 때문에 거의 죽을 뻔했고, 침대에서 5주 동안 누워 지냈다. 중국에서 겪은 경험으로 인해 내 신경계가 망가졌고, 그래서 사소하다고 할 만한 일에도 극도로 쇠약해졌던 것이다. 그럼에도, 어쩔 수 없이 쉰 덕분에 나는 많이 좋아졌다. 만약 그렇지 않다면 사막을 건너지 못했을 것이다. 철도의 침목들 사이를 뛰어 건너는 재주를 몸에 익혔는데, 배우는 것은 그리 어렵지 않았다. 그래서 그 이후에는 철로를 따라 꽤 편하게 여행했다.

가장 지독했던 구간

나는 265킬로미터나 되는 사막을 건넜다. 급행열차의 기관사인 지글러가 나를 발견하고 열차를 세운 뒤 태워주려 했지만, 나는 그 제안을 받아들일 수 없는 이유를 설명해주었다. 그는 살짝 얼린 우유를 주었다. 애리조나 주의 유마에서는 어느 여성에게 물 한 잔을 달라고 부탁했지만 거절당했다. 이 일은 내가 경험한 최초의 푸대접이었다. 그녀는 나중에 지역 신문 기자가 왜 그랬느냐고 묻자 이렇게 변명했다. "그 여자가 누군지 몰랐어요. 그저 떠돌이라고 생각했죠."

다른 곳에서는 곰팡내가 조금 나는 빵을 얻어먹고 값을 치르기 위해 장작을 패야 했다. 나는 이제껏 한 번도 장작을 다뤄본 적이 없다고 설명하고 내 여행에 대해서도 말해주었지만 소용없었다.

또 다른 곳에서, 나는 쉴 곳을 찾을 수 없어 묘지에서 밤을 보냈다. 묘석을 베개 삼아 편히 자고 있었는데, 새된 소리로 들려오는 바람에 잠에서 깼다. "어이, 거기! 우리 선친 묘에서 썩 꺼지지 못해!" 그 사람이 빗자루를 높이 치켜들고 호령했기 때문에, 서둘러 따를 수밖에 없었다.

기한 내에 도착하다

마치 늙은 여성이 나를 붙잡는 것처럼 어느 아마추어 사진작가가 우리를 "붙들었다." 내가 많은 나라들을 들르며 겪은 무례는 모두 나와 같은 성별의 사람이 행한 것이었다. 남성들은 한결같이 공손한 대접을 해주었다.

계약한 날짜보다 14일이나 앞선 9월 12일 화요일에 무사히 시카고에 도착했고, 이로써 여행을 끝마쳤다. 내기에서 이긴 신사 분이

10,000달러의 상금을 주었다. 게다가 그동안 벌어들인 5,318.75달러도 수중에 있었다. 여행의 전 기간 동안 쓴 돈은 1,200달러였다. 나는 14.5개월 동안 자전거로 15,456킬로미터를 달렸고, 바다를 항해한 거리와 걸어 다닌 거리까지 합치면 총 42,000킬로미터를 여행했다.

_ 넬리 블라이 주니어

『뉴욕 월드』, 1895년 10월 20일 일요일
copyright ⓒ 1895 by Press Publishing Co.